Happy Ends

Liebesgeschichten,
die gut ausgehen

Ausgewählt von
Daniel Kampa

Diogenes

Nachweis
am Schluss des Bandes
Umschlagillustration:
Roy Lichtenstein, Kiss 2

für Betty

Originalausgabe

www.diogenes.ch
200/12/52/1
ISBN 978 3 257 24161 7

Inhalt

Alfred Andersch

Paris, 1. Mai 1977

sich an den händen fassen
die augen zumachen
und losrennen

daran
dass euch dieser wunsch überfällt
erkennt ihr
die ankunft der liebe

dann
dürft ihr nicht zögern

fasst euch an den händen
macht die augen zu
rennt los

Anna Gavalda

Ambre

Ich habe in meinem Leben zig Mädchen vernascht, bei den meisten kann ich mich nicht mal mehr an das Gesicht erinnern.

Ich erzähle das nicht, um Eindruck zu schinden. In meiner jetzigen Situation, bei all der Knete, die ich verdiene, und all diesen Arschkriechern unter mir, kannst du mir glauben, dass ich es nicht nötig habe, irgendwas daherzureden.

Ich erzähle es, weil es stimmt. Ich bin achtunddreißig und habe fast alles in meinem Leben vergessen. Das gilt für die Mädchen, und das gilt auch für alles andere.

Es kommt manchmal vor, dass mir eine alte Zeitschrift in die Hände fällt, so eine, mit der man sich eigentlich nur noch den Arsch abwischen kann, und ich sehe mich auf einem Foto mit irgendeiner Puppe am Arm.

Ich lese die Bildunterschrift und stelle fest, dass das betreffende Mädchen Laetitia heißt oder Sonia oder wie auch immer, ich sehe mir das Foto noch einmal an, wie um mir zu sagen: »Ach ja, natürlich, Sonia, die kleine Brünette aus der Villa Barclay mit ihren Piercings und ihrem Vanilleduft …«

Aber, das ist es nicht, was mir in den Sinn kommt.

Im Geiste wiederhole ich »Sonia«, wie ein Bekloppter, und lege das Heft zur Seite, um mir eine Kippe zu holen.

Ich bin achtunddreißig und weiß genau, dass mein Leben im Arsch ist. Hier oben löst sich langsam alles auf. Man braucht nur mal mit dem Fingernagel zu kratzen, und ganze Wochen landen im Müll. Um dir zu erzählen, wie es ist: Vor kurzem habe ich das Wort Golfkrieg gehört, ich drehe mich um und frage:

Golfkrieg, wann war'n der?

1991, bekomme ich zur Antwort, als bräuchte ich ein Lexikon für die genauen Angaben. Aber die Wahrheit ist, verdammte Kacke, ich hatte noch nie davon gehört.

Im Müll gelandet, der Golfkrieg.

Nichts gesehen. Nichts gehört. Ein ganzes Jahr, mit dem ich nichts anfangen kann.

1991 war ich nicht da.

1991 war ich bestimmt damit beschäftigt, meine Venen zu suchen, und habe nicht mitgekriegt, dass es einen Krieg gab. Du wirst mir sagen, ist mir egal. Ich sage Golfkrieg, weil es ein gutes Beispiel ist.

Ich vergesse fast alles.

Sonia, verzeih mir, aber es stimmt. Ich erinnere mich nicht mehr an dich.

Und dann habe ich Ambre getroffen.

Wenn ich nur schon ihren Namen sage, fühle ich mich gut.

Ambre.

Das erste Mal, dass ich sie gesehen habe, war im Aufnahmestudio in der Rue Guillaume-Tell. Wir steckten seit einer Woche im Schlamassel, und alle gingen uns auf den Geist mit irgendwelchen üblen Geldgeschichten, weil wir ziemlich hintendran waren.

Man kann nicht alles vorhersehen. Nie. In *dem* Fall hatten wir nicht vorhersehen können, dass dem Supertontechniker, den wir zu einem Wahnsinnspreis aus den States hatten einfliegen lassen, um es den fetten Lederjacken in der Plattenfirma recht zu machen, bei der erstbesten Gelegenheit die Luft ausgehen würde.

Die Müdigkeit und die Zeitverschiebung sind ihm wohl nicht bekommen, hat der Doc behauptet.

So ein Blödsinn, die Zeitverschiebung hatte damit nicht das Geringste zu tun.

Bei dem Yankee waren bloß die Augen größer als der Bauch, und das geschah ihm recht. Jetzt sah er alt aus mit seinem Vertrag, mit dem »er die kleinen Frenchies zum Tanzen bringen wollte« …

Es war eine üble Zeit. Ich hatte seit Wochen kein Tageslicht mehr gesehen und habe mich nicht mehr getraut, mit der Hand mein Gesicht zu berühren, ich hatte das Gefühl, meine Haut würde platzen oder Risse bekommen oder so was in der Art.

Am Ende konnte ich nicht mal mehr rauchen, so weh tat mir der Hals.

Fred ging mir eine Zeitlang mit einer Freundin seiner Schwester auf den Zeiger. Einer Fotografin, die mich auf einer Tournee begleiten wollte. Als *free lance,* aber ohne die Fotos hinterher verkaufen zu wollen. Nur für sich.

He, Fred, lass mich in Ruhe damit …

Wart doch mal, was kümmert's dich, wenn ich sie mal einen Abend mitbringe, oder? Was kümmert dich das?!

Ich kann Fotografen nicht ab, ich kann künstlerische Leiter nicht ab, ich kann Journalisten nicht ab, ich kann es nicht ab, wenn man mir im Weg steht, und ich kann es nicht ab, wenn man mich beobachtet. Geht dir das in deinen Schädel oder nicht?

Scheiße, bleib cool, Mann, nur für einen Abend, zwei Minuten. Du brauchst ja nicht mit ihr zu reden, wahrscheinlich siehst du sie nicht mal. Tu's mir zuliebe, verdammt. Man merkt schon, dass du meine Schwester nicht kennst.

Vorhin habe ich dir erzählt, dass ich alles vergesse, aber das nicht, wie du siehst.

Sie kam durch die kleine Tür auf der rechten Seite, wenn du vorm Mischpult stehst. Sie sah aus, als wollte sie sich entschuldigen, ging auf Zehenspitzen und trug ein weißes T-Shirt mit ganz schmalen Trägern. Von dort, wo ich stand, hinter der Scheibe, konnte ich ihr Gesicht nicht gleich sehen, aber als sie sich hingesetzt hat, sind mir ihre winzigen Brüste aufgefallen, und schon hatte ich Lust, sie zu berühren.

Später hat sie mir zugelächelt. Nicht wie die Mädchen, die mir sonst zulächeln, weil sie sich freuen, dass ich sie anschaue.

Sie hat mir einfach so zugelächelt, um nett zu sein. Und nie ist mir eine Aufnahme so lang vorgekommen wie an diesem Tag.

Als ich aus meinem Glaskäfig kam, war sie verschwunden.

Ich sagte zu Fred:

Ist das die Freundin deiner Schwester?

Jaaa.

Wie heißt sie?

Ambre.

Ist sie gegangen?

Ich weiß nicht.

Scheiße.

Was?

Nichts.

Am letzten Tag ist sie wiedergekommen. Paul Ackermann hatte im Studio eine kleine Party organisiert, »um deine nächste goldene Platte zu feiern«, hatte er gesagt, der Blödmann. Ich kam gerade aus der Dusche, mit noch nacktem Oberkörper, und trocknete mir den Kopf mit einem viel zu großen Handtuch ab, als Fred uns miteinander bekannt machte.

Ich habe fast kein Wort rausgebracht. Als wäre ich fünfzehn, und ich ließ das Handtuch auf den Boden fallen.

Sie hat mir wieder zugelächelt, wie beim ersten Mal.

Sie zeigte auf einen Bass und fragte:

Ist das Ihre Lieblingsgitarre?

Und ich – ich wusste nicht, ob ich sie gerne geküsst hätte, weil sie so überhaupt nichts davon verstand oder weil sie ›Sie‹ zu mir sagte, wo mich sonst alle Welt duzte und mir dabei auf den Bauch klopfte …

Vom Präsidenten der Republik bis zum hinterletzten Arschloch sagten alle ›du‹, als hätten wir zusammen Schweine gehütet.

Die Branche will es so.

Ja, habe ich geantwortet, die mag ich am liebsten.

Und ich suchte mit den Augen nach etwas, was ich mir überziehen konnte.

Wir haben uns ein bisschen unterhalten, aber es war schwierig, weil Ackermann ein paar Journalisten eingeladen hatte, das hätte ich mir denken können.

Sie hat mich wegen der Tournee gefragt, und ich habe zu allem »ja« gesagt und heimlich ihre Brüste betrachtet. Dann hat sie sich verabschiedet, und ich habe überall nach Fred oder nach Ackermann gesucht oder nach dem Erstbesten, dem ich eine in die Fresse hauen konnte, weil ich innerlich überkochte.

Die Tournee umfasste rund zehn Termine, fast alle außerhalb von Frankreich. Wir waren zwei Abende in der Cigale, den Rest bringe ich völlig durcheinander. Wir sind in Belgien, Deutschland, Kanada und in der Schweiz gewesen, aber frag mich nicht in welcher Reihenfolge, ich könnte es nicht sagen.

Auf Tournee bin ich müde. Ich mache meine Musik, ich singe, ich versuche, clean zu bleiben, so gut es geht, und ich schlafe im Pullman.

Auch wenn ich einen Arsch aus Massivgold hätte, wäre ich mit meinen Musikern in einem klimatisierten Pullman on the road. An dem Tag, an dem du mich ohne sie in ein Flugzeug steigen siehst, um ihnen kurz vorm Auftritt die Pfote zu geben, sag mir Bescheid, das hieße dann, dass ich hier nichts mehr verloren habe und dass es an der Zeit ist, mich nach was anderem umzusehen.

Ambre hat uns begleitet, aber ich habe es nicht von Anfang an gewusst.

Sie hat ihre Fotos gemacht, ohne dass wir es gemerkt haben. Sie war bei den Backgroundsängerinnen untergebracht. Man hörte sie gelegentlich in den Hotelkorridoren kichern, wenn Jenny ihnen die Karten legte. Wenn ich sie sah, hob ich den Kopf und versuchte, mich gerade zu halten, aber ich bin in den ganzen Wochen nicht ein einziges Mal auf sie zugegangen.

Ich kann den Job und Sex nicht mehr vermischen, ich bin alt geworden.

Der letzte Abend war ein Sonntag. Wir waren in Belfort, wo wir als glanzvollen Abschluss ein Sonderkonzert zum zehnten Geburtstag von Eurock geben wollten.

Beim Abschiedsessen habe ich mich neben sie gesetzt.

Dieser Abend ist uns heilig, und wir respektieren ihn und reservieren ihn für uns: für die Roadies, die Techniker, die Musiker und alle, die uns auf der Tournee geholfen haben.

Das ist nicht der Moment, um uns mit einem Starlet oder einem Schreiberling aus der Provinz auf die Nerven zu gehen, nicht einmal Ackermann wäre es in den Sinn gekommen, Fred auf seinem Handy anzubimmeln, um sich nach den letzten News zu erkundigen oder nach der Anzahl der verkauften Karten.

Man muss auch sagen, im Allgemeinen ist das ziemlich schlecht für unser Image.

Unter uns heißen diese Abende Fliegentöter, und das besagt alles.

Tonnen von Stress, die sich auflösen, die Freude

über die abgeschlossene Arbeit, die ganzen Spulen noch heiß in ihrer Dose und mein Manager, der das erste Mal seit Monaten plötzlich lächelt, das ist zu viel auf einmal, das artet leicht aus …

Am Anfang habe ich noch versucht, Ambre rumzukriegen, aber als ich kapiert habe, dass ich zu breit war, um sie richtig zu vernaschen, habe ich es aufgegeben.

Sie hat sich nichts anmerken lassen, aber ich weiß, dass sie die Situation voll durchschaut hat.

Irgendwann, als ich im Restaurant auf dem Klo war, habe ich ihren Namen langsam und laut in den Spiegel überm Waschbecken gesprochen, aber anstatt einmal tief durchzuatmen und mir kaltes Wasser in die Fresse zu spritzen, um ihr ins Gesicht zu sagen: »Wenn ich dich anschaue, bekomme ich Bauchflattern wie vor zehntausend Zuschauern, bitte hör auf damit, nimm mich in den Arm«, habe ich mich umgedreht und beim Dealer vom Dienst Stoff für zwei Riesen gekauft.

Monate sind vergangen, das Album kam heraus – Mehr sage ich nicht, es ist eine Zeit, die ich immer weniger gut abkann: wenn ich nicht mehr allein sein kann mit meinen sinnlosen Fragen und meiner Musik.

Wieder einmal war es Fred, der kam, um mich

mit seinem schwarzen Vmax abzuholen und zu ihr zu bringen.

Sie wollte uns ihre Arbeiten von der Tour zeigen.

Ich war gut drauf. Ich freute mich, Vickie, Nath und Francesca wiederzusehen, die live mit mir gesungen hatten. Sie gingen jetzt eigene Wege. Francesca wollte ein Album für sich allein, und wieder einmal habe ich ihr auf Knien geschworen, ihr unvergessliche Sachen zu komponieren.

Ihre Wohnung war winzig, und man trat sich gegenseitig auf die Füße. Wir tranken eine Art rosa Tequila, den der Nachbar von gegenüber zusammengepanscht hatte. Er war Argentinier und maß mindestens zwei Meter, er lächelte die ganze Zeit.

Ich war über seine Tätowierungen völlig baff.

Ich bin aufgestanden. Wusste, dass sie in der Küche war. Sie sagte:

Willst du mir helfen?

Ich sagte nein.

Sie sagte:

Willst du meine Fotos sehen?

Ich hatte Lust, noch einmal nein zu sagen, aber stattdessen habe ich gesagt:

Jaaa, gern.

Sie ging in ihr Schlafzimmer. Als sie zurückkam, schloss sie die Tür ab und fegte alles, was auf dem Tisch war, mit einem Arm zu Boden. Das hat einen Heidenlärm verursacht, aufgrund der Aluminiumtabletts.

Sie legte ihre Mappe hin und setzte sich mir gegenüber.

Ich habe das Teil aufgemacht und nur meine Hände gesehen.

Hunderte von Fotos in Schwarzweiß, die nichts anderes zeigten als meine Hände.

Meine Hände auf den Saiten der Gitarre, meine Hände, die sich ums Mikro schmiegen, meine Hände neben meinem Körper, meine Hände, die die Menge liebkosen, meine Hände, die hinter den Kulissen andere Hände drücken, meine Hände, die eine Zigarette halten, meine Hände, die mein Gesicht berühren, meine Hände, die Autogramme geben, meine fiebrigen Hände, meine Hände, die inständig bitten, meine Hände, die Kusshände verteilen, und auch meine Hände, die spritzen.

Große, hagere Hände mit Venen wie Wassergräben.

Ambre spielte mit einem Flaschendeckel. Zerdrückte Krümel.

Ist das alles?, habe ich sie gefragt.

Zum ersten Mal habe ich ihr länger als eine Sekunde in die Augen geschaut.

Bist du enttäuscht?

Ich weiß nicht.

Ich habe deine Hände gewählt, weil sie das Einzige an dir sind, was nicht kaputt ist.

Meinst du?

Sie nickte mit dem Kopf, und ich sog den Duft ihrer Haare ein.

Und mein Herz?

Sie hat mir zugelächelt und sich über den Tisch gebeugt.

Ist es denn nicht kaputt, dein Herz?, hat sie gefragt und leicht skeptisch geguckt.

Hinter der Tür waren Gelächter und leichte Faustschläge zu hören. Ich erkannte Luis' Stimme, der brüllte: »Wirr brrauchen Eiswirrfel!«

Muss man mal sehen, habe ich gesagt.

Es schien, als wollten die Idioten die Tür eindrücken.

Sie hat ihre Hände auf meine gelegt und hat sie angeschaut, als sähe sie sie zum ersten Mal. Und dann hat sie gesagt:

Ja, muss man mal sehen.

Doris Dörrie

»I love you, wie klingt denn das?«

Was ist denn schon anders in Amerika als in Deutschland?, dachte Philip, als er versuchte, das Fenster seines Hotelzimmers nach oben zu schieben. Die Türen gehen andersherum auf und die Fenster nach oben. Die Luft, die ins Zimmer drang, war schwer und nass. Die Polizeisirenen klingen anders. Und der Kaffee ist schwächer. Er bestellte neuen. Das Ypsilon und das Zett auf der Schreibmaschine sind vertauscht. Er hatte vergeblich versucht, eine Schreibmaschine mit deutscher Tastatur zu bekommen. Ich kann nicht, dachte er und legte sich aufs Bett. Seine Frau vermisste er nicht, und das tat ihm leid. Die ersten zwei Wochen ohne Sex waren für ihn immer die schlimmsten, dann gewöhnte er sich daran. Vielleicht hätte er doch einen Kaffee bei der jungen Musikerin trinken sollen, sie hatte lange, schlanke Beine, und sie war immerhin sein Thema, das Ende der Popmusik. Beine bis zum Hals. Die längsten Beine, die er jemals an einer Frau gesehen hatte. Er rief sie an.

»Das Ende?«, sagte sie. »Es ist ein Anfang. Ein ganz neuer Anfang.«

»Wenn man noch nicht mal einen Akkord spielen kann?«

»Das ist es ja. Wir können nichts, und das macht uns stark. Weil uns alle darum beneiden, dass wir nichts können und es trotzdem tun.«

Sie war blond, 25, und nannte sich Box. Sie spielte mit ihren Essstäbchen und fragte kichernd, ob sie vielleicht noch eine Portion Sushi haben könne. Er trank den fünften Sake. Sie ist süß, dachte er.

»Die Sex Pistols konnten wenigstens drei Akkorde«, sagte er.

»Das war ihr Fehler. Sie mussten so tun, als seien sie Musiker. Das hat sie umgebracht. Wir sind einfach scharf und können nichts.«

Sie schlang die Sushi in sich hinein und hämmerte mit den Stäbchen auf den Tisch. Er nahm sie ihr weg. Vier kleine verkleidete Mädchen, die mit nichts einen Haufen Geld verdienten. Er fühlte sich beleidigt.

»Sie sind so europäisch, so verdammt europäisch«, sagte Box.

Er hätte sie einfach küssen sollen. Fürs Essen hatte sie sich nicht bedankt, sich auch nicht von ihm verabschiedet. Auf der Straße hatte sie sich einfach umgedreht und war in der entgegengesetzten Richtung davonmarschiert. In dieser Stadt marschierten sie alle, sie gingen nicht, sondern rannten, den Kopf gesenkt, auf ein imaginäres Ziel zu. Kampf. Er sah ihren weißblond gefärbten Schopf in der Entfernung auf und nieder hüpfen. Er mochte New York nicht.

Er bestellte sich ein Bier aufs Zimmer und versuchte zu schreiben. WIR KÖNNEN NICHTS, UND DAS MACHT UNS STARK. Die Überschrift deprimierte ihn. Der Kellner kam mit dem Bier, ein untersetzter, südamerikanisch aussehender junger Mann.

»Ich heiße Gabriel Garcia«, sagte er mit stark spanischem Akzent, »so wie der Schriftsteller.«

Sie lächelten sich zu, Gabriel verschränkte die Hände auf dem Rücken und sah sich im Zimmer um.

»Sie sind auch Schriftsteller, was?« Er deutete auf die Schreibmaschine.

»Journalist«, sagte Philip und wartete ungeduldig darauf, dass der Kellner endlich gehen würde.

»Aber Sie denken sich auch Sachen aus, oder?«

»Na ja, wie man's nimmt.« Philip goss das Bier in ein Glas. Auch das Bier ist schwächer hier. Gabriel rührte sich nicht von der Stelle. Philip bot ihm das Glas an.

»Ich trinke sowieso lieber aus der Flasche.«

Gabriel nahm das Glas.

»Es ist verboten, sich von den Gästen einladen zu lassen«, sagte er, »aber manche sind einsam …«

»Meinen Sie, dass ich einsam bin?«

»Nein, nein, nicht Sie. Aber eine Dame im fünften Stock. Sie ist Deutsche, wie Sie. Ich glaube, sie ist einsam.«

»Aha«, sagte Philip.

»Sie ist wunderschön. Ich bringe ihr morgens das Frühstück. Sie trinkt Tee und isst immer nur ein Ei. Das andere lässt sie übrig.«

»Und warum glauben Sie, dass sie einsam ist?«

Gabriel trank mit einem Zug das Glas aus und lächelte.

»Was heißt ›Ich bin verrückt nach Ihnen‹ auf Deutsch?«, fragte er. Philip sagte es ihm.

»Das ist aber schwierig. Können Sie es mir vielleicht aufschreiben?«

Philip übte mit Gabriel die Aussprache. Er war begabt. »Ich bin verrückt nach Ihnen. Seit ich Sie das erste Mal gesehen habe, kann ich nicht mehr schlafen«, las er von dem Blatt ab.

»Und jetzt noch: Wenn Sie mich verschmähen, werde ich der unglücklichste Mann unter der Sonne sein.«

»Das ist lang auf Deutsch. Das können Sie bestimmt nicht alles behalten«, sagte Philip. »Und es ist vielleicht ein bisschen sehr dramatisch … für eine Deutsche.«

»Oh, nein. Ich bin schließlich Puertoricaner. Das erwartet sie von mir.«

Gabriel presste seinen Spickzettel an die Brust und dankte Philip überschwänglich. Als er gegangen war, fühlte sich Philip einsam. Er sehnte sich nach Box und ihren langen Beinen. Im Fernsehen warben schlanke Mädchen in hautengen Anzügen für Sportgeräte.

Er rief Box an, aber keiner ging ans Telefon.

»Ich bin ein alter Idiot«, dachte er. Er ging an die Bar und wartete auf die Deutsche aus dem fünften Stock. Mit ihm saßen drei offensichtlich einsame Vertreter an der Bar. Sie lachten laut. »So wie die möchte ich nicht enden«, dachte Philip und ging zurück auf sein Zimmer. Er konnte nicht schlafen, die Zeitumstellung machte ihm immer noch zu schaffen. Um drei Uhr wachte er auf und wäre gern spazieren gegangen, traute sich aber nicht auf die Straße. Er roch nach Angst, das wusste er, und dann wird es gefährlich. Box hätte über ihn gelacht. »Was will ich von einem fünfundzwanzigjährigen Huhn?«, fragte er sich. Er wusste, was er von ihr wollte. Es ödete ihn an. Er nahm eine Dusche. Die Duschköpfe sind anders in Amerika. Gabriel brachte das Frühstück.

»Heute Abend sage ich es ihr.« Er sagte die auswendig gelernten Sätze auf, und Philip hatte Mühe, sie wiederzuerkennen. Gabriel lächelte stolz.

Das Telefon klingelte. Box stand im Foyer. Philip zog sich wieder aus und warf sich den Bademantel des Hotels über. Er saß entspannt beim Frühstück, als sie ins Zimmer kam.

»Entschuldigung«, sagte sie, »ich dachte, Sie wären schon auf.«

Er bot ihr Kaffee an. Sie wollte Tee. Er bestellte Tee. Gabriel brachte ihn und zwinkerte ihm zu.

»Kann ich vielleicht duschen?«, fragte Box. Das hielt Philip für ein gutes Zeichen. Als sie im Bad war, machte er das Bett. Sie kam geschminkt und angezogen nach einer Viertelstunde wieder heraus und trank ihren Tee.

»Schreiben Sie, dass wir Idioten sind?«, fragte sie.

»Nein. Natürlich nicht.«

»Wie heißt ihr Artikel?«

»Der neue Anfang der Popmusik«, sagte er.

»Sehen Sie. Sie haben also doch was begriffen.«

Sie saß auf der Couch und zog die Beine an.

»Haben Sie eine Freundin?«

»Nein.«

»Was ist los mit Ihnen? Getrennt?«

»Ja«, log Philip.

»Oh Gott«, sagte Box und schwang ihre Beine über die Sofalehne.

»Was heißt ›oh Gott‹?«

»Männer, die sich gerade getrennt haben, bringen immer Probleme, das heißt es.«

»Wer sagt, dass ich mich gerade getrennt habe?«

»So was spüre ich.«

»Aha.«

»Ich lerne jetzt Gitarre spielen.« Sie stand auf und wanderte durchs Zimmer.

»Das ist aber gefährlich, finden Sie nicht? ›Wir können nichts, und das macht uns stark‹, das stammt von Ihnen.«

»Man kann ja nie wissen.«

»Das ist richtig.«

Sie sah ihn an. Er schlug die Beine übereinander. Seine Waden waren eiskalt von dem Zug der Aircondition.

»Man kann nie wissen«, sagte sie langsam.

Sie schwiegen. Sie nahm ihre Handtasche, eine leere Konservendose mit einem Band daran, holte einen Lippenstift raus.

Sie beugte sich über ihn und zog vor dem Spiegel ihre Lippen nach. Er rückte zur Seite. Sie roch nach Babypuder.

Sie küsste ihn auf den Mund und kicherte. Er

stand auf. Sie winkte ihm zu und ließ die Tür hinter sich ins Schloss fallen.

Er zog sich seine Socken an.

Den ganzen Tag lag er auf dem Bett und hörte dem gleichmäßigen Verkehrsrauschen zu. Hier wird öfter gehupt als zu Hause, dachte er. Erst als es ganz dunkel war, suchte er nach dem Lichtschalter der Nachttischlampe. Die Lichtschalter sind anders, kleine Knöpfe zum Drehen.

Um zehn rief Box an. Ob er mit ihr essen gehen wolle.

»Ich bin sehr beschäftigt«, sagte er. Sie verabredeten sich beim Japaner.

»Dieser rohe Fisch gibt mir so viel Energie«, sagte sie.

Er war zu früh da. Er wartete eine Stunde. Er mochte keinen rohen Fisch. In der Suppe schwamm ein schwarzer Pilz wie ein Rochen. Auf dem Rückweg ins Hotel kaufte er sich sechs Dosen Bier. Er hatte keine Lust, mit Gabriel Garcia zu reden. Im Fernsehen machte eine Sekte Werbung für die Errettung. Gleich danach pries ein Mann Gewehre an. Philip erinnerte sich an einen Satz, den er irgendwann gehört hatte: Ein deprimierter Europäer macht die Fenster zu und begeht Selbstmord, ein deprimierter Amerikaner macht die Fenster auf und schießt auf andere.

Als er das Fenster zumachen wollte, quetschte er sich den Daumen.

Er war ein lächerlicher Mann. Zur Rache rief er sie um acht Uhr früh an. Sie war so verschlafen, dass sie sich besinnen musste, wer er war. An die Verabredung konnte sie sich nicht erinnern. Sie wünschte ihm noch einen schönen Aufenthalt in New York, sie würde für ein paar Tage ans Meer fahren, um sich für die Tournee zu entspannen.

»Ihr geht mit eurer Schrottmusik auf Tournee?«, fragte er erschrocken.

»Was denken Sie denn?«, sagte Box patzig. »Wir sind Stars.«

Er legte auf und sah eine Weile aus dem Fenster. Ein Schwarzer zog an einem Bindfaden eine Kiste hinter sich her, in der eine Puppe saß. Er blieb stehen, nahm die Puppe auf den Arm, wiegte sie hin und her, setzte sie wieder in die Kiste und schlurfte langsam weiter.

Hunger hatte er keinen, aber er bestellte Frühstück.

Gabriel Garcia betrat mit strahlendem Lächeln das Zimmer. Er flüsterte verschwörerisch.

»Ich habe schon auf Ihre Frühstücksbestellung gewartet. Stellen Sie sich vor, es hat geklappt!«

»Nein«, sagte Philip.

»Die ganze Nacht. Ein Marathon.« Er machte

eine eindeutige Handbewegung. »Wenn das Management davon erfährt, bin ich den Job los. Macht nichts – ich bin der glücklichste Mann von der Welt. Ich liebe sie. Sie war so einsam.«

Philip musste lachen. Gabriel Garcia klopfte sich an die Brust.

»Ich, ich habe sie glücklich gemacht. Ich kann Ihnen gar nicht genug danken.«

Er wollte Philip um den Hals fallen, aber der trat ein paar Schritte zurück.

»Sie haben wirklich die Sätze aufgesagt, und es hat funktioniert?«

»Ja. Jetzt liebt sie mich.«

»Hören Sie, Gabriel, machen Sie sich nicht zu große Hoffnungen. Das bedeutet nicht allzu viel – in Deutschland.«

»Sie hat die Sprache der Liebe gesprochen«, sagte Gabriel pathetisch.

»Und sie kann gar kein Englisch?«

»Doch, doch, natürlich.«

»Warum musste ich Ihnen dann diesen ganzen romantischen Mist auf Deutsch aufschreiben?«

Gabriel sah ihn erstaunt an.

»Auf Englisch hätte sie mir doch nicht geglaubt. ›I love you‹, wie klingt denn das? Wie ein Schlager, aber nicht wie die Wahrheit. Ich weiß das. Wenn eine Frau zu mir sagt ›te quiero‹, schmelze ich wie Butter an der Sonne. Aber ›I love you‹, das glaubt doch kein Mensch.«

Er klopfte Philip heftig auf die Schulter.

»Sie sind ein guter Mann. Es gibt nicht viele wie Sie.«

Er ging. Philip hörte ihn auf dem Flur vergnügt pfeifen.

Er rief seine Frau in München an.

Isabel Allende

Die Liebenden im Guggenheimmuseum

Ein Nachtwächter fand die Liebenden in einem der Säle des Guggenheimmuseums von Bilbao, wo sie als ein Knäuel aus Armen und Haaren in der Gischt eines ramponierten Brautkleids schliefen. Das war um fünf Uhr morgens, wie zunächst der Nachtwächter und dann auch die Polizisten zu Protokoll gaben. Inspektor Aitor Larramendi schrieb in seinem Bericht außerdem, im ganzen Gebäude hätten sich unverkennbare Anzeichen für eine Orgie gefunden. Zwar hatte er selbst nie an einer teilgenommen – was er im Stillen bedauerte –, seine Erfahrung mit allen erdenklichen Arten menschlicher Ausschweifung befähigte ihn jedoch, die Spuren zweifelsfrei zu deuten. Wie es diesem unverfrorenen Paar gelungen war, in das Museum einzudringen und dort unentdeckt zu bleiben, konnte nie aufgeklärt werden; die beiden Festgenommenen versicherten, die Nacht im Gebäude verbracht zu haben, die in ihrer Berufsehre gekränkten Museumswärter schwören aber bis heute, das sei ausgeschlossen, da sie wie jede Nacht unermüdlich ihre Runden gedreht hätten. Außerdem, so erklärten sie, erforschen die Videokameras noch den verborgensten Hintergedanken, und die Infrarotmelder lösen bei der geringsten Störung Alarm aus. Das Museum verfügt über magische Augen, und wenn die nur mit der Wimper zucken, bricht ein Weltuntergangsgetöse los, das die Polizei, die Feuerwehr und den Museumsdirektor auf den Plan ruft, einen nervös veranlagten Mann, der ganz gebeugt ist vom Gewicht der Verantwortung. Die Sicherheitsexperten versichern, dass keine Kakerlake im Guggenheimmuseum unbemerkt bleibt, zwei hemmungslos Verrückte wie diese beiden also erst recht nicht.

»Ich habe die ganze Nacht keine Menschenseele gesehen«, sagte das Mädchen, als sie elf Stunden später im Krankenhaus wieder zur Besinnung kam.

Die Sanitäter hatten sie auf einer Bahre aus dem Gebäude getragen, aber obwohl man sie zugedeckt hatte wie eine Leiche, waren ihre Umrisse unter dem Laken für alle zu erkennen gewesen. Die Schleppe ihres Brautkleides und ihr dunkles Sirenenhaar schleiften über den Boden. In Handschellen wurde unterdessen der nackte junge Mann von zwei Uniformierten zu einem Streifenwagen bugsiert. Die Umstehenden blickten ihm bewegt und neidisch hinterher.

»Von Museumswärtern keine Spur, ehrlich. Die Typen müssen Karten gespielt oder ferngesehen haben. Die halbe Welt hat doch letzte Nacht vor der Kiste gesessen wegen dem Papstskandal, davon haben Sie bestimmt gehört, oder? Wir haben einander wie die Kaninchen durch das ganze Gebäude gejagt, ich, wie Gott mich geschaffen hat, und sie die ganze Zeit im Brautkleid, weil ich diese verflixten Flohknöpfchen nicht aufbekommen habe«, sagte der junge Mann auf der Polizeiwache aus.

Inspektor Larramendi wanderte von Stockwerk zu Stockwerk und sammelte die welken Blumen des Brautstraußes ein. Die Rosen, die in ihrem jungfräulichen Zustand einmal weiß gewesen waren, ruhten als angegilbte Weichtiere auf dem Marmorfußboden und schwängerten die Luft des Guggenheimmuseums mit einem deplatzierten Geruch, als wäre hier soeben ein Straßenmädchen zu Grabe getragen worden. Das Brautkleid mit seinen zwölf Metern durchscheinendem Seidentüll, das neu eine zwischen Nähten eingepferchte Wolke gewesen sein musste, war durch die unverwechselbaren Spuren der Liebe zu einem Fetzen Stoff entweiht. Der Rock und der dreilagige Unterrock hatten als Kopfkissen gedient, und die Königinnenschleppe hatte sechsundsechzig Prozent der Marmorfußböden gefegt, wie der Inspektor durch gewissenhafte Inaugenscheinnahme feststellte. Larramendi, der den treffenden Spitznamen ›Bulldogge von Bilbao‹ trägt, ist ein respekteinflößender Mann, ganze einsfünfundfünfzig hoch, dazu der eidechsenähnliche Körperbau und der riesenhafte Walrossschnäuzer, der wie ein Friseurscherz in seinem Gesicht prangt. Ebendieser Beamte war es auch, der Streifen von Organza fand, gekräuselte Haare und Reste verschiedener Körperflüssigkeiten. Sein Spürhundinstinkt erlaubte es ihm überdies, in der unbewegten Luft des Museums die Erinnerungen an die Zärtlichkeiten, die Erregung und die von den Verdächtigen verhauchten Liebesworte wahrzunehmen, und zwar vom Eingang bis in den allerletzten Saal auf der rechten Seite, aber trotz seiner legendären Fähigkeit, Spuren für ein Verbrechen auch da zu entdecken, wo es sie nicht gibt, fand er nicht eine einzige leere Flasche, keinen achtlos weggeworfenen Korken, keinen ausgedrückten Joint, keine Heroinspritze. Folglich konnte Larramendi nicht beweisen, dass die Festgenommenen die Hausordnung in dieser Hinsicht verletzt hatten. Das Mädchen mit dem Brautkleid muss sich betrunken haben, ehe die beiden ins Gebäude eingedrungen sind, schloss der Inspektor messerscharf. Was ihren Begleiter angeht, fanden sich bei der Untersuchung seines Urins lediglich minimale Spuren von Marihuana. Da sich die Hausordnung des

Museums über jegliche Form der Unzucht ausschweigt, konnten die beiden juristisch nur dafür belangt werden, dass sie sich nach Schließung noch in dem Gebäude aufgehalten hatten, ein Bagatelldelikt, wenn man bedenkt, dass sie, von der leichten Verunreinigung auf den verschiedenen Stockwerken einmal abgesehen, keinerlei Schaden angerichtet hatten; ganz im Gegenteil strahlten nach Aussage der Angestellten am Tag darauf alle Säle wie von Sonnenlicht durchflutet, obwohl es draußen weiter unablässig regnete. Es hatte die ganze Woche geregnet.

»Deshalb sind wir ja hineingegangen, weil es geregnet hat«, sagte das Mädchen. »Wenn mein Haar feucht wird, kringelt es sich immer so.«

»Warum hattest du das Brautkleid an?«, wollte Aitor Larramendi wissen.

»Weil ich keine Zeit zum Umziehen hatte.«

»Wo war die Hochzeit?«

»Welche Hochzeit?«

»Die Hochzeit von dir und Pedro Berastegui, Himmel nochmal.«

»Wer ist das denn?«

»Ja, wer wohl!? Dein Ehemann oder Verlobter, ebendieser Typ, der mit dir im Museum war.«

»Pedro heißt er? Hübscher Name. Und so männlich … finden Sie nicht, Herr Inspektor?«

»Also noch einmal von vorne. Wo und wann habt ihr euch kennengelernt?«

»Das weiß ich nicht mehr. Ich vertrage überhaupt nichts, zwei Gläser, und ich bin ganz beduselt.«

»Offensichtlich. Du warst im Vollrausch.«

»Im Liebesrausch ...«

»Liebesrausch nennst du das, aber mit wem du es im Museum getrieben hast, weißt du nicht.«

»Keinen Schimmer.«

»Wie seid ihr dort hineingekommen?«

»Durch die Tür natürlich.«

»Das heißt, ihr seid noch während der Öffnungszeiten hineingegangen?«

»Nein, ich glaube, es war schon geschlossen ...«

Auch Pedro Berastegui, der glückliche junge Mann, der in der Zeit nur noch ›der Zauberer der Liebe‹ hieß, versicherte in seiner Aussage, das Museum habe geschlossen ausgesehen, sie hätten aber einfach hineingehen können, weil die Tür aufgesprungen sei, als sie dagegen drückten. Innen habe ein sanftes Dämmerlicht geherrscht, und die Heizung musste eingeschaltet gewesen sein, denn sie hätten nicht einen Moment gefroren.

»Wegen der Kunstwerke müssen wir Temperatur und Luftfeuchtigkeit konstant halten«, erklärte der am Boden zerstörte Museumsdirektor dem Inspektor und auch, dass die beiden Beschuldigten niemals wie behauptet in das Gebäude hätten gelangen können, da die Türen pünktlich um viertel nach fünf zufallen und das Museum durch ein elektronisches System zur uneinnehmbaren Festung wird.

»Wir konnten einfach hineingehen«, wiederholte Pedro nun schon zum hundertsten Mal.

»Und dann?«, fragte Larramendi.

»Sind Sie auf Einzelheiten scharf, Herr Inspektor? Geliebt haben wir uns, und zwar die ganze Nacht, das war dann.«

»Wo und wann hast du Elena Etxebarría kennengelernt?«

»Elena?! So heißt sie also … wie die schöne Helena.«

Aitor Larramendi musste zähneknirschend einsehen, dass sich die beiden Missetäter vor dem Vergehen nicht gekannt hatten und man ihnen weder Vorsatz noch Heimtücke unterstellen konnte.

An jenem denkwürdigen Samstag war Elena Etxebarría drauf und dran gewesen zu tun, was seit Sandkastentagen ausgemachte Sache schien, nämlich diesen guten Jungen zu heiraten, der jetzt in der kleinen Bäckerei seines Vaters arbeitete und es seinerzeit sogar zum Torwart in der Schulmannschaft des Colegio San Ignacio de Loyola gebracht hatte. Durch geschicktes Befragen des Jesuitenpaters, der die Trauung hatte vornehmen sollen, sowie weiterer Augenzeugen, fand der Inspektor jedoch heraus, dass sich Elena Etxebarría und der Fußballer das Jawort niemals gaben. Man erzählte ihm, die Braut sei, nur mühsam vom starken Arm ihres älteren Bruders auf den Beinen gehalten, mit einer Stunde Verspätung in die Kirche gestolpert und habe dabei geschluchzt wie eine Witwe. Wegen ihres Weinens habe man den Hochzeitsmarsch der Orgel kaum hören können. Ein weiteres Indiz sprach für den gestörten Gemütszustand der Braut, denn vor dem Altar zog sie die Schuhe aus und kickte sie mit zwei Fußtritten von sich, und als hätte es noch eines letzten Beweises dafür bedurft, dass sie nicht bei Trost war, drehte sie sich um und stürzte unter den verdatterten Blicken des Fußballers, des Priesters und des Rests der Hochzeitsgesellschaft aus der Kirche. Die Zurückgelassenen hörten erst am nächsten Tag wieder etwas von ihr, als ihr Foto unter der Schlagzeile ›Mysteriöses Liebespaar im Guggenheimmuseum‹ im *Correo Español* erschien.

»Du hast meine Frage nicht beantwortet: Wo habt ihr euch kennengelernt?« Der Inspektor blieb beharrlich.

»An der Theke von Iñigos Bar. Sie ist mir sofort aufgefallen«, gab Pedro Berastegui zu Protokoll.

»Warum?«

»Warum was?«

»Warum sie dir gleich aufgefallen ist natürlich.«

»Naja, man sieht doch nicht alle Tage verheulte Frauen in Brautkleidern, die sich wie die Kosaken in einer Bar volllaufen lassen.«

»Und was hast du gemacht?«

»Ich habe sie angesprochen.«

»Und weiter?«

»Sie hat mich angesehen, da war ich schlagartig in sie verliebt. Ehrlich, das können Sie mir glauben. Ihre Schminke war völlig zerlaufen, sie hat ausgesehen wie ein Clown, aber dieser Blick aus den grünen Katzenaugen, der ist mir durch und durch gegangen. Ich kann Ihnen sagen, Herr Inspektor, so etwas ist mir noch nie passiert. Es war wie ein wahnsinniger Stromschlag, als hätte ich in die Steckdose gegriffen.«

»Und sie?«

»Sie hat ihren Kopf an meine Brust gelehnt und weitergeflennt wie ein kleines Kind. Ich wusste nicht, was ich machen soll. Nach einer Weile bin ich mit ihr zum Klo gegangen und habe ihr das Gesicht abgewischt. Ich habe sie gefragt, warum sie so weint, und sie hat gesagt, weil ihr Verlobter ein unverbesserlicher Schafskopf ist. Da habe ich ihr angeboten, sie dort auf der Stelle zu heiraten.«

»Klar, ihr wart betrunken.«

»Sie war ein bisschen beschwipst, aber ich trinke nicht. Bin sozusagen abstinent. Ich hatte was geraucht, aber Alkohol keinen Tropfen. In der Bar war ich bloß, weil Iñigo mir Geld schuldet; wir hatten gewettet wegen der Sache mit dem Heiligen Vater.«

»Und was hat sie geantwortet?«

»Sie hat gesagt, in Ordnung, sie würde mich heiraten, wo sie doch das Kleid schon hat. Dann hat sie mich voll auf den Mund geküsst.«

»Und du?«

»Ich habe zurückgeküsst. Was hätten Sie denn an meiner Stelle getan? Ein richtiger Verzweiflungskuss war das, wir konnten gar nicht mehr aufhören. Es war Liebe auf den ersten Blick, wie im Kino.«

»Und dann?«

»Dann ist diese Nervensäge von Iñigo dazwischengegangen und hat uns hinausgeworfen, er hat gesagt, wir sollten uns ein Motel suchen, das wäre ja nicht jugendfrei, was wir da machten. Alles nur, weil er mir die Wette nicht bezahlen wollte.«

»Und weiter?«

»Wir sind gegangen. Haben nicht gewusst, wohin, haben irgendeine Kneipe gesucht, weil wir uns gerne einmal hingesetzt hätten, und ein belegtes Brötchen wäre auch nicht verkehrt gewesen, aber wir haben nichts gefunden. Es hat die ganze Zeit genieselt, und wir hatten keinen Schirm; ich habe ihr meine Jacke umgelegt, aber das Kleid hat trotzdem ziemlich gelitten. Ich wollte sie mit zu mir nehmen, dann ist mir aber eingefallen, dass meine Mutter mit sämtlichen Onkeln und Tanten vor dem Fernseher sitzt, wegen dem Papstskandal, Sie haben doch davon gehört, oder?«

»Ja, Himmel nochmal, ich habe davon gehört.«

»Dann steht da plötzlich das Museum vor mir, wie aus dem Hut gezaubert. Eine Wucht!«

Und Pedro Berastegui verstummte, ganz versunken in die Erinnerung an seine rauschende Nacht.

»Weiter, verdammt!«, verlangte der Inspektor.

»Ich habe gedacht, wir können uns dort unterstellen, und wir sind über diesen langgestreckten Platz gerannt, dort vor dem Eingang, den kennen Sie doch, oder?«

»Und niemand hat euch aufgehalten? Wo waren die Museumswärter?«

»Da war niemand, wirklich überhaupt niemand, Herr Inspektor.«

»Und?«

»Das habe ich Ihnen doch schon erzählt, wir haben die Tür kaum angefasst, da ist sie schon aufgegangen, als wollte sie uns einladen. Sie hat mich wieder geküsst und gesagt, sie will wie eine richtige Braut über die Schwelle getragen werden. Ich hebe sie also hoch, verheddere mich aber in der Brautschleppe, und wir fallen beide halb tot vor Lachen hin. Als wir wieder aufstehen wollen, noch einmal das gleiche, deshalb sind wir dann auf allen vieren hineingekrochen, haben uns geküsst dabei und gelacht und uns überall gestreichelt. Jetzt weiß ich, was das heißt, dass einen die Liebe verrückt macht, Herr Inspektor. Ich habe noch nie …«

»Willst du mir weismachen, dass du sie nicht gefragt hast, wie sie heißt, und auch nicht, warum sie dieses Brautkleid trägt?«, unterbrach ihn der Inspektor, der nach dreiundzwanzig sterbenslangweiligen Ehejahren nicht sonderlich erpicht war, etwas über Freuden zu hören, die er womöglich nie am eigenen Leib erfahren würde.

»Ich habe nicht daran gedacht, ehrlich, Herr Inspektor. Außerdem bin ich kein Mann der vielen Worte, ich komme gleich zur Sache, Sie verstehen?«

Larramendi ist auch einer von denen, die lieber gleich zur Sache kommen, aber für das weitere Verhör von Elena Etxebarría hatte er sich vorgenommen, eine gewisse Subtilität walten zu lassen, denn er wollte die junge Frau nicht erschrecken.

»Bist du eine Nutte?«, fragte er sie.

Das Mädchen saß kerzengerade auf einem Krankenhausstuhl, trug einen schwachsinnigen Anstaltskittel, hatte ihr Haar zu einem langen Pferdeschwanz zusammengebunden und fing jetzt tief getroffen an zu weinen. Schniefend erklärte sie, sie sei bei den Nonnen zur Schule gegangen, habe sich ihre Jungfräulichkeit bis zu dieser Nacht im Museum bewahrt und denke nicht daran, sich von einem schnauzbärtigen und krummbeinigen Halbaffen ungestraft beleidigen zu lassen, was er sich einbilde, er werde schon sehen, was ihre drei Brüder machten, wenn sie davon Wind bekämen.

»Ist ja gut, mein Kind, beruhige dich. Das ist eine reine Routinefrage, nicht böse gemeint. Ich finde es nur ein bisschen sonderbar, dass Berastegui und du so mir nichts, dir nichts getan habt, was ihr getan habt, wo ihr doch nichts voneinander wusstet, nicht einmal den Namen, rein gar nichts …«

»Es war, als würden wir uns ewig kennen, Herr Inspektor, als wären wir uns in einem früheren Leben schon einmal begegnet. Glauben Sie an Wiedergeburt?«

»Nein. Ich bin Christ.«

»Ich ja auch, aber wenn Sie genauer darüber nachdenken, schließt das eine das andere doch nicht aus. Als die Schwelle des Museums hinter uns lag, war es mit einem Mal, als wären wir vor Gott und dem Standesamt vermählt«, sagte Elena feierlich und erklärte weiter, dass sie mit ihrem Freund, dem früheren, dem Fußballer, so etwas nie empfunden habe.

»Können Sie sich das vorstellen, Herr Inspektor? Das ist doch Schicksal. Einmal angenommen, ich wäre nicht aus der Kirche gerannt und nicht in diese Bar gegangen, dann hätte ich vielleicht nie erfahren, was wahre Liebe ist.«

»Das hat mit Liebe nichts zu tun, das ist Wollust, gepaart mit Delirium tremens, weiter nichts. Wie soll das denn gehen, die ganze Nacht in dem Museum herumspringen, ohne dass die Videokameras etwas aufzeichnen?«

»Vielleicht waren wir durchsichtig …«

»Jetzt werd bloß nicht witzig!«

»Aber, Herr Inspektor, wissen Sie denn nicht, dass das Guggenheimmuseum verzaubert ist?«

»Was redest du da? Es ist das modernste Museum der Welt!«, fiel ihr Inspektor Aitor Larramendi ins Wort, obwohl er genau wusste, worauf die junge Frau mit den grünen Augen anspielte.

Der Bau hatte kaum begonnen, da waren die Gerüchte schon ins Kraut geschossen: Es hieß, etwas von solcher Schönheit zu schaffen sei menschenunmöglich, und folglich müsse es einen Pakt mit dem Überirdischen geben.

»Das Gebäude strotzt nur so von Alarmanlagen. Ich begreife nicht, wieso keine einzige funktioniert hat.«

»Sind Sie denn sicher, dass wir im Museum waren?«

»Willst du mich auf den Arm nehmen?«

»Ich meine, mal im Ernst, Herr Inspektor. Wenn, wie Sie sagen, das Gebäude geschlossen war und wenn kein Alarm ausgelöst wurde, dann waren wir vielleicht überhaupt nicht dort. Ehrlich gesagt, wo wir uns geliebt haben, das hat auch nicht ausgesehen wie ein Museum, mir ist es eher vorgekommen wie ein Glaspalast, wie eine dieser Zitadellenstädte auf anderen Planeten, die man manchmal in Filmen sieht.«

»Wieso?« Auch diese Frage stellte Larramendi aus reiner Routine, denn im Grunde war er die ganze Angelegenheit mittlerweile leid.

»Vor den Fenstern sind Diamanten herabgefallen, wir haben melodisches Geplätscher gehört wie von einem Wasserfall ...«

»Regen, Kindchen, es hat geregnet.«

»Und es hat geduftet nach reifen Pflaumen.«

»Bestimmt nach den Rosen von deinem Brautstrauß.«

»Nein. Nach Pflaumen. Kennen Sie diesen Geruch von Pflaumen im Sommer, Herr Inspektor? Es ist ein so schwerer Duft, das Wasser läuft einem im Mund zusammen.«

»Also schön, es hat nach Pflaumen gerochen.«

»Sie behaupten, wir waren im Guggenheimmuseum, aber ich sage Ihnen, wir waren an einem fantastischen Ort, da waren keine Wände, nur weite Räume aus Licht.«

»Die Mauern sind aus Beton, Elena.«

»Glauben Sie mir, es waren erdachte Säle, ganz zart, wie hingetupft. Wir haben nicht nur Wasser plätschern gehört, ich bin mir sicher, die Luft hat gebebt, da war so ein Murmeln wie dieser Strom von Wörtern, die man ohne nachzudenken sagt, während man sich liebt. Sie wissen doch, was ich meine, oder?«

»Nein.«

»Schade. Jedenfalls sind wir dann geflogen.«

»Wie, geflogen?«

»Waren Sie denn nie verliebt, Herr Inspektor?«

»Ich stelle hier die Fragen, ist das klar?«

»Wir sind Hand in Hand geflogen, eine leichte Brise hat uns getragen, hat die Schleier an meinem Kleid gebauscht.«

»In dem Gebäude gibt es keine Brise. Wahrscheinlich war es die Heizung.«

»Sicher, Herr Inspektor. Pedro, er heißt doch so, oder? Also Pedro hat die Hose ausgezogen, das Hemd, die Unterhose, und auch seine Kleider sind herumgeflogen wie Luftballons.«

»Unzucht an einem Ort mit Publikumsverkehr«, fasste der Inspektor mit Nachdruck zusammen.

»Da war kein Publikumsverkehr. Pedro wollte

mir das Kleid ausziehen, hat es aber nicht aufbekommen. Diese Knöpfe sind eine Zumutung, wissen Sie.«

»Du willst mir also erzählen, dass ihr weiter dort herumgeschwirrt seid wie die Fliegen?«

»Genau so. Wir waren in allen Sälen, haben alle Bilder besucht und die Farben getrunken und im Labyrinth gespielt und mit den Skulpturen getanzt, und danach sind wir gelandet.«

»Wo genau?«, fragte Aitor Larramendi.

»Woher soll ich das wissen?«

Die Bulldogge von Bilbao schnaufte: Dieses Mädchen hatte weniger Hirn als ein Brathuhn. Er kehrte auf die Wache zurück, wo Pedro Berastegui, noch immer in Handschellen, Kaffee trank und sich mit zwei Beamten über den Papstskandal unterhielt. Larramendi war kein Anhänger der Verbrüderung mit den Inhaftierten, denn das untergrub die Autorität und war gegen die Vorschriften. Nachdem er dem jungen Mann den Pappbecher aus der Hand gerissen hatte, führte er ihn am Schlafittchen in das grüngestrichene Verhörzimmer.

»Du hast sie also nicht gefragt, wie sie heißt«, setzte er das Verhör fort, wo er es Stunden zuvor unterbrochen hatte.

»Wir hatten keine Zeit für lange Gespräche, wir waren ziemlich beschäftigt.«

»Es miteinander zu machen wie die Hunde«, fiel ihm der Inspektor ins Wort.

»Wie die Engel, würde ich sagen.«

»Wie zwei Übergeschnappte, noch dazu splitterfasernackt.«

»Ich schon, das gebe ich zu, aber sie hatte das Kleid an, und außerdem war ihr Haar offen und hat sie ganz eingehüllt. Haben Sie gesehen, was für schönes Haar sie hat? Reinste Seide, wie Puppenhaar.«

»Spar dir die blumigen Vergleiche, Berastegui. Wie hast du die Alarmanlage ausgeschaltet und die Videoüberwachung?«

»Ich habe nichts angerührt. In diesem Museum gehen seltsame Dinge vor. Mein Onkel, der mit dem steifen Bein, ein Bruder meiner Mutter, der musste einmal Karfreitagabend hin, um den Fahrstuhl zu reparieren, und er sagt, er hat mit eigenen Augen gesehen, wie sich eine der Skulpturen bewegt hat.«

»Welche?«

»Eine von diesen gekrümmten mit Darmverschlingung.«

»Und dein Onkel, wie heißt der?«

»Legen Sie sich nicht mit meiner Familie an, Herr Inspektor«, sagte Pedro Berastegui entschlossen.

Der junge Mann bestätigte Elena Etxebarrías Aussage Punkt für Punkt. Obwohl Aitor Larramendi dafür berüchtigt war, durch seine Gerissenheit Verdächtige bei fatalen Widersprüchen zu ertappen, musste er schließlich einsehen, dass es keine Beweise gab, um die beiden für einige Monate hinter Gitter zu bringen, wie sie es zweifellos verdient hätten. Aber die Niederlage verdarb ihm nicht die Laune, ganz im Gegenteil, er konnte nur mit Mühe die Leichtigkeit seiner Schritte und den Anflug eines Lächelns unter Kontrolle halten, die mit aller Macht seine wahre Gemütslage offenbaren wollten. Zum ersten Mal schlug sein eingerostetes Polizistenherz höher, weil ein Delikt ungesühnt blieb. Letztlich, dachte er, war es doch auch nur ein Vergehen aus Liebe gewesen. Wie Pedro Berasteguis Onkel mit dem steifen Bein glaubten viele, dass die Skulpturen im Museum nachts Conga tanzten, die Gestalten ihre Gemälde verließen, um durch die Säle zu schlendern, und sich das Gebäude mit ausgelassenen Gespenstern füllte. Scharfsinnig mutmaßte der Inspektor unter anderem, die beiden Liebenden könnten genau in dem Moment ins Guggenheimmuseum hineingegangen sein, als das Gebäude in die Dimension der Träume hinüberglitt, und könnten so, ohne es zu wollen, in eine Zeit gestürzt sein, die von keiner Uhr angezeigt wird.

Es würde schwierig sein, seinen Vorgesetzten diese Theorie begreiflich zu machen, dachte der Inspektor während er seine Zigarettenkippe austrat, aber mit ein bisschen Glück bräuchte er das gar nicht. Es war Wahlkampf, es gab Probleme mit den Terroristen und einen Streik im Gesundheitswesen, da konnte man seine Zeit nicht mit übersinnlichen Liebenden verplempern. Das Guggenheimmuseum war doch bloß ein Museum, und wen kümmert schon die Kunst? Wenn die beiden die Sicherheitssysteme der Bank von Bilbao ausgehebelt hätten, ja, das wäre etwas anderes gewesen.

Wenige Tage später klappte Aitor Larramendi die Fallakte zu und verstaute sie ganz unten in dem Schrank mit den auf unbestimmte Zeit verschobenen Angelegenheiten, wo sie in den bedächtig mahlenden Mühlen der Bürokratie schließlich zu Staub zerfallen würde. Die Presse, die noch immer mit dem Skandal im Vatikan beschäftigt war, hatte die mysteriösen Liebenden im Guggenheimmuseum bald vergessen. Nur der Museumsdirektor litt noch an den Folgen, konnte seine Furcht nicht loswerden, obwohl er die Wächter austauschte, ein neues Sicherheitssystem installieren ließ und eine berühmte holländische Parapsychologin damit beauftragte, dem Museum die Geister auszutreiben. Was die beiden Hauptpersonen jenes Aufruhrs der Liebe betrifft, bleibt lediglich zu sagen, dass Elena Etxebarría, als sie das Brautkleid aus der Reinigung holte, von Pedro Berastegui an der Straßenecke mit einem frischen Strauß Rosen erwartet wurde.

Ingrid Noll

Annika

Gegen einen gewissen Kalauer bin ich allergisch, denn jeder meiner bisherigen Freunde meinte, ihn erfunden zu haben. Schon mein Stiefvater witzelte, als ich eine Klassenkameradin mit nach Hause brachte: »Und das ist also Pippi Langstrumpf!«

Meinen Vornamen Annika verdanke ich – wie sollte es anders sein – meiner Mutter, die 1974 als Au-pair-Mädchen nach Schweden ging. Aufgewachsen in einem hinterwäldlerischen Pfarrhaus, hatte sie wohl bis zum Abitur wie in einem vergangenen Jahrhundert gelebt, obwohl sie das bestreitet. Jedenfalls bekam sie von meiner Oma keine Pillenpackung mit auf den Weg, sondern einen Koffer voller Monatsbinden. Was Wunder, dass sie die Hälfte des Vorrats wieder mit nach Hause schleppte und zusätzlich noch ein kleines Souvenir. Die Überlegung ist müßig, ob ich eine spanische Anita oder eine slawische Anuschka geworden wäre, wenn Mutter mich aus einem anderen europäischen Land importiert hätte.

Für den schüchternen Tommy, der Kalauer hasst, begann ich mich erst dann zu interessieren, als er mir sozusagen ein Ständchen brachte. Rein äußerlich hätte er mich wohl kaum beeindruckt, denn Tommy ist ein rotblonder Typ und hat mit seinen 33 Jahren bereits einen gelichteten Haaransatz. Auf der Geburtstagsfete einer Kollegin, die im Stil der fünfziger Jahre gefeiert werden sollte, erhielt er bei kindischen Pfänderspielen eine peinliche Aufgabe. Tommy wurde rot und wusste nicht, was er singen sollte. Passend zum Motto des Abends riet man zu den Capri-Fischern, stattdessen wählte er aber ein Lied, das wahrscheinlich ein paar hundert Jahre älter ist. Bei seiner schamhaft dargebotenen Solonummer schaute er immer nur mich an. Sein *Ännchen von Tharau* trieb mir fast das Wasser in die Augen, ich hätte meinen schwedischen Namen am liebsten eingedeutscht.

Am Sonntag nach der Party lag ich leicht verkatert auf einer Wiese im Englischen Garten und döste gen Himmel. Über mir sammelten und ballten sich weiße Sommerwolken, nahmen Gestalt an und formten Tommys Gesicht; skrupellos griff ich nach dem nächstbesten Gänseblümchen. Das Orakel war eindeutig.

Als ich innerlich beschlossen hatte, mich in ihn zu verlieben, ging ich sofort in die Offensive und sorgte dafür, dass er am nächsten Sonntag neben mir im Gras lag. Natürlich ist es immer etwas umständlich, einen scheuen Mann aus der Reserve zu locken.

»Du siehst aus wie ein Ire«, sagte ich, während ich zählend auf seine Sommersprossen tippte.

Tommy lächelte. »Dich würde man auch nicht für ein Münchner Mädel halten!«

»Kunststück, mein Vater ist Schwede«, sagte ich.

»Meiner auch«, sagte er.

»Meiner heißt Gunnar Ottoson«, fuhr ich fort.

»Meiner auch«, wiederholte Tommy, und wir starrten uns misstrauisch an. Sahen wir uns etwa ähnlich? Ganz im Gegensatz zu mir wusste Tommy, dass sein Vater in Göteborg lebte.

Am Abend rief ich meine Mutter an.

»Wo wohnt mein Papa?«, fragte ich vorsichtig, denn dieses Thema war schon immer ein großes Tabu in unserer Familie. Jedes Mal, wenn ich Näheres über den unbekannten Erzeuger erfahren wollte, wurde meine Mutter weinerlich. Auch jetzt fing sie an zu schluchzen. Immerhin erfuhr ich, dass sie den verheirateten Gunnar auf der Göteborger Buchmesse kennengelernt hatte. Das gefiel mir gar nicht.

Tragischerweise musste ich mir Tommy jetzt aus dem Sinn schlagen, und zwar am besten, bevor es zum Inzest unter Geschwistern kam. Ich schrieb ihm einen schicksalsschweren Brief und offenbarte ihm sowohl meine Liebe als auch die Trauer über ihre Ausweglosigkeit.

Als der zurückhaltende und rührend altmodische Tommy mein Geständnis las, war er überglücklich. Ohne mühselig werben zu müssen, hielt er einen schriftlichen Beweis meiner Gefühle in Händen und konnte seinerseits freudig zugeben, dass er ein wenig geflunkert hatte. Göteborg hatte er gesagt, weil er außer Stockholm keine andere Stadt in Schweden kannte. Sein Vater hieß in Wahrheit Herbert und stammte aus Bremen.

Bernhard Schlink

Nachsaison

Vor der Gepäckkontrolle mussten sie Abschied nehmen. Aber weil in dem kleinen Flughafen alle Schalter und Kontrollen in einem Raum untergebracht waren, konnte er ihr mit den Augen folgen, als sie ihre Tasche auf das Band legte, durch den Detektor ging, die Bordkarte vorzeigte und zum Flugzeug geführt wurde. Es stand gleich hinter der Glastür auf dem Rollfeld.

Sie sah immer wieder zu ihm und winkte. Auf den Stufen zum Flugzeug drehte sie sich ein letztes Mal um, lachte und weinte, legte ihre Hand auf ihr Herz. Als sie im Flugzeug verschwand, winkte er den kleinen Fenstern zu, wusste aber nicht, ob sie ihn sah. Dann wurden die Motoren angeworfen, die Propeller drehten sich, das Flugzeug rollte an, wurde schneller und hob ab.

Sein Flug ging erst in einer Stunde. Er holte sich Kaffee und Zeitung und setzte sich auf eine Bank. Seit sie sich kennengelernt hatten, hatte er keine Zeitung mehr gelesen und nicht mehr alleine über einem Kaffee gesessen. Als er nach einer Viertelstunde noch immer keine Zeile gelesen und keinen Schluck getrunken hatte, dachte er: Ich habe das Alleinsein verlernt. Er mochte den Gedanken.

2

Vor dreizehn Tagen war er angekommen. Die Saison war zu Ende und mit ihr das schöne Wetter. Es regnete, und er verbrachte den Nachmittag mit einem Buch auf der überdachten Veranda seines Bed & Breakfast. Als er sich am nächsten Tag in das schlechte Wetter schickte und im Regen am Strand zum Leuchtturm wanderte, begegnete er der Frau zuerst auf dem Hin- und dann auf dem Rückweg. Sie lächelten einander an, neugierig beim ersten Mal und schon ein bisschen vertraut beim zweiten. Sie waren weit und breit die einzigen Wanderer, und sie waren Leidens- und Freudengenossen, hätten beide lieber einen klaren, blauen Himmel gehabt, genossen aber den weichen Regen.

Am Abend saß sie alleine auf der großen, mit Plastikdach und -fenstern bereits herbsttauglich gemachten Terrasse des beliebten Fischrestaurants. Sie hatte ein volles Glas vor sich und las ein Buch – Zeichen, dass sie noch nicht gegessen hatte und nicht auf ihren Mann oder Freund wartete? Er stand unschlüssig in der Tür, bis sie aufschaute und ihn freundlich anlächelte. Da fasste er sich ein Herz, ging zu ihrem Tisch und fragte, ob er sich zu ihr setzen dürfe.

»Bitte«, sagte sie und legte das Buch zur Seite.

Er setzte sich, und weil sie schon bestellt hatte, konnte sie ihn beraten, und er wählte den Kabeljau, den sie auch gewählt hatte. Dann wussten beide nicht, wie sie ins Gespräch finden sollten. Das Buch half nicht; es lag so, dass er den Titel nicht lesen konnte. Schließlich sagte er: »Hat was, ein später Urlaub auf dem Cape.«

»Weil das Wetter so gut ist?« Sie lachte.

Machte sie sich über ihn lustig? Er sah sie an, kein hübsches Gesicht, die Augen zu klein und das Kinn zu kräftig, aber der Ausdruck nicht spöttisch, sondern fröhlich, vielleicht ein bisschen unsicher. »Weil man den Strand für sich hat. Weil man in Restaurants einen Tisch findet, in denen man in der Saison keinen fände. Weil man mit wenigen Menschen weniger alleine ist als mit vielen.«

»Kommen Sie immer nach dem Ende der Saison?«

»Ich bin das erste Mal hier. Eigentlich müsste ich arbeiten. Aber mein Finger macht noch nicht mit, und seine Übungen kann er ebenso hier machen wie in New York.« Er bewegte den kleinen Finger der linken Hand auf und ab, beugte und streckte ihn.

Sie sah dem kleinen Finger verwundert zu. »Wofür übt er?«

»Für die Flöte. Ich spiele im Orchester. Und Sie?«

»Ich habe Klavier gelernt, spiele aber nur noch selten.« Sie wurde rot. »Das meinen Sie nicht. Ich bin als Kind mit den Eltern oft hier gewesen und habe manchmal Heimweh. Und nach dem Ende der Saison hat das Cape den Reiz, den Sie beschrieben haben. Alles ist leerer, ruhiger – ich mag das.«

Er sagte nicht, dass er sich einen Urlaub während der Saison nicht leisten könnte, und nahm an, dass es ihr ebenso ging. Sie trug Turnschuhe, Jeans und Sweatshirt, und über der Lehne des Stuhls hing eine ausgeblichene gewachste Jacke. Als sie zusammen die Weinkarte studierten, schlug sie eine billige Flasche Sauvignon Blanc vor. Sie erzählte von Los Angeles, von ihrer Arbeit bei einer Stiftung, die Kinder aus dem Ghetto Theater spielen ließ, von dem Leben ohne Winter, von der Gewalt des Pazifik, vom Verkehr. Er erzählte vom Sturz über ein falsch verlegtes Kabel, bei dem er sich den Finger gebrochen hatte, vom Armbruch beim Sprung aus dem Fenster mit neun und vom Beinbruch beim Skifahren mit dreizehn. Sie saßen zuerst alleine auf der

Terrasse, dann kamen weitere Gäste, und dann saßen sie bei einer zweiten Flasche wieder alleine. Wenn sie aus dem Fenster sahen, lagen Meer und Strand in völliger Finsternis. Der Regen rauschte auf das Dach.

»Was haben Sie morgen vor?«

»Ich weiß, dass Sie im Bed & Breakfast Frühstück kriegen. Aber wie wär's mit Frühstück bei mir?«

Er brachte sie nach Hause. Unter dem Schirm nahm sie seinen Arm. Sie redeten nicht. Ihr kleines Haus lag an der Straße, an der eine Meile weiter sein Bed & Breakfast lag. Vor der Tür ging von selbst das Licht an, und sie sahen einander zu plötzlich zu hell. Sie umarmte ihn kurz und gab ihm den Hauch eines Kusses. Ehe sie die Tür zumachte, sagte er: »Ich heiße Richard. Wie heißen ...«

»Ich heiße Susan.«

3

Richard wachte früh auf, verschränkte die Arme hinter dem Kopf und hörte den Regen in den Blättern der Bäume und auf dem Kies des Wegs. Er hörte das gleichmäßige, beruhigende Rauschen gerne, auch wenn es für den Tag nichts Gutes verhieß. Würden Susan und er nach dem Frühstück am Strand wandern? Oder im Wald um den See? Oder Fahrrad fahren? Er hatte kein Auto gemietet und vermutete, dass auch sie keines gemietet hatte. So war der Radius gemeinsamer Unternehmungen begrenzt.

Er beugte und streckte den kleinen Finger, damit er später weniger üben musste. Er hatte ein bisschen Angst. Wenn Susan und er nach dem Frühstück tatsächlich den Tag gemeinsam verbringen und auch noch gemeinsam essen oder sogar kochen würden – was kam danach? Musste er mit ihr schlafen? Ihr zeigen, dass sie eine begehrenswerte Frau war und er ein begehrensstarker Mann? Weil er anders sie kränken und sich blamieren würde? Er hatte über Jahre mit keiner Frau geschlafen. Er fühlte sich nicht besonders begehrensstark und hatte sie am letzten Abend auch nicht besonders begehrenswert gefunden. Sie hatte vieles zu erzählen und zu fragen, hörte aufmerksam zu, war lebhaft und witzig. Dass sie, ehe sie etwas sagte, immer einen winzigen Augenblick zögerte und, wenn sie sich konzentrierte, die Augen zusammenkniff, hatte Charme. Sie weckte sein Interesse. Sein Begehren?

Im Salon war für ihn das Frühstück gerichtet, und weil er das ältere Ehepaar, das Orangensaft gepresst, Rühreier geschlagen und Pfannkuchen gebacken hatte, nicht enttäuschen mochte, setzte er sich und aß. Die Frau kam alle paar Minuten aus der

Küche und fragte, ob er noch Kaffee wünsche oder mehr Butter oder andere Marmelade oder Obst oder Joghurt. Bis er begriff, dass sie mit ihm reden wollte. Er fragte sie, wie lange sie schon hier lebe, und sie setzte die Kaffeekanne ab und blieb neben dem Tisch stehen. Vor vierzig Jahren hatte ihr Mann eine kleine Erbschaft gemacht, und sie hatten das Haus auf dem Cape gekauft, in dem er schreiben und sie malen wollte. Aber aus dem Schreiben und Malen wurde nichts, und als die Kinder groß waren und die Erbschaft aufgebraucht war, machten sie aus dem Haus ein Bed & Breakfast. »Was Sie über das Cape wissen wollen, wo es am schönsten ist und wo man am besten isst, fragen Sie mich. Und wenn Sie heute rausgehen – Strand ist auch bei Regen Strand, Wald ist nur nass.«

In den Bäumen des Walds hing der Nebel. Er hüllte auch die Häuser ein, die abseits der Straße standen. Das kleine Haus, in dem Susan wohnte, war ein Pförtnerhaus, neben dem eine Auffahrt zu einem großen, nebelverhüllten, geheimnisvollen Haus führte. Er fand keine Klingel und klopfte. »Gleich«, rief sie, und es klang weit weg. Er hörte sie eine Treppe hinauflaufen, eine Tür zuwerfen und einen Gang entlangrennen. Dann stand sie vor ihm, außer Atem und eine Flasche Champagner in der Hand. »Ich war im Keller.«

Der Champagner machte ihm wieder Angst. Er sah Susan und sich mit den Gläsern vor einem Feuer im Kamin auf einem Sofa sitzen. Sie rückte näher. Es war so weit.

»Was stehst du und guckst? Komm rein!«

In dem großen Zimmer neben der Küche sah er tatsächlich einen Kamin, daneben Holz und davor ein Sofa. Susan hatte in der Küche gedeckt, und wieder trank er Orangensaft und aß Rühreier, und danach gab es Obstsalat mit Nüssen. »Es hat wunderbar geschmeckt. Aber jetzt muss ich raus und laufen oder Fahrrad fahren oder schwimmen.« Als sie zweifelnd in den Regen sah, erzählte er ihr von seinem doppelten Frühstück.

»Du wolltest John und Linda nicht enttäuschen? Was für ein Schatz du bist!« Sie sah ihn vergnügt und bewundernd an. »Ja, warum nicht schwimmen! Du hast keine Badehose? Du willst…« Sie schaute zweifelnd, war aber einverstanden, packte Handtücher in eine große Tasche und legte einen Schirm, den Champagner und zwei Gläser dazu. »Wir können übers Grundstück gehen, es ist schöner und geht schneller.«

4

Sie kamen an dem großen Haus vorbei, einem mit hohen Säulen und geschlossenen Läden auch aus der Nähe geheimnisvollen Bau. Sie stiegen die breiten Stufen hoch, standen auf der Terrasse zwischen den Säulen, gingen ums Haus und fanden die Treppe zur überdachten Veranda vor dem nächsten Geschoss. Von hier ging der nebeltrübe Blick über Dünen und Strand zum grauen Meer.

»Es liegt ganz still«, flüsterte sie.

Sah sie das auf diese Entfernung? Hörte sie es? Es regnete nicht mehr, und in der tiefen Stille mochte auch er nur flüstern. »Wo sind die Möwen?«

»Draußen auf dem Meer. Wenn der Regen aufhört, kommen die Würmer aus der Erde und die Fische an die Oberfläche.«

»Das glaube ich nicht.«

Sie lachte. »Wollten wir nicht schwimmen?« Sie lief los, so schnell und des Wegs so sicher, dass er mit der großen Tasche nicht mithalten konnte. In den Dünen verlor er sie aus den Augen, und als er den Strand erreichte, zog sie gerade die letzte Socke aus und rannte zum Meer. Als er am Meer war, schwamm sie schon weit draußen.

Das Meer lag tatsächlich ganz still und war nur kalt, bis er zu schwimmen begann. Dann schmeichelte es seinem nackten Körper. Er schwamm weit hinaus und ließ sich auf dem Rücken treiben. Noch weiter draußen kraulte Susan. Als der Regen wieder einsetzte, genoss er die Tropfen auf seinem Gesicht.

Der Regen wurde dichter, und er sah Susan nicht mehr. Er rief. Er schwamm in die Richtung, in der er meinte, sie zuletzt gesehen zu haben, und rief wieder. Als er das Land kaum noch sah, kehrte er um. Er war kein schneller Schwimmer, strengte sich an, kam aber nur langsam voran, und die Langsamkeit steigerte seine Angst zur Panik. Wie lange würde Susan durchhalten? Hatte er das Handy in der Hosentasche? Bekam er am Strand eine Verbindung? Wo war das nächste Haus? Er hielt die Anstrengung nicht durch, wurde noch langsamer und noch panischer.

Dann sah er eine blasse Gestalt aus dem Meer steigen und am Strand stehen bleiben. Der Zorn gab ihm Kraft. Wie hatte sie ihm solche Angst einjagen können! Als sie winkte, winkte er nicht zurück.

Als er wütend vor ihr stand, lächelte sie ihn an. »Was ist los?«

»Was los ist? Ich habe eine Wahnsinnsangst gekriegt, als ich dich nicht mehr gesehen habe. Warum bist du nicht vorbeigeschwommen, als du zurückgeschwommen bist?«

»Ich habe dich nicht gesehen.«

»Du hast mich nicht gesehen?«

Sie wurde rot. »Ich bin ziemlich kurzsichtig.«

Sein Zorn kam ihm plötzlich lächerlich vor. Sie standen sich nackt und nass gegenüber, beiden lief der Regen übers Gesicht, beide hatten Gänsehaut und zitterten und wärmten sich die Brust mit den Armen. Sie sah ihn mit dem verletzlichen, suchenden Blick an, in dem sich, wie er jetzt wusste, nicht Unsicherheit ausdrückte, sondern nur Kurzsichtigkeit. Er sah die blauen Adern, die durch ihre dünne weiße Haut schienen, ihr Schamhaar, rotblond, obwohl das Haar auf ihrem Kopf hellblond war, ihren flachen Bauch und ihre schmalen Hüften, ihre kräftigen Arme und Beine. Er schämte sich seines Körpers und zog den Bauch ein. »Es tut mir leid, dass ich grob war.«

»Ich verstehe schon. Du hattest Angst.« Sie lächelte ihn wieder an.

Er war verlegen. Dann gab er sich einen Ruck, zeigte mit dem Kopf zu der Stelle bei den Dünen, wo ihre Sachen lagen, rief »los!« und rannte los. Sie war schneller als er und hätte ihn mühelos überholen können. Aber sie rannte neben ihm her, und es erinnerte ihn an seine Kindheit, an die Freude des gemeinsamen Rennens zu einem gemeinsamen Ziel mit den Schwestern oder den Freunden. Er sah ihre kleinen Brüste, die sie, als sie am Strand gestanden war, mit den Armen geschützt hatte, und ihren kleinen Po.

5

Ihre Kleider waren nass. Aber die Handtücher waren in der Tasche trocken geblieben, und Susan und Richard hüllten sich hinein und setzten sich unter den Schirm und tranken Champagner.

Sie lehnte sich an ihn. »Erzähl mir von dir. Von vorne, von deiner Mutter und deinem Vater und deinen Geschwistern, bis jetzt. Stammst du aus Amerika?«

»Aus Berlin. Meine Eltern gaben Musikunterricht, er Klavier und sie Geige und Bratsche. Wir waren vier Kinder, und ich durfte auf die Musikhochschule, obwohl meine drei Schwestern viel besser waren als ich. Mein Vater wollte es so; er konnte den Gedanken nicht ertragen, ich würde versagen, wie er versagt hatte. Also ging ich für ihn auf die Musikhochschule, wurde für ihn zweiter Flötist im New York Philharmonic Orchestra und werde für ihn eines Tages erster Flötist in einem anderen guten Orchester werden.«

»Leben deine Eltern noch?«

»Mein Vater ist vor sieben Jahren gestorben, meine Mutter letztes Jahr.«

Sie dachte nach. Dann fragte sie: »Wenn du nicht für deinen Vater Flötist geworden wärst, sondern gemacht hättest, was du hättest machen wollen – was wärst du?«

»Lach mich nicht aus. Als zuerst mein Vater und dann meine Mutter starben, dachte ich, endlich bin ich frei und kann machen, was ich will. Aber sie sitzen immer noch in meinem Kopf und reden auf mich ein. Ich müsste ein Jahr lang raus, weg vom Orchester, weg von der Flöte, müsste laufen, schwimmen, nachdenken und vielleicht aufschreiben, wie es zu Hause mit den Eltern und den Schwestern war. Damit ich am Ende des Jahres wüsste, was ich will. Vielleicht wäre es sogar die Flöte.«

»Ich habe mir manchmal gewünscht, jemand würde auf mich einreden. Meine Eltern hatten einen Autounfall und starben, als ich zwölf war. Die Tante, zu der ich kam, mochte Kinder nicht. Ich weiß auch nicht, ob mein Vater mich mochte. Er hat manchmal gesagt, er freut sich, wenn ich größer bin und er was mit mir anfangen kann – klang nicht so gut.«

»Das tut mir leid. Wie war deine Mutter?«

»Schön. Sie wollte, dass ich so schön werde wie sie. Meine Garderobe war so fein wie ihre, und wenn Mutter mir beim Anziehen half, war sie wunderbar, liebevoll, zärtlich. Sie hätte mir beigebracht, wie man mit biestigen Freundinnen und frechen Freunden umgeht. So musste ich alles alleine lernen.«

Sie saßen unter dem Schirm und hingen ihren Erinnerungen nach. Wie zwei Kinder, die sich verirrt haben und nach Hause sehnen, dachte er. Ihm fielen Lieblingsbücher seiner Kindheit ein, in denen Jungen und Mädchen sich verirrten und in Höhlen und Hütten überlebten, auf einer Reise überfallen und in die Sklaverei verschleppt, in London geraubt und zum Betteln und Stehlen gezwungen oder aus dem Tessin als Schornsteinfeger nach Mailand verkauft wurden. Er hatte mit den Kindern um den Verlust der Eltern getrauert und auf die Rückkehr zu ihnen gehofft. Aber der Reiz der Geschichten lag darin, dass die Kinder ohne die Eltern zurechtkamen. Wenn sie schließlich nach Hause zurückkehrten, waren sie den Eltern entwachsen. Warum ist es so schwer, selbständig zu sein, wozu man doch nur sich selbst braucht und niemand anders? Er seufzte.

»Was ist?«

»Nichts«, sagte er und legte den Arm um sie.

»Du hast geseufzt.«

»Ich wäre gerne weiter, als ich bin.«

Sie kuschelte sich an seine Seite. »Das Gefühl kenne ich. Aber ist es nicht so, dass wir in Schüben weiterkommen? Lange tut sich nichts, und plötzlich erleben wir eine Überraschung, haben eine Begegnung, treffen eine Entscheidung und sind nicht mehr dieselben wie zuvor.«

»Nicht mehr dieselben wie zuvor? Ich war vor einem halben Jahr auf einem Klassentreffen, und die, die in der Schule anständig und angenehm gewesen waren, waren's immer noch, und die Arschlöcher waren immer noch Arschlöcher. Den anderen wird es mit mir nicht anders ergangen sein. Für mich war es ein Schock. Da arbeitet man an sich, denkt, man verändert und entwickelt sich, und die anderen erkennen einen sofort als den wieder, der man schon immer war.«

»Ihr Europäer seid Pessimisten. Ihr kommt aus der Alten Welt und könnt euch nicht vorstellen, dass die Welt neu wird und dass Menschen neu werden.«

»Lass uns am Strand wandern. Der Regen hat fast aufgehört.«

Sie schlugen die Handtücher um sich, liefen über den Strand und neben dem Meer. Sie liefen mit bloßen Füßen, und der nasse, kalte Sand prickelte.

»Ich bin kein Pessimist. Ich hoffe immer, dass mein Leben besser wird.«

»Ich auch.«

Als es wieder heftiger regnete, gingen sie zurück zu Susans Haus. Sie froren. Während Richard duschte, ging Susan in den Keller und stellte die

Heizung an; während Susan duschte, machte Richard ein Feuer im Kamin. Er trug den Morgenmantel, den Susan von ihrem Vater behalten hatte, rot, warm, schwere Wolle mit seidenem Futter. Sie hängten ihre nassen Kleider zum Trocknen auf und fanden heraus, wie der Samowar funktionierte, der auf dem Sims über dem Kamin stand. Dann saßen sie auf dem Sofa, sie im Schneidersitz in der einen, er auf den Knien in der anderen Ecke, tranken Tee und sahen einander an.

»Ich kann meine Sachen sicher bald wieder anziehen.«

»Bleib doch. Was willst du bei dem Regen machen? Alleine in deinem Zimmer sitzen?«

»Ich …« Er wollte einwenden, dass er sich nicht aufdrängen, sie nicht belästigen, ihren Tagesablauf nicht durcheinanderbringen wolle. Aber es waren Floskeln. Er wusste, dass sie sich über seine Gesellschaft freute. Er las es in ihrem Gesicht und hörte es in ihrer Stimme. Er lächelte sie an, zuerst höflich, dann verlegen. Wie, wenn die Situation bei Susan Erwartungen weckte, denen er nicht genügen konnte? Aber dann griff sie aus den Büchern und Zeitschriften neben dem Sofa ein Buch und las. Sie saß und las so selbstgenügsam, so behaglich, so entspannt, dass auch er sich zu entspannen begann. Er suchte und fand ein Buch, das ihn interessierte, las aber nicht, sondern sah ihr beim Lesen zu. Bis sie aufschaute und ihn anlächelte. Er lächelte zurück, endlich entspannt, und machte sich ans Lesen.

6

Als er um zehn ins Bed & Breakfast kam, saßen Linda und John vor dem Fernseher. Er sagte ihnen, er brauche am nächsten Morgen kein Frühstück, er werde bei der jungen Frau in dem kleinen Haus eine Meile weiter frühstücken, einer Bekanntschaft vom Abendessen im Restaurant.

»Sie wohnt nicht im großen Haus?«

»Das macht sie, wenn sie alleine kommt, schon lange nicht mehr.«

»Aber im letzten Jahr…«

»Im letzten Jahr kam sie alleine, hatte aber ständig Besuch.«

Richard hörte Linda und John mit wachsender Irritation zu. »Sie reden von Susan…« Er merkte, dass sie sich einander nur mit dem Vornamen vorgestellt hatten.

»Susan Hartman.«

»Ihr gehört das große Haus mit den Säulen?«

»Ihr Großvater hat es in den zwanziger Jahren gekauft. Nach dem Tod ihrer Eltern hat der Verwalter das Anwesen runtergewirtschaftet, die Miete kassiert und nichts investiert, bis Susan ihn vor ein paar Jahren entlassen und die Häuser und den Garten wieder hergerichtet hat.«

»Hat das nicht ein Vermögen gekostet?«

»Es hat ihr nicht weh getan. Wir hier sind froh – es gab Interessenten, die das Grundstück parzellieren und das Haus aufteilen oder durch ein Hotel ersetzen wollten. Hier wäre alles anders geworden.«

Richard wünschte Linda und John eine gute Nacht und ging auf sein Zimmer. Er hätte Susan nicht angesprochen, wenn er von ihrem Reichtum gewusst hätte. Er mochte reiche Leute nicht. Er verachtete ererbten Reichtum und hielt erwirtschafteten Reichtum für ergaunert. Seine Eltern hatten nie genug verdient, um den vier Kindern zu geben, was sie ihnen gerne gegeben hätten, und er verdiente am New York Philharmonic Orchestra gerade so viel, dass er in der teuren Stadt zurechtkam. Er hatte keine reichen Freunde und nie welche gehabt.

Er war wütend auf Susan. Als hätte sie ihn an der Nase herumgeführt. Als hätte sie ihn in eine Situation gelockt, in der er jetzt festsaß. Saß er fest? Er musste am nächsten Morgen nicht zu ihr zum Frühstück gehen. Oder er konnte zu ihr gehen und ihr sagen, sie könnten sich nicht mehr sehen, sie seien zu verschieden, ihre Leben seien zu verschieden, ihre Welten seien zu verschieden. Aber sie hatten gerade den Nachmittag gemeinsam vor dem Kamin verbracht und einander gelegentlich ein paar Sätze vorgelesen, sie hatten zusammen gekocht, gegessen, abgespült, einen Film angesehen und sich beide wohl gefühlt. Zu verschieden?

Er putzte seine Zähne mit einer solchen Wut, dass er seine linke Backe verletzte. Er setzte sich aufs Bett, hielt die Backe und tat sich leid. Er saß tatsächlich fest. Er hatte sich in Susan verliebt. Nur ein bisschen verliebt, sagte er sich. Denn was wusste er wirklich über sie? Was mochte er eigentlich an ihr? Wie sollte es mit der Verschiedenheit ihrer Leben und ihrer Welten gehen? Dreimal würde sie es vielleicht charmant finden, in dem kleinen italienischen Restaurant zu essen, das er sich leisten konnte. Sollte er sich danach von ihr einladen lassen? Oder sich mit Kreditkarten verschulden?

Er schlief nicht gut. Er wachte immer wieder auf, und als er um sechs merkte, dass er nicht mehr einschlafen würde, gab er auf, zog sich an und ging aus dem Haus. Der Himmel war voller dunkler Wolken, aber im Osten schimmerte es rot. Wenn Richard den Aufgang der Sonne über dem Meer nicht verpassen wollte, musste er sich beeilen und in den Straßenschuhen losrennen, die er statt der Laufschuhe angezogen hatte. Die Sohlen klatschten laut auf die Straße, scheuchten einmal einen Schwarm Krähen auf und einmal ein paar Hasen. Das Rot im Osten leuchtete breiter und stärker; Richard hatte schon ein ähnliches Abend-, aber noch nie ein solches Morgenrot gesehen. Vor Susans Haus gab er sich Mühe, leise zu sein.

Dann erreichte er den Strand. Die Sonne stieg golden empor, aus einem glühenden Meer in einen flammenden Himmel – einige Augenblicke lang, bis die Wolken alles auslöschten. Richard war, als sei es plötzlich nicht nur dunkler, sondern auch kälter.

Er hätte sich keine Mühe geben müssen, vor Susans Haus leise zu sein. Sie war auch schon auf. Sie saß am Fuß einer Düne, sah ihn, stand auf und kam. Sie ging langsam; bei den Dünen war der Sand tief und fiel das Gehen schwer. Richard ging ihr entgegen, aber nur, weil er höflich sein wollte. Er sah ihr lieber zu, wie sie ging, mit ruhigem Schritt, mit sicherer Haltung, den Kopf manchmal gesenkt und manchmal gehoben und bei gehobenem Kopf den Blick fest auf ihn gerichtet. Ihm war, als würden sie im Aufeinanderzugehen etwas miteinander verhandeln, aber er wusste nicht, was. Er verstand nicht, was ihr Gesicht fragte und was für Antworten sie in seinem fand. Er lächelte, aber sie erwiderte das Lächeln nicht, sondern sah ihn ernst an.

Als sie einander gegenüberstanden, nahm sie seine Hand. »Komm!« Sie führte ihn zum Haus und über die Treppe ins Schlafzimmer. Sie zog sich aus, legte sich ins Bett und sah zu, wie er sich auszog und ins Bett legte. »Ich habe so lange auf dich gewartet.«

7

So liebte sie ihn. Als hätte sie ihn lange gesucht und endlich gefunden. Als könnten sie und er nichts falsch machen.

Sie nahm ihn mit, und er ließ es geschehen. Er fragte sich nicht: Wie bin ich?, und fragte sie nicht: Wie war ich? Als sie danach beieinanderlagen, wusste er, dass er sie liebte. Diese kleine Person mit den zu kleinen Augen, dem zu kräftigen Kinn, der zu dünnen Haut und der Gestalt, die knabenhafter war als die Frauengestalten, die er bisher geliebt hatte. Die eine Sicherheit hatte, die sie, herumgeschubst von mäßig liebevollen Eltern zu einer lieblosen Tante, nicht hätte haben dürfen. Die mehr Geld zu haben schien, als ihr guttun konnte. Die in ihm sah, was er selbst nicht sah, und die es ihm damit gab.

Er hatte zum ersten Mal eine Frau geliebt, als gebe es keine Bilder davon, wie Liebe zu geschehen hat.

Als seien sie ein Paar aus dem 19. Jahrhundert, dem Kino und Fernsehen noch nicht mit ihren Bildern vorschreiben konnten, wie richtig geküsst, richtig gestöhnt, dem Gesicht der richtige Ausdruck der Leidenschaft und dem Körper die richtige Zuckung der Lust gegeben wird. Ein Paar, das die Liebe und das Küssen und Stöhnen für sich erfand. Susan schien nie die Augen zu schließen. Wann immer er sie ansah, sah auch sie ihn an. Er liebte ihren Blick, selbstvergessen, vertrauensvoll.

Sie stützte sich auf und lachte ihn an. »Wie gut, dass ich dich, als du im Restaurant nicht wusstest, was du tun solltest, angelächelt habe. Ich dachte zuerst, es sei nicht nötig. Ich dachte, du kämst auf dem direktesten und schnellsten Weg zu mir.«

Er lachte fröhlich zurück. Ihnen kam nicht in den Sinn, was bei der Begegnung im Restaurant geknirscht und geholpert hatte, als Warnung zu nehmen. Sie nahmen es als Ungeschick, das von einem Lachen überwunden werden konnte.

Sie blieben bis zum Abend im Bett. Dann holten sie Susans Auto aus der Garage, einen gepflegten älteren BMW, und fuhren durch Nacht und Regen zu einem Supermarkt. Das Licht war grell, es roch chemisch sauber, die Musik klang synthetisch, und die wenigen Käufer schoben ihre Einkaufswagen müde durch die leeren Gänge. »Wir hätten im Bett bleiben sollen«, flüsterte sie ihm zu, und er war froh, dass sie von Licht und Geruch und Musik ebenso verstört war wie er. Sie seufzte, lachte, machte sich ans Einkaufen und hatte den Wagen bald voll. Manchmal tat auch er etwas hinein, Äpfel, Pfannkuchen, Wein. An der Kasse zahlte er mit seiner Kreditkarte und wusste, dass er im nächsten Monat zum ersten Mal die Abrechnung nicht würde zahlen können. Es beunruhigte ihn, aber mehr noch irritierte ihn, dass ihn an einem solchen Tag die Lappalie eines überzogenen Kreditkartenkontos beunruhigen konnte. Also kaufte er im Wein- und Spirituosenladen nebenan drei Flaschen Champagner.

Auf der Heimfahrt fragte sie: »Holen wir deine Sachen?«

»Vielleicht schlafen Linda und John schon. Ich will sie nicht wecken.«

Susan nickte. Sie fuhr schnell und sicher, und daran, wie sie die vielen Kurven nahm, merkte er, dass sie das Auto und die Strecke gut kannte. »Bist du mit dem Auto von Los Angeles gekommen?«

»Nein. Das Auto gehört hierher. Clark kümmert sich um Haus und Garten und auch ums Auto.«

»Du wohnst im großen Haus nur, wenn du Gäste hast?«

»Wollen wir morgen hochziehen?«

»Ich weiß nicht. Es ist …«

»Es ist für mich zu groß. Aber mit dir würde es Spaß machen. Wir würden in der Bibliothek lesen, im Billardzimmer spielen, im Musikzimmer würdest du Flöte üben, im kleinen Salon würde ich das Frühstück und im großen das Abendessen servieren lassen.« Sie redete immer fröhlicher, immer entschlossener. »Wir schlafen im großen Schlafzimmer, in dem meine Großeltern und Eltern geschlafen haben. Oder wir schlafen in meinem Zimmer in dem Bett, in dem ich als Mädchen von meinem Prinzen geträumt habe.«

Er sah ihr lächelndes Gesicht im matten Licht der Armaturen. Susan war an ihre Erinnerungen verloren. Zum ersten Mal, seit sie sich kannten, war sie weit weg. Richard wollte fragen, von welchem Schauspieler oder Sänger sie damals geträumt hatte, wollte alles über die Männer in ihrem Leben wissen, wollte hören, dass sie alle nur Propheten waren und er der Messias. Aber dann kam ihm seine Sorge um die anderen Männer ebenso kleinlich vor wie die um das überzogene Kreditkartenkonto. Er war müde und legte den Kopf an Susans Schulter. Sie strich ihm mit der Linken über den Kopf, drückte den Kopf an ihre Schulter, und er schlief ein.

8

Über die Männer in Susans Leben erfuhr er alles in den nächsten Tagen. Er erfuhr auch von ihrer Sehnsucht nach Kindern, mindestens zwei, am liebsten vier. Mit ihrem Mann hatte es zunächst nicht geklappt, dann hatte sie ihn nicht mehr geliebt und sich von ihm scheiden lassen. Er erfuhr, dass sie auf dem College Kunstgeschichte studiert hatte, auf die Business School gegangen war und eine Firma für Spielzeugeisenbahnen saniert hatte. Sie hatte die Firma von ihrem Vater geerbt und inzwischen mit den anderen Firmen, die sie geerbt hatte, verkauft. Er erfuhr, dass sie eine Wohnung in Manhattan hatte, die sie gerade renovieren ließ, weil sie von Los Angeles nach New York ziehen wollte. Er erfuhr auch, dass sie einundvierzig war, zwei Jahre älter als er.

Immer wieder mündete, was Susan von ihrem bisherigen Leben erzählte, in Pläne für eine gemeinsame Zukunft. Sie beschrieb ihre Wohnung in New York: die breite Treppe, die vom unteren Geschoss der Wohnung im sechsten Stock zum oberen im siebten führte, die breiten Flure, die großen, hohen Räume, die Küche mit dem Essensaufzug, den Blick auf den Park. Sie war in der Wohnung aufgewachsen, bis ihre Tante sie nach dem Tod der Eltern nach Santa Barbara holte. »Ich bin die Treppengeländer runtergerutscht und in den Fluren Rollschuh gelaufen, habe in den Essensaufzug gepasst, bis ich sechs war, und konnte vom Bett das Spiel der Baumwipfel vor dem Fenster sehen. Du musst dir die Wohnung anschauen!« Sie konnte sie ihm nicht zeigen, weil sie vom Cape nach Los Angeles fliegen und den Umzug der Stiftung und den eigenen Umzug vorbereiten musste. »Triffst du dich mit dem Architekten? Wir können noch alles ändern.«

Ihr Großvater hatte nicht nur die zweistöckige Wohnung, sondern das ganze Haus an der 5th Avenue günstig in der Wirtschaftskrise gekauft. Wie das Anwesen auf dem Cape und eines in den Adirondacks. »Auch das muss ich wieder herrichten. Hast du Spaß an Architektur? Am Bauen und Renovieren und Einrichten? Ich habe Pläne bekommen und mitgebracht – schaust du sie mit mir an?«

Sie erzählte von einem befreundeten Paar, das seit Jahren vergebens auf Kinder gehofft und seine Ferien gerade auf einer Fertility Farm verbracht hatte. Sie beschrieb die Diät und das Programm, das den beiden Schlaf- und Gymnastik- und Essenszeiten und auch die Zeiten vorgab, zu denen sie sich zu lieben hatten. Sie fand es lustig und war zugleich ein bisschen ängstlich. »Ihr Europäer kennt das nicht, habe ich gelesen. Ihr nehmt das Leben als Schicksal, an dem man nichts ändern kann.«

»Ja«, sagte er, »und wenn uns bestimmt ist, unsere Väter zu erschlagen und unsere Mütter zu beschlafen, dann gibt es nichts, was wir dagegen tun können.«

Sie lachte. »Dann könnt ihr eigentlich nichts gegen die Fertility Farm haben. Wenn sie eurer Bestimmung nicht hilft, kann sie ihr doch auch nicht schaden.« Sie zuckte entschuldigend die Schultern. »Es ist nur, weil es mit Robert damals nicht geklappt hat. Vielleicht lag es gar nicht an mir, vielleicht lag es an ihm, wir haben keine Tests gemacht. Trotzdem habe ich seitdem Angst.«

Er nickte. Auch er bekam Angst. Vor den mindestens zwei und höchstens vier Kindern. Davor, Susan auf der Fertility Farm bei bestimmter Diät zu bestimmten Zeiten lieben zu müssen. Vor dem lauten Ticken der biologischen Uhr, bis das vierte Kind kam oder keines mehr kommen konnte. Davor, dass die Hingabe und Leidenschaft, mit der Susan ihn liebte, nicht ihm galt.

»Du musst keine Angst haben. Ich sage einfach, was mich beschäftigt. Das heißt nicht, dass das mein letztes Wort ist. Du zensierst, was du sagst.«

»Das ist wieder europäisch.« Er wollte nicht über seine Angst reden. Sie hatte recht; er zensierte, was er sagte, sie sagte, was sie gerade dachte und fühlte. Nein, sie wollte nicht den Aufenthalt in der Fertility

Farm mit ihm planen. Aber sie wollte die Zukunft mit ihm planen, und obwohl er das auch wollte, von Tag zu Tag mehr, hatte er so viel weniger einzubringen als sie, keine Wohnung, keine Häuser, kein Geld. Hätten er und die Frau am ersten Pult der zweiten Geigen sich ineinander verliebt, dann hätten sie zusammen eine Wohnung gesucht und zusammen entschieden, was von ihren und was von seinen Möbeln in die neue Wohnung kommt und was sie bei Ikea oder beim Trödel suchen müssen. Susan war sicher bereit, ein oder zwei Zimmer mit seinen Sachen einzurichten. Aber er wusste, dass es nicht stimmen würde.

Er konnte seine Flöte und seine Noten mitbringen und an dem Notenständer üben, den sie sicher unter ihren Möbeln hatte. Er konnte seine Bücher in ihre Regale stellen, seine Papiere in den Aktenschrank ihres Vaters legen und seine Briefe an dessen Schreibtisch schreiben. Seine Kleider hängte er am besten gleich in ihren Schrank hier auf dem Land; in der Stadt würde er in ihnen keine gute Figur an ihrer Seite machen. Sie würde ihm mit Freude und modischem Verstand neue Kleider kaufen.

Er übte viel. Meistens trocken, wie er es nannte, wenn er einfach den kleinen Finger beugte und streckte. Immer öfter auch an der Flöte. Sie wurde ein Stück von ihm, wie sie es bisher nicht gewesen war. Sie gehörte ihm, war viel wert, mit ihr schuf er Musik und verdiente Geld, er konnte sie überallhin mitnehmen, er war überall mit ihr zu Hause. Und er bot Susan mit seinem Spiel, was niemand sonst ihr bieten konnte. Wenn er improvisierte, fand er Melodien, die zu ihren Stimmungen passten.

9

Das Eckzimmer des großen Hauses war ihr Lieblingszimmer. Die vielen Fenster reichten bis zum Boden und wurden bei schönem Wetter zur Seite geschoben, bei rauhem durch Läden geschützt. Hier fühlten sie sich, wenn der Regen sie nicht am Strand wandern ließ, dem Meer, den Wellen, den Möwen, den gelegentlichen Schiffen doch nahe. Manchmal peitschte der Regen ihnen am Strand so kalt und scharf ins Gesicht, dass es weh tat.

Das Zimmer war mit Korbmöbeln ausgestattet, mit Liegen, Sesseln, Tischen und weichen Polstern auf dem harten Geflecht. »Schade«, sagte er, als sie ihn durchs Haus führte und er die Liegen sah, nur für eine Person breit genug. Zwei Tage später hielt, als sie im kleinen Salon frühstückten, ein Lastwagen, und zwei Männer in blauen Overalls trugen eine Doppelliege ins Haus. Sie passte zu den anderen Möbeln, und ihr Polster trug dasselbe Blumenmuster wie die anderen Polster.

Das Wetter sorgte dafür, dass ein Tag dem anderen glich. Es regnete Tag um Tag, manchmal steigerte der Regen sich zum Gewitter, manchmal setzte er für Stunden und manchmal nur für Minuten aus, manchmal riss der Himmel kurz auf, und die Dächer leuchteten blank. Wenn das Wetter es zuließ, wanderten Susan und Richard am Strand, wenn die Vorräte ausgingen, fuhren sie zum Supermarkt, sonst blieben sie im großen Haus. Susan hatte beim Wechsel vom kleinen ins große Haus Clarks Frau Mita angerufen, die jeden Tag für einige Stunden kam, sich ums Putzen und Waschen und Kochen kümmerte. Sie tat es so diskret, dass Richard ihr erst nach einigen Tagen begegnete.

Eines Abends luden sie Linda und John zum Essen ein. Susan und Richard kochten, hatten keine Ahnung vom Kochen und taten sich schon schwer, das Kochbuch zu lesen. Aber sie brachten schließlich Steaks mit Kartoffeln und Salat auf den Tisch und hatten das gute Gefühl, gemeinsam Krisen bestehen zu können. Sonst luden sie niemanden ein und besuchten niemanden. »Für unsere Freunde ist immer noch Zeit.«

Wenn die Dämmerung einsetzte, liebten sie sich. Ihnen genügte das Licht des Abends, bis es völlig dunkel war und sie eine Kerze anzündeten. Sie liebten sich so ruhig, dass Richard sich manchmal fragte, ob er Susan glücklicher machen würde, wenn er ihr und sich die Kleider vom Leib risse, über sie herfiele und sich ihr auslieferte. Er schaffte es nicht, und sie schien es nicht zu vermissen. Wir sind keine Wildkatzen, dachte er, wir sind Hauskatzen.

Bis zu ihrem großen Streit, dem ersten und einzigen, den sie hatten. Sie wollten zum Supermarkt fahren, und Susan ließ Richard im Auto warten, weil sie plötzlich ans Telefon musste und am Telefon kein Ende fand. Dass sie ihn ohne Erklärung warten ließ, dass sie ihn vergessen hatte oder einfach vernachlässigen konnte, machte ihn so wütend, dass er ausstieg, ins Haus ging und sie anfuhr, als sie gerade den Hörer auf die Gabel legte. »Ist das, was ich zu erwarten habe? Was du machst, ist wichtig, und was ich mache, nicht? Deine Zeit ist kostbar, meine nicht?«

Sie verstand ihn zunächst nicht. »Los Angeles hat angerufen. Der Vorstand …«

»Warum hast du das nicht gesagt? Warum hast du mich ewig …«

»Tut mir leid, dass ich dich ein paar Minuten habe warten lassen. Ich dachte, ein europäischer Mann sieht einer Frau …«

»Die Europäer – ich kann's nicht mehr hören. Ich habe draußen eine halbe Stunde …«

Jetzt wurde auch sie wütend. »Eine halbe Stunde? Ein paar Minuten waren es. Wenn sie dir zu lange werden, geh ins Haus, und lies die Zeitung. Du Primadonna, du ...«

»Primadonna? Ich? Wer von uns ...«

Sie warf ihm unverständliches, übertriebenes Getue vor. Er verstand nicht, was unverständlich und übertrieben daran sein sollte, dass er ebenso zählen wollte wie sie, er, der nichts hatte, wie sie, die alles hatte. Sie verstand nicht, dass er auf den abwegigen Gedanken kommen konnte, er zähle nicht. Schließlich schrien sie einander an, wütend, verzweifelt.

»Ich hasse dich!« Sie trat zu ihm, er wich zurück, sie blieb an ihm, und als er an der Wand stand und nicht weiterkonnte, schlug sie ihm mit den Fäusten auf die Brust, bis er sie in die Arme nahm und an sich drückte. Zuerst nestelte sie an den Knöpfen seines Hemds, dann riss sie es auf, er versuchte, ihr die Jeans auszuziehen, und sie ihm, aber es war zu mühsam und ging zu langsam, und so machten sie es selbst und zogen in einem Schwung Jeans und Unterhosen und Socken aus. Sie liebten sich auf dem Boden im Flur, hastig, drängend, leidenschaftlich.

Danach lag er auf dem Rücken und sie halb in seinem Arm, halb auf seiner Brust. »Also doch«, sagte er und lachte fröhlich. Sie machte eine kleine Bewegung, ein Kopfschütteln, ein Schulterzucken, und schmiegte sich enger an ihn. Er spürte, dass sie, anders als ihn, nicht die Leidenschaft des Streitens in die Leidenschaft des Liebens getragen hatte. Sie hatte sein Hemd nicht aufgerissen, weil sie seine Brust fühlen, sondern weil sie sein Herz finden wollte. Ihre Leidenschaft hatte der Rückkehr zur Ruhe gegolten, die sie im Streit verloren hatten.

Sie fuhren zum Supermarkt, und Susan füllte den Einkaufswagen, als blieben sie noch Wochen. Auf der Heimfahrt brach die Sonne durch die Wolken, und sie nahmen die nächste Straße ans Meer, nicht ans offene Meer, sondern an die Bay. Das Wasser war glatt und die Luft klar; sie sahen die Spitze des Cape und die andere Seite der Bay.

»Ich mag es, wenn vor dem Gewitter die Sicht so weit ist und die Konturen so scharf sind.«

»Gewitter?«

»Ja. Ich weiß nicht, ob die Feuchtigkeit oder die Elektrizität die Luft so klar macht, aber es ist die Luft vor dem Gewitter. Eine trügerische Luft; sie verspricht dir gutes Wetter, und was sie bringt, ist ein Gewitter.«

»Bitte entschuldige, dass ich dich vorhin angefahren habe. Nicht nur angefahren, ich habe dich angeschrien. Es tut mir aufrichtig leid.«

Er wartete, dass sie etwas sagte. Dann sah er, dass sie weinte, und blieb erschrocken stehen. Sie hob ihr tränennasses Gesicht und legte ihm die Arme um den Hals. »So was Schönes hat noch nie jemand zu mir gesagt. Dass ihm leidtut, was er zu mir gesagt hat. Mir tut es auch leid. Ich habe auch geschrien, ich habe dich beschimpft und geschlagen. Wir machen das nie wieder, hörst du, nie wieder.«

10

Dann war der letzte Tag da. Sie flog um halb fünf und er um halb sechs, und sie frühstückten in Ruhe, das erste Mal auf der Terrasse. Die Sonne schien so warm, als seien der Regen und die Kälte nur ein Infekt gewesen, von dem der Sommer sich wieder erholt hatte. Dann machten sie eine Wanderung am Strand.

»Es sind nur ein paar Wochen.«

»Ich weiß.«

»Denkst du morgen an den Termin mit dem Architekten?«

»Ja.«

»Und denkst du an die Matratze?«

»Ich habe nichts vergessen. Ich kaufe eine Matratze und Pappmöbel und Plastikgeschirr und -besteck. Wenn ich Zeit habe, gehe ich ins Möbellager und schaue, ob mir was von den Sachen deiner Eltern gefällt. Wir richten alles gemeinsam ein, Stück um Stück. Ich liebe dich.«

»Hier sind wir uns am ersten Tag begegnet.«

»Ja, auf dem Hinweg. Und auf dem Rückweg dort drüben.«

Sie redeten darüber, wie sie sich begegnet waren, wie unwahrscheinlich ihre Begegnungen waren, weil es doch für ihn nähergelegen hätte, in die eine Richtung zu gehen, und für sie, in die andere, wie sie sich am Abend im Fischrestaurant verfehlt hätten, wenn sie ihn nicht angelächelt, nein, wenn er nicht zu ihr hingesehen hätte, wie sie ihn gefunden hatte, nein, wie er sie.

»Wollen wir packen und dann im Eckzimmer die Fenster zur Seite schieben? Wir haben noch ein paar Stunden.«

»Du musst nicht viel packen. Lass deine Sommer- und Strandsachen hier, dann warten sie nächstes Jahr auf dich.«

Er nickte. Obwohl Linda und John ihm einen Teil des Geldes, das er vorab bezahlt hatte, zurückgezahlt hatten, war sein Kreditkartenkonto heillos überzogen. Aber die Vorstellung, sich für das, was er hier ließ, in New York neue Sachen kaufen und noch mehr verschulden zu müssen, schreckte ihn nicht mehr. So war das eben, wenn man über seine Verhältnisse liebte. Es würde sich schon eine Lösung finden.

Mit den gepackten Reisetaschen neben der Tür fühlte sich das Haus fremd an. Sie stiegen die Treppen hoch, wie sie es oft getan hatten. Aber sie traten sachte auf und redeten leise.

Sie schoben die Fenster zur Seite und hörten das Rauschen des Meers und die Schreie der Möwen. Immer noch schien die Sonne, aber Richard holte aus dem Schlafzimmer die Decke und breitete sie über die Doppelliege.

»Komm!«

Sie zogen sich aus und schlüpften unter die Decke.

»Wie soll ich ohne dich schlafen?«

»Und wie ich ohne dich?«

»Kannst du wirklich nicht mit mir nach Los Angeles fliegen?«

»Ich habe Probe. Kannst du nicht doch mit mir nach New York kommen?«

Sie lachte. »Soll ich das Orchester kaufen? Und du setzt die Proben an?«

»So schnell kannst du das Orchester nicht kaufen.«

»Soll ich anrufen?«

»Bleib!«

Sie hatten Angst vor dem Abschied, und zugleich versetzte sein Bevorstehen sie in eigentümliche Leichtigkeit. Sie waren nicht mehr im gemeinsamen und noch nicht im eigenen Leben, sie waren im Niemandsland. So liebten sie sich auch, zuerst ein bisschen scheu, weil sie sich wieder fremder wurden, und dann heiter. Wie immer sah sie ihn dabei an, selbstvergessen, vertrauensvoll.

Sie fuhren in Susans Auto zum Flughafen. Clark würde es abholen und zurückbringen. Sie tauschten aus, wann sie wo sein und telefonisch erreichbar sein würden, als hätten sie nicht beide ein Handy, über das sie jederzeit überall erreichbar waren. Sie beschrieben einander, was sie in den Tagen und Wochen bis zu ihrem Wiedersehen machen würden, und manchmal spielten sie damit, wie sie dieses und jenes in Zukunft zusammen machen würden. Je näher sie dem Flughafen kamen, desto stärker wurde Richards Bedürfnis, Susan zum Abschied etwas zu sagen, was sie begleiten würde. Aber ihm fiel nichts ein. »Ich liebe dich«, sagte er immer wieder, »ich liebe dich.«

11

Vom Flugzeug aus hätte er gerne noch einmal Haus und Strand gesehen. Aber sie lagen im Norden, und der Flug ging nach Südwesten. Er sah auf Meer und Inseln, dann auf Long Island und schließlich auf Manhattan. Das Flugzeug flog eine große Kehre bis an den Hudson, und er erkannte die Kirche, von der es zu seiner Wohnung nur wenige Schritte waren.

Er hatte sich nur schwer an sein Viertel gewöhnt. Es war laut, und am Anfang hatte er sich, wenn er auf dem nächtlichen Heimweg an coolen und toughen Kids vorbeikam, die vor den Häusern auf den Stufen saßen oder an den Geländern lehnten, tranken, rauchten und Musik dröhnen ließen, auch nicht sicher gefühlt. Manchmal redeten sie ihn an, und er verstand nicht, was sie von ihm wollten und warum sie ihm herausfordernd entgegensahen und spöttisch hinterherlachten. Einmal versperrten sie ihm den Weg und wollten seinen Flötenkasten – er dachte, sie wollten die Flöte stehlen, aber sie wollten sie nur sehen und hören. Sie stellten die Musik ab, und die plötzliche Stille machte sie ein bisschen verlegen. Auch er war verlegen und überdies immer noch ängstlich, und zuerst klang die Flöte dünn, aber dann wurde er mutiger und lockerer, und die Kids summten die Melodie und klatschten den Rhythmus mit. Danach trank er ein Bier mit ihnen. Seitdem grüßten sie ihn, »hey, pipe« oder »hola, flauta«, und er grüßte zurück und lernte allmählich ihre Namen kennen.

Auch seine Wohnung war laut. Er hörte, wie seine Nachbarn sich stritten und schlugen und liebten, und kannte ihre Fernseh- und Radiovorlieben.

Eines Nachts hörte er im Haus einen Schuss und sah im Treppenhaus ein paar Tage lang jeden misstrauisch an. Wenn ihn ein Nachbar zu einem Fest einlud, versuchte er, die Personen den Geräuschen zuzuordnen: die Frau mit den dünnen Lippen zur keifenden Stimme, den Mann mit den Tätowierungen zu den Schlägen, die dralle Tochter mit ihrem Freund zu den Geräuschen der Liebe. Einmal im Jahr revanchierte er sich für die Einladungen mit einem eigenen Fest, bei dem sich die Nachbarn, die einander hassten, ihm zuliebe vertrugen. Nie hatte er wegen seines Flötenspiels Ärger; er konnte am frühen Morgen und am späten Abend üben und hätte auch um Mitternacht niemanden gestört. Er schlief immer mit Stöpseln im Ohr.

Über die Jahre veränderte sich das Viertel. Junge Paare renovierten heruntergekommene Häuser und verwandelten leerstehende Geschäfte in Restaurants. Richard traf Nachbarn, die Ärzte, Anwälte und Banker waren, und konnte seine Besucher zu einem ordentlichen Abendessen ausführen. Sein Haus gehörte zu denen, die blieben, wie sie waren; die Erbengemeinschaft, der es gehörte, war zu zerstritten, um es zu verkaufen oder zu verändern. Aber er mochte es so. Er mochte die Geräusche. Sie gaben ihm das Gefühl, in der ganzen Welt zu leben, nicht nur in einer Enklave des Reichtums.

Er merkte, dass er, als er Susan die nächsten Tage und Wochen beschrieben hatte, den zweiten Oboisten ausgelassen hatte. Sie trafen sich einmal in der Woche zum Abendessen beim Italiener an der Ecke, redeten über das Leben als Europäer in Amerika, berufliche Hoffnungen und Enttäuschungen, Orchestertratsch, Frauen – der Oboist stammte aus Wien und fand die amerikanischen Frauen ebenso schwierig, wie Richard sie bislang gefunden hatte. Er hatte auch den alten Mann ausgelassen, der in seinem Haus unter dem Dach wohnte und abends manchmal auf eine Partie Schach zu ihm kam und so einfallsreich und tiefsinnig spielte, dass es Richard nichts ausmachte, immer zu verlieren. Er hatte nicht von Maria erzählt, einem der Kids von der Straße, die irgendwie an eine Flöte gekommen war, sich von ihm beim Ansatz und bei den Griffen und beim Notenlesen helfen ließ und ihn zum Abschied umarmte, ihre Lippen auf seine gedrückt, ihren Körper an seinen gepresst. Er hatte ihr auch nicht vom Spanischunterricht bei dem salvadorianischen Lehrer im Exil erzählt, der eine Straße weiter wohnte, und nicht von dem gammeligen Fitnesscenter, in dem er sich wohl fühlte. Er hatte Susan nur die Orchesterproben und -aufführungen beschrieben, den Flötisten, der ab und zu mit ihm übte, die Kinder der Tante, die nach dem Krieg mit einem GI nach

New Jersey ausgewandert war, dass er Spanisch lernte, aber nicht bei wem, und dass er ins Fitnesscenter ging, aber nicht wo. Er hatte ihr nichts verheimlichen wollen. Es hatte sich einfach so ergeben.

12

Das Taxi setzte ihn vor seinem Haus ab. Es war warm, Mütter mit Babys saßen auf den Stufen, Kinder spielten zwischen den parkenden Autos Versteck, alte Männer hatten Faltsessel aufgeschlagen und Bierdosen mitgebracht, ein paar Jungs gaben sich Mühe, wie Männer zu gehen, und ein paar Mädchen sahen ihnen kichernd zu. »Hola, flauta«, grüßte ihn der Nachbar, »zurück von der Reise?«

Richard sah die Straße hinauf und hinunter, setzte sich auf die Treppe, stellte die Reisetasche neben sich und stützte die Arme auf die Knie. Das war seine Welt: die Straße, die schmucken und die schäbigen Häuser, an der einen Ecke das italienische Restaurant, in dem er sich mit dem Oboisten traf, an der anderen Ecke die Straße mit Lebensmittelladen, Zeitungsstand und Fitnesscenter, und über die Häuser ragte der Turm der Kirche, neben der sein Spanischlehrer wohnte. Er hatte sich an diese Welt nicht nur gewöhnt. Er liebte sie. Seit er nach

New York gekommen war, hatte er keine dauerhafte Beziehung zu einer Frau gehabt. Was ihn hielt, waren die Arbeit, die Freunde, die Menschen, die an der Straße und im Haus lebten, die Routine des Einkaufens, des Trainierens, des Essens in immer wieder denselben Restaurants. An einem Tag, an dem er morgens die Zeitung holte und mit Amir, dem Eigentümer des Zeitungsstands, drei Sätze über das Wetter wechselte, dann die Zeitung in dem Café las, in dem man gelernt hatte, ihm zum Frühstück zwei Eier im Glas mit Schnittlauch und getoastetem Vollkornbrot zu servieren, dann ein paar Stunden übte, dann die Wohnung putzte oder Wäsche wusch, dann im Fitnesscenter trainierte, dann Maria etwas beibrachte und von ihr umarmt wurde, dann beim Italiener Spaghetti Bolognese aß, dann eine Partie Schach spielte und dann sich schlafen legte, fehlte ihm nichts.

Er sah am Haus hoch zu den Fenstern seiner Wohnung. Die Clematis blühte; vielleicht hatte Maria sie tatsächlich gegossen. Er hatte mit Blumenkästen angefangen, inzwischen standen sie vor mehreren Fenstern. Ob Maria auch nach dem Eimer geschaut hatte, der die Tropfen aus dem kaputten Rohr auffing? Er musste sich um die Reparatur kümmern, vor der Abreise hatte er es nicht mehr geschafft.

Er stand auf und wollte hochgehen. Aber er setzte

sich wieder. Die Post aus dem Kasten holen, die Treppen hochsteigen, die Tür aufschließen, die Wohnung lüften, die Reisetasche auspacken, die Post durchsehen und die eine und andere E-Mail beantworten, dann heiß duschen, die getragenen Sachen in den Wäschekorb werfen und frische Sachen aus dem Schrank nehmen, dann auf dem Anrufbeantworter die Frage des Oboisten finden, ob man sich heute Abend sehen wolle, und zurückrufen und zusagen – wenn er wieder in sein altes Leben träte, würde es ihn nicht mehr loslassen.

Was hatte er sich nur gedacht? Dass er sein altes Leben in das Leben mit Susan mitnehmen könnte? Dass er ein paar Mal in der Woche quer durch die Stadt ins Fitnesscenter und zum Spanischunterricht fahren würde? Dass er dann zufällig Maria und den Kids begegnete? Dass der alte Mann aus seinem Haus gelegentlich ein Taxi nehmen, in die zweistöckige Wohnung an der 5th Avenue fahren und mit ihm im Salon unter einem echten Gerhard Richter eine Partie spielen würde? Dass der Oboist sich in einem Restaurant an der East Side wohl fühlen würde? Er hatte Susan die vielen Seiten seines Lebens, die er nicht in das gemeinsame Leben mitbringen konnte, mit Grund verschwiegen. Er hatte sich nicht der Tatsache stellen wollen, dass er das alte Leben für das neue aufgeben musste.

Na und? Er liebte Susan. In den Tagen auf dem Cape hatte er sie gehabt und hatte ihm nichts gefehlt. So würde er sie auch hier haben, und auch hier würde ihm nichts fehlen. Sie hatten es auf dem Cape doch nicht nur deshalb so schön gehabt, weil sein Leben weit weg war! Sein Leben konnte sich hier doch nicht zwischen sie drängen, nur weil es zwei Meilen vom Ort des neuen Lebens als Gestalt greifbar war!

Doch, es konnte. Also durfte er nicht hochgehen, sondern musste weg, das alte Leben hinter sich lassen, zum neuen aufbrechen, hier, jetzt. Ein Hotel finden. In Susans Wohnung zwischen Malerleitern und Farbeimern kampieren. Jemanden beauftragen, seine Sachen aus seiner Wohnung zu räumen und ihm zu bringen. Aber der Gedanke an das Hotelzimmer oder an Susans Wohnung machte ihm Angst, und er hatte Heimweh, obwohl er noch gar nicht aufgebrochen war.

Wenn er doch noch mit Susan auf dem Cape wäre! Wenn ihre Wohnung fertig und sie hier wäre! Wenn der Blitz in sein Haus schlüge und es in Flammen aufginge!

Er schloss eine Wette mit sich ab. Wenn in den nächsten zehn Minuten jemand ins Haus ginge, würde er auch ins Haus gehen, wenn nicht, würde er seine Reisetasche nehmen und in ein Hotel auf der

East Side ziehen. Nach fünfzehn Minuten war niemand ins Haus gegangen, und er saß immer noch auf der Treppe. Er versuchte es noch einmal. Wenn in den nächsten fünfzehn Minuten ein leeres Taxi durch die Straße führe, würde er es nehmen und zu einem Hotel auf der East Side fahren, wenn nicht, würde er in seine Wohnung gehen. Schon nach einer Minute kam ein leeres Taxi, er hielt es nicht an, ging aber auch nicht hoch.

Er gestand sich ein, dass er alleine nicht zurechtkam.

Er war bereit, es auch Susan zu gestehen. Er brauchte ihre Hilfe. Sie musste zu ihm kommen und bei ihm bleiben. Sie musste ihm helfen, seine alte Wohnung zu räumen, und sie musste sich mit ihm in der neuen einrichten. Sie konnte danach nach Los Angeles fahren. Er rief sie an. Sie saß in Boston in der Lounge, war aber im Aufbruch.

»Ich steige gleich ins Flugzeug nach Los Angeles.«

»Ich brauche dich.«

»Ich brauche dich auch. Mein Liebster! Ich vermisse dich so sehr.«

»Nein, ich brauche dich wirklich. Ich komme mit meinem alten und unserem neuen Leben nicht zurecht. Du musst kommen und später nach Los Angeles fahren. Bitte!« Im Hörer rauschte es. »Susan? Hörst du mich?«

»Ich gehe gerade zum Gate. Du kommst nach Los Angeles?«

»Nein, Susan, komm du nach New York, ich bitte dich.«

»Ich würde so gerne kommen, ich wäre so gerne bei dir.« Er hörte, wie sie nach ihrer Bordkarte gefragt wurde. »Vielleicht können wir uns am nächsten Wochenende sehen, lass uns darüber telefonieren, ich muss ins Flugzeug, ich bin die Letzte. Ich liebe dich.«

»Susan!«

Aber sie hatte aufgelegt, und als er wieder anrief, wurde er mit der Mailbox verbunden.

13

Es wurde dunkel. Der Nachbar setzte sich zu ihm. »Probleme?«

Richard nickte.

»Frauen?«

Richard lachte und nickte wieder.

»Verstehe.« Der Nachbar stand auf und ging. Wenig später kam er noch mal, stellte eine Flasche Bier neben Richard und legte ihm die Hand auf die Schulter. »Trink!«

Richard trank und sah dem Treiben auf der Straße

zu. Den Kids ein paar Häuser weiter, die rauchten und tranken und die Musik dröhnen ließen. Dem Dealer im Schatten der Treppe, der wortlos gefaltete Briefchen aushändigte und Geldscheine einsteckte. Dem Liebespaar im Hauseingang. Dem alten Mann, der seinen Faltsessel als Letzter noch nicht zusammengeklappt und hochgetragen hatte und manchmal eine Bierdose aus der Kühltasche holte. Es war immer noch warm; in der Luft lag nichts von der Schärfe, die an einem Spätsommerabend den nahen Herbst ankündigen kann, sondern das Versprechen eines langen, milden Sommerausklangs.

Richard war müde. Er hatte immer noch das Gefühl, er müsse sich für sein altes oder für das neue Leben entscheiden, er müsse nur den richtigen Einfall oder den nötigen Mut haben, dann werde er wie von selbst aufstehen und hochgehen oder davonfahren. Aber das Gefühl war müde, wie er müde war.

Warum sollte er heute mit einem Taxi zu einem Hotel auf der East Side fahren? Warum nicht morgen? Warum sollte er nicht im alten Leben bleiben, bis er sich auf das neue einließ? Wäre doch gelacht, wenn er in ein paar Wochen nicht schaffen würde, aus dem alten Leben ins neue zu wechseln. Er würde es auch jetzt schaffen. Wenn es sein müsste. Aber es musste nicht sein. Außerdem hinderte ihn, wenn er jetzt fuhr, nichts daran, morgen zurückzukommen.

Wenn er später fuhr, würde er nicht mehr zurückkommen. Das neue Leben mit Susan würde ihn halten.

Wichtig war, dass er sich entschied. Und er hatte sich entschieden. Er würde sein altes Leben aufgeben und mit Susan ein neues beginnen. Sobald er es wirklich beginnen konnte. Jetzt konnte er es noch nicht. Er würde es tun, wenn es so weit war. Er würde es tun, weil er sich entschieden hatte. Er würde es tun. Nur nicht jetzt.

Als er aufstand, taten ihm die Glieder weh. Er streckte sich und sah sich um. Die Kids waren zu Hause und saßen vor dem Fernseher oder spielten am Computer oder schliefen. Die Straße war leer.

Richard nahm die Reisetasche, schloss die Haustür auf, holte die Post aus dem Kasten, stieg die Treppe hoch und schloss die Wohnungstür auf. Er ging durch die Zimmer und öffnete die Fenster. Der Eimer, der die Tropfen aus dem kaputten Rohr auffing, war fast leer, und auf dem Tisch stand ein Strauß Astern. Maria. Der Oboist fragte auf dem Anrufbeantworter, ob man sich heute Abend sähe. Der Spanischlehrer grüßte auf einer Postkarte aus dem Yogaurlaub in Mexiko. Richard machte den Computer an und wieder aus; die E-Mails konnten warten. Er packte die Reisetasche aus, zog sich aus und warf die getragenen Sachen in den Wäschekorb.

Er stand nackt im Zimmer und lauschte den Geräuschen des Hauses. Neben ihm war es still, über ihm lief leise ein Fernseher. Aus der Tiefe des Hauses unter ihm drang das Stimmengewoge einer Auseinandersetzung, bis krachend eine Tür zugeschlagen wurde. An ein paar Fenstern summte die Aircondition. Das Haus schlief.

Richard machte das Licht aus und legte sich ins Bett. Vor dem Einschlafen erinnerte er sich an Susan, die auf den Stufen zum Flugzeug stand und lachte und weinte.

Guy de Maupassant

Das Glück

Es war zur Teestunde, bevor die Lampen hereingebracht wurden. Die Villa lag hoch über dem Meer. Die Sonne war untergegangen und hatte den Himmel auf ihrer Bahn ganz rosig, wie mit Goldstaub übergossen, zurückgelassen, und das Mittelmeer lag spiegelglatt, ohne ein Fältchen da, ohne dass eine Welle seine Oberfläche kräuselte. Es leuchtete noch immer im verdämmernden Tag wie eine riesige polierte Metallscheibe.

In der Ferne zur Rechten zeichneten die gezackten Berge ihr schwarzes Profil auf dem verblassten Purpurrot des abendlichen Himmels ab.

Wir sprachen von der Liebe, erörterten dieses alte, unerschöpfliche Thema, sagten dieselben Dinge wieder, die schon so oft gesagt worden waren. In der sanften Schwermut der Dämmerstunde fielen die Worte langsam und zögernd, die Herzen waren grundlos weich gestimmt, und das Wort *Liebe,* das immer wieder, bald von einer kräftigen Männerstimme, bald von einer hellen Frauenstimme ausgesprochen, zu hören war, schien den kleinen Salon zu erfüllen und gleich einem Vogel darin umherzuflattern oder wie ein Geist darüberzuschweben.

Kann man Jahre hindurch treu lieben?

»Ja«, behaupteten die einen.

»Nein«, versicherten die andern.

Man sichtete die unterschiedlichen Fälle, grenzte sie gegeneinander ab, führte Beispiele an, und alle, Männer und Frauen, fühlten verwirrende, lebendige Erinnerungen in sich aufsteigen, die sich ihnen auf die Lippen drängten und die sie doch nicht anführen konnten. Sie waren sichtlich ergriffen, sprachen mit tiefer Bewegung und glühender Anteilnahme von dieser alltäglichen, allgewaltigen Sache, dem innigen, rätselhaften Einklang zweier Wesen.

Doch plötzlich rief jemand, den Blick in die Ferne gerichtet: »Oh! sehen Sie dort hinten? Was ist das?«

Über dem Meer tauchte ganz hinten am Horizont eine riesige graue, undeutliche Masse auf.

Die Frauen waren aufgestanden und betrachteten verständnislos diese überraschende Erscheinung, die sie nie zuvor gesehen hatten.

Da sagte jemand: »Das ist Korsika. So kann man die Insel zwei- oder dreimal jedes Jahr unter gewissen außergewöhnlichen atmosphärischen Bedingungen wahrnehmen, wenn die Luft vollkommen klar und sichtig ist und die Insel nicht mehr von den

Dunstnebeln eingehüllt ist, die sonst immer die Ferne verschleiern.«

Man unterschied undeutlich die Bergkämme, glaubte, den Schnee auf den Gipfeln zu erkennen. Und alle waren überrascht, verwirrt, fast erschreckt durch das jähe Auftauchen einer Welt, durch dieses Phantom, das aus dem Meer emporgestiegen war. Vielleicht erlebten solch geisterhafte Gesichte die Männer, die wie Kolumbus durch unerforschte Weltmeere fuhren.

Da sprach ein alter Herr, der sich bisher nicht am Gespräch beteiligt hatte: »Wissen Sie, ich habe auf dieser Insel, die sich vor uns aufrichtet, als wollte sie selbst auf alles, was wir sagten, Antwort geben und mir eine seltsame Erinnerung wieder wachrufen ... ich habe dort ein wunderbares Beispiel einer standhaften Liebe, einer unwahrscheinlich glücklichen Liebe kennengelernt.

Hören Sie.

Vor nunmehr fünf Jahren machte ich eine Reise nach Korsika. Diese wilde Insel ist unbekannter und weiter von uns entfernt als Amerika, obwohl wir sie, wie heute, zuweilen von der französischen Küste aus sehen können.

Stellen Sie sich eine Welt vor, die noch im Chaos ist, ein wildes Sturmwetter von Bergen, dazwischen Schluchten, in denen Sturzbäche tosen, nirgends eine ebene Stelle, aber unermesslich hohe granitene Wogen und riesenhafte Bodenwellungen, bedeckt mit Buschwald oder hohen Kastanien- und Pinienwäldern. Es ist jungfräulicher Boden, unbebaut, öde, obschon man zuweilen ein Dorf erblickt, das aussieht wie ein Haufen Felsen auf dem Gipfel eines Berges. Kein Ackerbau, keine Industrie, keine Kunst. Nie trifft man auf ein bearbeitetes Stück Holz, einen behauenen Stein, nirgendwo auf die Erinnerung an den kindlichen oder verfeinerten Geschmack der Vorfahren für gefällige und schöne Dinge. Gerade das fällt einem in diesem herrlichen und kargen Land am meisten auf: die vererbte Gleichgültigkeit gegen das Streben nach gefälligen Formen, gegen das, was man eben Kunst nennt.

Italien, wo jeder Palazzo, selbst ein Meisterwerk, mit Meisterwerken vollgestopft ist, wo Marmor, Holz, Bronze, Eisen, Metalle und Steine für den schöpferischen Geist des Menschen zeugen, wo die kleinsten altertümlichen Gegenstände, die in alten Häusern herumstehen, jenes göttliche Sichbemühen um anmutige Formen offenbaren, Italien ist für uns alle das heilige Vaterland, das wir lieben, weil es uns Anstrengung, Größe, Macht und Triumph des schöpferischen Geistes zeigt und beweist.

Diesem Land gegenüber ist das wilde Korsika unverändert geblieben, was es in seinen ersten Tagen gewesen ist. Dort lebt der Mensch immer noch in seiner rohen Behausung, gleichgültig gegen alles, was nicht sein eigenes Dasein oder die Händel seiner Sippe angeht. Noch immer hat er Fehler und Vorzüge der ungesitteten Rassen. Er ist gewalttätig, hasssüchtig, blutdürstig, ohne sich ein Gewissen daraus zu machen, aber auch gastfreundlich, großherzig, treu ergeben, arglos. Er öffnet seine Tür jedem, der vorbeikommt, und schenkt seine treue Freundschaft für den geringsten Beweis von Sympathie.

Seit einem Monat wanderte ich also durch diese herrliche Insel und hatte dauernd das Gefühl, ich sei am Ende der Welt. Keine Gasthöfe, keine Wirtshäuser, keine Landstraßen. Auf Maultierpfaden erreicht man die Dörfchen, die am Hang der Berge kleben, hoch über gewundenen Abgründen, aus denen man abends das unablässige Tosen, die dumpfe, tiefe Stimme des Wildbachs herauftönen hört. Man klopft an die Türen der Häuser, bittet um Obdach und Nahrung bis zum nächsten Morgen. Und dann setzt man sich an den bescheidenen Tisch und schläft unter dem armseligen Dach; am Morgen dann drückt man dem Gastgeber die Hand, der einem bis zur Dorfgrenze das Geleite gibt.

Eines Abends nun erreichte ich nach zehnstündiger Wanderung ein einsames Häuschen unten in einer engen Talmulde, die eine Meile weiter jäh ins

Meer abfiel. Die beiden steilen Berghänge, mit Buschwald, Geröll und großen Bäumen bedeckt, schlossen wie zwei düstere Mauern diese jammervoll traurige Schlucht ein.

Rings um die Hütte ein paar Rebstöcke, ein Gärtchen, und nicht weit davon mehrere hohe Kastanienbäume, genug zum Leben, für dieses arme Land ein großer Reichtum.

Die Frau, die mich empfing, war alt, sie sah streng und, ausnahmsweise, sauber aus. Der Mann saß auf einem Strohstuhl; als ich eintrat, stand er auf, begrüßte mich und setzte sich dann wieder hin, ohne ein Wort zu sagen. Seine Lebensgefährtin sagte: ›Verübeln Sie es ihm nicht; er ist stocktaub. Jetzt ist er zweiundachtzig.‹

Sie sprach ein tadelloses Französisch. Ich war überrascht und fragte sie: ›Sie sind nicht aus Korsika?‹

›Nein‹, antwortete sie, ›wir kommen von drüben. Aber wir wohnen seit fünfzig Jahren hier.‹

Ein angstvolles, beklemmendes Gefühl überlief mich beim Gedanken an die fünfzig Jahre, die hier in diesem finsteren Loch, so fern jeder Stadt, in der Menschen leben, verflossen waren. Da kam ein alter Schafhirte nach Hause, und man ging zu Tisch. Es gab ein einziges Gericht, eine dicke Suppe aus Kartoffeln, Speck und Kohl. Als das kurze Mahl beendet war, setzte ich mich vor die Tür; mein Herz war beklommen vor dieser melancholischen, düsteren Landschaft, bedrückt von jenem Angstgefühl, das den Reisenden zuweilen an gewissen trübseligen Abenden, an bestimmten trostlosen Orten befällt. Es kommt einem dann vor, als wäre jetzt gleich alles zu Ende, das eigene Dasein und die ganze Welt. Mit einem Schlag erkennt man das schaurige Elend des Lebens, die Gottverlassenheit aller Menschen, die Nichtigkeit aller Dinge und die schwarze Einsamkeit des Herzens, das sich mit Träumen einlullt und sich selbst bis zum Tode betrügt.

Die alte Frau kam zu mir heraus und fragte mich, von jener Neugier gequält, die stets auch in den schicksalergebensten Seelen fortlebt: ›Sie kommen also aus Frankreich?‹

›Ja, ich reise zu meinem Vergnügen.‹

›Sind Sie vielleicht aus Paris?‹

›Nein, ich bin aus Nancy.‹

Ich hatte den Eindruck, sie sei ungewöhnlich erregt. Wie ich das gesehen oder eher gespürt habe, weiß ich nicht.

Sie wiederholte gedehnt: ›Sie sind aus Nancy?‹

Da erschien ihr Mann unter der Tür, unbeteiligt wie alle Tauben.

Sie fuhr fort: ›Er stört uns nicht. Er hört nicht, was wir sprechen.‹

Nach einer Weile fragte sie: ›Kennen Sie viele Leute in Nancy?‹

›Ja, fast die ganze Stadt.‹

›Die Familie de Sainte-Allaize?‹

›Ja, sehr gut sogar. Sie waren mit meinem Vater befreundet.‹

›Wie heißen Sie denn?‹

Ich nannte meinen Namen. Sie blickte mich starr an und sagte dann leise, als stiegen Erinnerungen in ihr auf: ›Ja, ja, ich erinnere mich gut. Und die Brisemares, was ist aus ihnen geworden?‹

›Sie sind alle gestorben.‹

›Ah, und die Sirmonts … Sie kennen sie doch?‹

›Gewiss, der Letzte ist General.‹

Da sagte sie bebend vor Erregung, vor Angst und Qual, aus ich weiß nicht welchem unklaren, mächtigen, heiligen Gefühl heraus, aus irgendeinem Bedürfnis, sich auszusprechen, alles zu sagen, sich alle die Dinge vom Herzen zu reden, die sie bis dahin tief in sich verschlossen hatte, von den Leuten zu sprechen, deren Name ihre Seele aufgewühlt hatte:

›Ja, Henri de Sirmont. Ich weiß schon. Er ist mein Bruder.‹

Ich schaute zu ihr auf, sprachlos vor Verblüffung. Und auf einmal entsann ich mich wieder.

Das war einmal früher ein großer Skandal in der

vornehmen Gesellschaft Lothringens gewesen. Ein schönes, reiches junges Mädchen, Suzanne de Sirmont, war von einem Husarenunteroffizier des Regiments, das ihr Vater kommandierte, entführt worden. Er war ein schmucker Bursche, Sohn von Bauern, dem aber der blaue Dolman gut stand, dieser Soldat, der die Tochter seines Obersts verführt hatte. Wahrscheinlich hatte sie zugeschaut, wie die Schwadronen vorbeidefilierten, hatte ihn gesehen, er war ihr aufgefallen, und sie hatte sich in ihn verliebt. Doch wie hatte sie mit ihm sprechen können, wie hatten sie sich sehen, sich verständigen können? Wie hatte sie gewagt, ihm zu zeigen, dass sie ihn liebte? Das erfuhr man nie.

Niemand hatte etwas geahnt, niemand hatte es kommen sehen. Eines Abends, als der Soldat seine Zeit abgedient hatte, verschwand er mit ihr. Man suchte sie, sie blieben unauffindbar. Man hörte nie wieder von ihnen und nahm an, sie sei tot.

Jetzt fand ich sie hier in diesem düsteren Tal.

Da sagte ich zu ihr: ›Ja, ich weiß noch gut. Sie sind Mademoiselle Suzanne.‹

Sie nickte. Tränen fielen aus ihren Augen. Sie deutete mit einem Blick auf den Greis, der regungslos unter der Tür seines Hauses stand, und sagte: ›Das ist er.‹

Und da wurde mir klar, dass sie ihn immer noch

liebte, dass sie ihn noch immer mit verliebten Augen sah.

Ich fragte: ›Sind Sie wenigstens glücklich gewesen?‹

Mit einer Stimme, die aus tiefstem Herzen kam, antwortete sie: ›O ja, sehr glücklich. Er hat mich sehr glücklich gemacht. Ich habe nie etwas bereut.‹

Ich sah sie traurig an, überrascht und überwältigt von der Allmacht der Liebe. Dieses reiche Mädchen war dem Mann, einem Bauern, gefolgt. Sie war selbst eine Bäuerin geworden, hatte sich in ihr Leben ohne Annehmlichkeiten, ohne Luxus, ohne jedes Wohlbehagen irgendwelcher Art gefunden und sich in ihre einfache Lebensweise geschickt. Sie liebte ihn immer noch, war eine Bäuerin geworden in Haube und Linnenrock. Sie aß aus einer irdenen Schüssel an einem hölzernen Tisch, auf einem Strohstuhl sitzend, ein Mus aus Kohl, Kartoffeln und Speck. Sie schlief auf einem Strohsack an seiner Seite.

Nie hatte sie an etwas anderes gedacht als an ihn! Sie hatte weder Schmuck noch schöne Stoffe vermisst, weder Behaglichkeit, weiche Sessel und die duftende Wärme mit herrlichen Wandbehängen ausgeschlagener Gemächer, noch linde Daunenkissen, in denen der Leib, wenn er ruhen will, versinkt. Sie hatte immer nur ihn gebraucht; wenn er nur da war, hatte sie nach nichts anderem Verlangen.

Ganz jung noch hatte sie das Leben und die Welt aufgegeben, die Menschen, die sie erzogen und geliebt hatten. Allein mit ihm war sie in dieses wilde Tal gekommen. Er hatte ihr alles bedeutet, alles, was man ersehnt, alles, was man erträumt, alles, was man unaufhörlich erwartet, ohne Unterlass erhofft. Er hatte ihr Leben mit Glück erfüllt, vom Anfang bis zum Ende.

Sie hätte nicht glücklicher sein können.

Und die ganze Nacht hörte ich auf den rauhen Atem des alten Soldaten, der auf seiner armseligen Lagerstatt neben der Frau lag, die ihm so weit, bis hierher gefolgt war. Ich dachte über dieses seltsame und schlichte Erlebnis nach, über dieses vollkommene Glück, das so anspruchslos und sich selbst genug war.

Als der Tag anbrach, nahm ich Abschied von den beiden alten Ehegatten und drückte ihnen die Hand.«

Der Erzähler schwieg. Eine Frau meinte: »Schön und gut, aber sie hatte eben doch ein gar zu billiges Ideal, zu primitive Bedürfnisse und stellte nicht allzu hohe Ansprüche. Sie wird wohl eine dumme Gans gewesen sein.«

Doch eine andere sagte nachdenklich: »Was tut's? Sie war glücklich.«

Weit hinten am Horizont versank Korsika in der

Nacht, trat langsam ins Meer zurück, entschwand wieder mit seinem großen, dunklen Schatten, der aufgetaucht war, als wollte er selbst die Geschichte der beiden bescheidenen Liebenden erzählen, die an seinen Gestaden Zuflucht gefunden hatten.

Aleksandr Puškin

Schneesturm

Ende des Jahres 1811, einer für uns denkwürdigen Zeit, lebte auf seinem Landsitz Nenaradovo der gute Gavrila Gavrilovič P**. Er war im ganzen Umkreis berühmt für seine Gastfreundschaft und Freigebigkeit; alle Augenblicke kamen die Nachbarn zu ihm, um zu essen, zu trinken, beim Einsatz von fünf Kopeken mit seiner Ehefrau Praskovja Petrovna Boston zu spielen, einige aber auch, um einen Blick auf ihre Tochter zu werfen, Marja Gavrilovna, eine schlanke, bleiche und siebzehnjährige Jungfer. Sie galt als reiche Braut, und viele dachten sie sich selbst oder ihren Söhnen zu.

Marja Gavrilovna war mit französischen Romanen erzogen worden, folglich war sie verliebt. Der Gegenstand, den sie erwählt hatte, war ein armer Fähnrich der Armee, der sich auf Urlaub in seinem Dorf befand. Es versteht sich von selbst, dass der junge Mann in ebensolcher Leidenschaft entbrannt war und dass die Eltern seiner Liebsten, als sie die gegenseitige Neigung bemerkten, der Tochter verboten, an ihn auch nur zu denken, ihn hingegen noch schlechter aufnahmen als einen verabschiedeten Gerichtsbeisitzer.

Unsere Liebenden standen im Briefwechsel und sahen sich jeden Tag heimlich im Kiefernwald oder an der alten Kapelle. Dort schworen sie einander ewige Liebe, haderten mit dem Schicksal und schmiedeten die verschiedensten Pläne. Und während sie Briefe wechselten und miteinander sprachen, kamen sie (was nur natürlich ist) zu folgendem Schluss: Wenn wir ohne einander nicht atmen können, der Wille der grausamen Eltern aber unser Glück behindert, sollte es uns dann nicht möglich sein, ohne ihn auszukommen? Versteht sich, dass dieser glückliche Gedanke dem jungen Mann als erstem gekommen war und dass er Marja Gavrilovnas Sinn für Romane nur zu gut gefiel.

Der Winter brach an und setzte ihren Stelldicheins ein Ende; doch der Briefwechsel wurde dadurch um so lebhafter. Vladimir Nikolaevič flehte sie in jedem Briefe an, die Seine zu werden, sich heimlich mit ihm trauen zu lassen, sich einige Zeit versteckt zu halten und sich dann den Eltern zu Füßen zu werfen, die natürlich, von der heroischen Standhaftigkeit und dem Unglück der Liebenden schließlich gerührt, bestimmt zu ihnen sagen würden: Kinder! kommt in unsere Arme.

Marja Gavrilovna schwankte lange; eine Menge von Fluchtplänen wurde verworfen. Schließlich willigte sie ein: Am festgesetzten Tage sollte sie nicht zu Abend essen und sich auf ihr Zimmer zurückziehen, Kopfschmerzen vorschützend. Ihr Mädchen war in die Verschwörung eingeweiht; beide sollten über die Hintertreppe in den Garten gehen, hinter dem Garten einen Schlitten bereit finden, sich hineinsetzen und in das fünf Verst von Nenaradovo entfernte Dorf Žadrino fahren, direkt zur Kirche, wo Vladimir sie erwarten sollte.

Am Abend vor dem entscheidenden Tag schlief Marja Gavrilovna die ganze Nacht nicht; sie packte, schnürte Wäsche und Kleider zu Bündeln, schrieb einen langen Brief an ein empfindsames Fräulein, ihre Freundin, einen anderen an ihre Eltern. Sie verabschiedete sich von ihnen in den rührendsten Ausdrücken, entschuldigte ihr Vergehen mit der unbezwinglichen Kraft der Leidenschaft und endete damit, dass es der seligste Augenblick ihres Lebens sein werde, wenn ihr verstattet sein werde, sich ihren geliebten Eltern zu Füßen zu werfen. Beide Briefe versiegelte sie mit einem Tulaer Siegel, das zwei flammende Herzen mit der entsprechenden Unterschrift darstellte, warf sich unmittelbar vor Tagesanbruch auf das Bett und verfiel in Schlummer; doch aus ihm weckten sie alle Augenblicke schreckliche

Träume. Bald schien ihr, genau in dem Augenblick, da sie sich in den Schlitten setzte, um zur Trauung zu fahren, hielt der Vater sie an, um sie in qualvoller Geschwindigkeit durch den Schnee zu schleifen und in ein dunkles, abgrundtiefes Verlies zu werfen … und sie flog kopfüber, ersterbenden Herzens in die Tiefe, mal sah sie Vladimir im Gras liegen, bleich, blutüberströmt. Sterbend, mit eindringlicher Stimme flehte er sie an, sich schnell mit ihm trauen zu lassen … andere unschöne, unsinnige Gesichte zogen eines nach dem anderen vor ihr vorüber. Schließlich stand sie auf, bleicher als gewöhnlich und mit Kopfschmerzen, die sie nicht vorzuschützen brauchte.

Vater und Mutter bemerkten ihre Unruhe; ihre zärtliche Besorgnis und die unablässige Frage: Was ist dir, Maša? Bist du auch nicht krank, Maša? zerrissen ihr das Herz. Sie versuchte, sich zu beruhigen, heiter zu erscheinen, und konnte es nicht. Der Abend brach an. Der Gedanke, nun zum letzten Mal einen Tag im Kreise ihrer Familie verbracht zu haben, schnürte ihr das Herz ab. Sie war mehr tot als lebendig; insgeheim verabschiedete sie sich von allen Personen, von allen Gegenständen, die sie umgaben.

Man trug das Abendessen auf; ihr Herz begann heftig zu klopfen. Mit zitternder Stimme erklärte sie, sie möchte nicht essen, und begann, sich von Vater und Mutter zu verabschieden. Sie küssten und segneten sie wie gewöhnlich: beinahe hätte sie losgeweint. Auf ihrem Zimmer warf sie sich in einen Sessel und ließ ihren Tränen freien Lauf. Das Mädchen redete ihr zu, sich zu beruhigen und Mut zu fassen. Alles war bereit. Eine halbe Stunde später sollte Maša für immer das elterliche Haus verlassen, ihr Zimmer, ihr stilles jungfräuliches Leben … Draußen war Schneesturm; der Wind heulte, die Fensterläden bebten und klopften; alles erschien ihr als Bedrohung und als trauriges Vorzeichen. Bald hatte sich im Hause alles gelegt und schlief. Maša hüllte sich in den Schal, zog den warmen Mantel darüber, nahm ihre Schatulle in die Hand und trat auf die Hintertreppe hinaus. Die Bediente folgte ihr mit zwei Bündeln. Sie gingen in den Garten. Der Schneesturm hatte sich nicht gelegt; der Wind blies ihr entgegen, als wolle er alle Kraft aufbieten, die junge Verbrecherin aufzuhalten. Auf der Straße erwartete sie der Schlitten. Die Pferde, durchgefroren, standen nicht still; Vladimirs Kutscher ging vor den Deichseln auf und ab, um die Feurigen zu halten. Er half dem Fräulein und ihrem Mädchen, sich bequem zu setzen und Bündel und Schatulle zu verstauen, nahm die Zügel, und die Pferde flogen dahin. Hier überlassen wir das Fräulein der

Fürsorge des Schicksals und der Kunst des Kutschers Tereška und wenden uns unserem jungen Liebhaber zu.

Den ganzen Tag war Vladimir unterwegs gewesen. Am Morgen war er bei dem Geistlichen in Žadrino; nur unter Mühen war er mit ihm einig geworden; danach war er gefahren, um unter den benachbarten Gutsbesitzern Trauzeugen zu suchen. Der Erste, bei dem er erschien, der vierzigjährige Kornett a. D. Drawin, willigte mit Freuden ein. Dieses Abenteuer, versicherte er, erinnere ihn an frühere Zeiten und alte Husarenstreiche. Er überredete Vladimir, zum Essen bei ihm zu bleiben, und versicherte ihn, an den anderen zwei Zeugen werde die Sache nicht scheitern. Tatsächlich erschienen, unmittelbar nach dem Essen, der Landvermesser Schmitt, mit Schnurrbart und mit Sporen, sowie der Sohn des Kreispolizeichefs, eines Hauptmanns, ein Knabe von sechzehn Jahren, der unlängst in die Dienste der Ulanen getreten war. Sie nahmen Vladimirs Angebot nicht nur an, sondern schworen ihm sogar die Bereitschaft, ihr Leben für ihn hinzugeben. Vladimir umarmte sie begeistert und fuhr nach Hause, um sich vorzubereiten.

Längst hatte es zu dämmern begonnen. Er schickte seinen verlässlichen Tereška mit seiner Trojka und einer ausführlichen, umständlichen Anweisung nach

Nenaradovo, für sich hingegenließ er den kleinen einspännigen Schlitten bereitstellen und fuhr allein, ohne Kutscher nach Žadrino, wohin in einer bis zwei Stunden Marja Gavrilovna kommen sollte. Die Straße kannte er, es waren höchstens zwanzig Minuten zu fahren.

Doch kaum hatte Vladimir hinter dem Dorf das Freie erreicht, als Wind aufkam und ein solcher Schneesturm einsetzte, dass er nichts mehr erkannte. Augenblicklich war die Straße verweht; die Umgebung versank in trübem und gelblichem Dunst, durch den in Schwaden die weißen Schneeflocken wirbelten; der Himmel verschmolz mit der Erde. Vladimir fand sich auf freiem Feld und wollte vergeblich auf die Straße zurückfinden; das Pferd ging aufs Geratewohl und blieb alle Augenblicke mal in einer Schneeverwehung stecken, mal versank es in einer Grube; alle Augenblicke stürzte der Schlitten um; Vladimir bemühte sich nur, die Richtung zu halten. Doch schien ihm, es sei bereits über eine halbe Stunde vergangen, und er war noch nicht einmal an den Wald von Žadrino gekommen. Weitere zehn Minuten vergingen; noch immer war der Wald nicht zu sehen. Vladimir fuhr über ein Feld, das tiefe Schluchten durchzogen. Der Schneesturm legte sich nicht, der Himmel klarte nicht auf. Das Pferd begann zu ermüden, und ihm selbst floss der Schweiß in Strömen, obwohl er alle Augenblicke bis an den Gürtel im Schnee versank.

Schließlich sah er ein, dass er in die falsche Richtung fuhr. Vladimir hielt an: er begann zu überlegen, sich zu erinnern, sich zu vergewissern und war sich plötzlich sicher, dass er sich weiter nach rechts halten müsse. Er fuhr nach rechts. Sein Pferd konnte schon kaum mehr gehen. Schon über eine Stunde war er unterwegs. Žadrino konnte nicht mehr weit sein. Aber er fuhr und fuhr, und das Feld nahm kein Ende. Nichts als Schneeverwehungen und Schluchten; alle Augenblicke stürzte der Schlitten um, alle Augenblicke setzte er ihn wieder auf die Kufen. Die Zeit verging; Vladimir fing an, sich große Sorgen zu machen.

Schließlich schimmerte auf einer Seite etwas Schwarzes, Vladimir bog dorthin ab. Näher gekommen, sah er Wald. Gott sei Dank, dachte er, jetzt ist es nicht mehr weit. Er fuhr entlang des Waldrandes, in der Hoffnung, jetzt gleich die bekannte Straße zu erreichen oder um den Wald einen Kreis zu schlagen: Žadrino befand sich unmittelbar dahinter. Bald fand er die Straße und fuhr hinein in die Finsternis der Bäume, die der Winter entblößt hatte. Hier konnte der Wind nicht wüten; die Straße war glatt; das Pferd fasste Mut, und Vladimir beruhigte sich.

Doch er fuhr und fuhr, und Žadrino war nicht zu sehen; der Wald nahm kein Ende. Vladimir sah voller Entsetzen, er war in einen unbekannten Wald gefahren. Ihn packte die Verzweiflung. Er schlug auf das Pferd ein; das arme Tier begann, Trab zu gehen, ermüdete aber bald und verfiel, eine Viertelstunde später, wieder in Schritt, ungeachtet aller Anstrengungen des unglücklichen Vladimir.

Nach und nach lichteten sich die Bäume, und Vladimir kam aus dem Wald; Žadrino war nicht zu sehen. Es musste um Mitternacht sein. Tränen stürzten ihm aus den Augen; er fuhr weiter aufs Geratewohl. Der Schneesturm hatte sich gelegt, die dunklen Wolken sich verzogen, vor ihm lag eine Ebene, bedeckt mit einem weißen gewellten Teppich. Die Nacht war recht klar. Nicht weit erblickte er ein Dörfchen, aus vier oder fünf Hütten bestehend. Vladimir fuhr darauf zu. An der ersten Hütte sprang er vom Schlitten, lief zum Fenster und begann zu klopfen. Einige Augenblicke später hob sich der hölzerne Fensterladen, und ein alter Mann streckte seinen grauen Bart heraus. »Was willst du?« – »Ist Žadrino noch weit?« – »Žadrino noch weit?« – »Ja, ja! Ist es noch weit?« – »Nein, ist nicht mehr weit; zehn Verst.« Bei dieser Antwort griff sich Vladimir in die Haare und verharrte regungslos, wie ein zum Tode Verurteilter.

»Und von wo bist du?«, fuhr der Alte fort. Vladimir hatte nicht die Nerven, Fragen zu beantworten. »Kannst du mir, Alter«, sagte er, »Pferde bis Žadrino besorgen?« – »Was haben wir schon für Pferde«, antwortete der Bauer. – »Aber kann ich nicht wenigstens einen Führer nehmen? Ich zahle, soviel er verlangt.« – »Warte«, sagte der Alte, den Fensterladen herablassend, »ich schick dir meinen Sohn heraus; er wird dich führen.« Vladimir verlegte sich aufs Warten. Keine Minute verging, als er wieder zu klopfen begann. Der Fensterladen hob sich, der Bart erschien. »Was willst du?« – »Wo bleibt denn dein Sohn?« – »Kommt gleich, zieht nur die Schuhe an. Aber bist du nicht durchgefroren? Komm rein, dich aufwärmen.« – »Danke, schick lieber deinen Sohn heraus.«

Das Tor quietschte; heraus kam ein Bursche mit einem Knüppel und ging voran; mal zeigte, mal suchte er die vom Schnee verwehte Straße. »Wie spät ist es?«, fragte ihn Vladimir. »Wird bald hell«, antwortete der junge Bauer. Vladimir sagte kein Wort mehr.

Die Hähne krähten und es war schon hell, als sie Žadrino erreichten. Die Kirche war abgeschlossen. Vladimir bezahlte den Führer und fuhr zum Hof des Geistlichen. Auf dem Hof stand seine Trojka nicht. Was für eine Nachricht mochte ihn erwarten!

Doch kehren wir zurück zu den guten Leuten von Nenaradovo und schauen wir, was sich bei ihnen tut.

Eigentlich nichts.

Die beiden Alten erwachten und gingen in den Salon. Gavrila Gavrilovič in Nachtmütze und Friesjacke. Praskovja Petrovna im wattierten Schlafrock. Man trug den Samovar auf, und Gavrila Gavrilovič schickte das Mädchen, um von Marja Gavrilovna zu erfahren, wie es ihr gehe und wie sie geruht habe. Das Mädchen kehrte zurück und erklärte, das Fräulein habe schlecht geruht, doch sei ihr jetzt leichter, und sie werde gleich in den Salon kommen. Tatsächlich öffnete sich die Tür, und Marja Gavrilovna trat ein, um Papa und Mama zu begrüßen.

»Was macht dein Kopf, Maša?«, fragte Gavrila Gavrilovič. »Ist besser, Papa«, antwortete Maša. »Sicher warst du gestern vom Ofendunst besessen, Maša«, sagte Praskovja Petrovna. »Vielleicht, Mama«, antwortete Maša.

Der Tag verlief ruhig, doch in der Nacht wurde Maša krank. Man schickte in die Stadt nach dem Arzt. Er kam gegen Abend und fand die Patientin im Wahn fantasierend. Sie hatte hohes Fieber, und die arme Patientin lag zwei Wochen lang am Rande des Grabes.

Niemand im Hause wusste von der geplanten

Flucht. Die Briefe, die sie am Abend zuvor geschrieben hatte, waren verbrannt; ihr Stubenmädchen sagte niemandem ein Wort, aus Furcht vor dem Zorn der Herrschaft. Der Geistliche, der Kornett a.D., der bärtige Landvermesser und der kleine Ulan waren verschwiegen, und das nicht ohne Grund. Tereška der Kutscher sagte nie ein Wort zu viel, nicht einmal im Rausch. So wurde das Geheimnis von über einem halben Dutzend Verschwörern gewahrt. Es war Marja Gavrilovna selbst, die, unablässig im Wahn fantasierend, ihr Geheimnis preisgab. Doch waren ihre Worte so verworren, dass die Mutter, die nicht vom Krankenbette wich, aus ihnen nur begreifen konnte, dass ihre Tochter unsterblich in Vladimir Nikolaevič verliebt sei und dass, wahrscheinlich, die Liebe der Grund ihrer Krankheit sei. Sie beriet sich mit ihrem Manne, mit einigen Nachbarn, und so beschlossen am Ende alle einstimmig, dies sei offenbar Marja Gavrilovnas Schicksal, dem Schicksal entkomme man nicht einmal zu Pferde, Armut sei keine Schande, man lebe nicht mit dem Reichtum, sondern mit dem Menschen, und dergleichen mehr. Moralische Redensarten sind erstaunlich nützlich, wenn uns aus eigener Kraft nurmehr wenig zu unserer Rechtfertigung einfällt.

Unterdessen begann das Fräulein zu genesen. Vladimir war im Hause Gavrila Gavrilovičs lange nicht mehr gesehen worden. Ihn schreckte, wie man ihn gewöhnlich aufgenommen hatte. Also beschloss man, nach ihm zu schicken und ihm das unverhoffte Glück zu verkünden: die Einwilligung in die Ehe. Doch wie groß war die Verwunderung der Leute von Nenaradovo, als sie von ihm zur Antwort auf ihre Einladung einen halbwahnsinnigen Brief erhielten! Er erklärte ihnen, keinen Fuß werde er mehr über die Schwelle ihres Hauses setzen, und bat, den Unglücklichen zu vergessen, der als einzige Hoffnung nurmehr den Tod habe. Einige Tage später erfuhren sie, Vladimir sei zur Armee abgereist. Das war im Jahre 1812.

Lange wagte man nicht, dies der genesenden Maša zu erklären. Sie selbst erwähnte Vladimir nie. Einige Monate später, als sie seinen Namen unter denjenigen fand, die sich ausgezeichnet hatten und bei Borodino schwer verwundet worden waren, fiel sie in Ohnmacht, und man befürchtete, das Fieber könne wiederkehren. Doch Gott sei Dank, die Ohnmacht hatte keine Folgen.

Ein anderes Leid ereilte sie: Gavrila Gavrilovič verstarb und hinterließ ihr als Erbin das gesamte Gut. Doch das Erbe konnte sie nicht trösten; sie teilte aufrichtig die Trauer der armen Praskovja Petrovna, schwor, sich nie von ihr zu trennen; beide verließen sie Nenaradovo, den Ort der traurigen Erinnerungen, und fuhren, um fest dort zu leben, auf ihr ***sches Gut.

Verehrer umwarben auch hier die liebenswerte und reiche Braut; doch sie machte keinem auch nur die geringste Hoffnung. Die Mutter redete ihr manchmal zu, sich einen Freund zu wählen; Marja Gavrilovna schüttelte jedes Mal den Kopf und verfiel in Nachdenken. Vladimir existierte nicht mehr: Er war in Moskau gestorben, am Abend vor dem Einzug der Franzosen. Sein Andenken schien Maša heilig; zumindest bewahrte sie alles auf, was an ihn erinnern konnte: die Bücher, die er einst gelesen, seine Zeichnungen, die Noten und Gedichte, die er für sie abgeschrieben hatte.

Unterdessen war der Krieg ruhmreich beendet worden. Unsere Regimenter kehrten aus dem Ausland zurück. Das Volk eilte ihnen entgegen. Die Kapellen spielten erbeutete Lieder: Vive Henri-Quatre, Tiroler Walzer und die Arie der Joconde. Offiziere, beinahe als Jünglinge ins Feld gezogen, kehrten, in der Luft des Krieges zu Männern gereift, zurück, mit Ordenskreuzen behängt. Die Soldaten unterhielten sich heiter und mischten alle Augenblicke deutsche und französische Wörter in ihre Rede. Unvergessliche Zeit! Die Zeit des Ruhmes und der Begeisterung! Wie heftig klopfte das russische Herz beim Worte *Vaterland*! Wie süß waren die Tränen des Wiedersehens! Mit welcher Einmütigkeit vereinten wir die Gefühle des nationalen Stolzes mit der Liebe zu unserem Herrscher! Und erst für ihn, welch Augenblick!

Die Frauen, die russischen Frauen waren damals unvergleichlich. Ihre gewohnte Kälte war verschwunden. Ihre Begeisterung war in der Tat berauschend, wenn sie, die Sieger begrüßend, *hurra!* riefen

Und in die Luft die Häubchen warfen.

Wer der Offiziere von damals gäbe nicht zu, dass er der russischen Frau die schönste, die wertvollste Belohnung verdankte?

In dieser glanzvollen Zeit lebten Marja Gavrilovna und ihre Mutter im Gouvernement *** und sahen nicht, wie die Hauptstädte die Rückkehr unserer Armeen feierten. Doch war die allgemeine Begeisterung in den Landkreisen und Dörfern vielleicht noch größer. Das Erscheinen eines Offiziers an diesen Orten wurde für ihn zum wahren Triumph, und schlecht erging es dem Verehrer im Frack in seiner Nachbarschaft.

Wir sagten bereits, dass Marja Gavrilovna, ungeachtet ihrer Kälte, nach wie vor von Verehrern umworben wurde. Doch alle mussten zurücktreten, als in ihrem Schloss der verwundete Husarenobrist Burmin erschien, das Georgskreuz im Knopfloch und von *interessanter Blässe,* wie die dortigen Fräulein sagten. Er war etwa sechsundzwanzig Jahre alt. Er war auf Urlaub auf seinen Landsitz gekommen, der sich in Marja Gavrilovnas Nachbarschaft befand. Marja Gavrilovna zeichnete ihn auf das Höchste aus. In seiner Gegenwart belebte sich ihre gewohnte Nachdenklichkeit. Man kann nicht sagen, dass sie mit ihm kokettiert hätte, doch der Dichter, der ihr Verhalten bemerkte, hätte gesagt:

se amor non è, que dunque?...

Burmin war tatsächlich ein sehr liebenswerter junger Mann. Er besaß jenen Geist, der Frauen gefällt: den Geist des Anstands und der Aufmerksamkeit, ohne jede Ansprüche, dazu sorglos-spöttisch. Sein Verhalten gegenüber Marja Gavrilovna war einfach und frei; doch was immer sie sagte oder tat, seine Seele und seine Blicke folgten nur ihr. Er schien von stillem und bescheidenem Wesen, wenngleich die Fama versicherte, er sei früher ein schrecklicher Taugenichts gewesen, doch das schadete ihm in der Meinung Marja Gavrilovnas nicht, die (wie auch alle anderen jungen Damen) Streiche gern verzieh, die Kühnheit und Feuer des Charakters verraten.

Am meisten jedoch... (mehr als seine Zartheit, mehr als das angenehme Gespräch, mehr als die interessante Blässe, mehr als der verbundene Arm) am meisten erregte ihre Neugierde und Vorstellungskraft das Schweigen des jungen Husaren. Sie konnte nicht verkennen, dass sie ihm sehr gefiel; wahrscheinlich hatte, bei seinem Geist und seiner Erfahrung, auch er bereits bemerken können, dass sie ihn auszeichnete: wie aber kam es, dass sie ihn noch immer nicht zu ihren Füßen gesehen und noch kein Geständnis gehört hatte? Was hielt ihn davon ab? Schüchternheit, untrennbar von der wahren Liebe, Stolz oder die Koketterie eines schlauen Schürzenjägers? Es war ihr ein Rätsel. Nach reiflicher Überlegung entschied sie, der einzige Grund sei Schüchternheit, und plante, ihn durch größere Aufmerksamkeit zu ermutigen und, je nach Umständen, auch durch Zärtlichkeit. Sie bereitete eine höchst überraschende Lösung des Knotens vor und wartete voller Ungeduld auf den Augenblick der Aussprache im Stil der Romanze. Ein Geheimnis, gleich welcher Art, belastet ein Frauenherz immer. Ihre militärischen Operationen hatten den gewünschten Erfolg: zumindest verfiel Burmin in solche Nachdenklichkeit und seine schwarzen Augen hafteten mit solchem Feuer auf Marja Gavrilovna, dass der entscheidende Augenblick nicht mehr fern schien. Die Nachbarn sprachen von der Hochzeit wie von einer vollendeten Tatsache, und die gute Praskovja Petrovna freute sich, dass ihre Tochter endlich einen würdigen Bräutigam gefunden hatte.

Die alte Frau saß eines Tages, eine grande Patience

legend, allein im Salon, als Burmin eintrat und sich sofort nach Marja Gavrilovna erkundigte. »Sie ist im Garten«, antwortete die Alte; »gehen Sie zu ihr, ich werde hier auf euch warten.« Burmin ging, die alte Frau bekreuzigte sich und dachte: ach, möchte doch die Sache heute noch ein Ende finden!

Burmin fand Marja Gavrilovna am Teich, unter einer Weide, ein Buch in der Hand und im weißen Kleid, eine echte Romanheldin. Nach den ersten Fragen unterließ es Marja Gavrilovna absichtlich, das Gespräch zu unterhalten, und erhöhte damit die beiderseitige Verlegenheit, aus der nur noch eine überraschende und entschlossene Aussprache retten konnte. Und so geschah es: Burmin, der die Schwierigkeit seiner Lage einsah, erklärte, er suche seit langem nach einer Gelegenheit, ihr sein Herz zu öffnen, und bat sie um einen Augenblick der Aufmerksamkeit. Marja Gavrilovna schloss ihr Buch und schlug, zum Zeichen des Einverständnisses, die Augen nieder.

»Ich liebe Sie«, sagte Burmin, »ich liebe Sie leidenschaftlich …« (Marja Gavrilovna errötete und senkte den Kopf noch tiefer.) »Ich habe unvorsichtig gehandelt, indem ich mich einer lieben Gewohnheit hingab, der Gewohnheit, Sie täglich zu sehen und zu hören …« (Marja Gavrilovna fühlte sich erinnert an den ersten Brief des St. Preux.) »Heute ist es zu spät, mich meinem Schicksal zu widersetzen; die Erinnerung an Sie, Ihr geliebtes, unvergleichliches Bild wird von nun an die Qual und die Freude meines Lebens sein; doch bleibt mir noch, eine schwere Pflicht zu erfüllen, Ihnen ein schreckliches Geheimnis zu entdecken und zwischen uns ein unüberwindliches Hindernis aufzurichten ...« – »Das hat immer existiert«, unterbrach Marja Gavrilovna lebhaft, »ich könnte niemals Ihre Frau werden ...« – »Ich weiß«, antwortete er ihr still, »ich weiß, dass Sie einmal geliebt haben, obwohl der Tod und drei Jahre Trauer ... Gute, liebste Marja Gavrilovna! Geben Sie sich keine Mühe, mich des letzten Trostes zu berauben: des Gedankens, dass Sie einwilligen könnten, mich glücklich zu machen, wenn ... Schweigen Sie, um Gottes Willen, schweigen Sie. Sie zerreißen mir das Herz. Ja, ich weiß es, ich fühle, Sie würden die Meine werden, aber – ich bin das unglückseligste Geschöpf ... ich bin verheiratet!«

Marja Gavrilovna blickte ihn verwundert an.

»Ich bin verheiratet«, fuhr Burmin fort, »ich bin seit vier Jahren verheiratet und weiß weder, wer meine Frau ist, noch wo sie ist, noch weiß ich, ob ich sie jemals wiedersehen werde!«

»Was sagen Sie?«, rief Marja Gavrilovna aus. »Wie ist das seltsam! Fahren Sie fort, ich werde Ihnen danach erzählen ... fahren Sie fort, seien Sie so gut.«

»Zu Beginn des Jahres 1812«, sagte Burmin, »eilte ich nach Vilna, wo sich unser Regiment befand. Als ich eines Abends spät an eine Poststation kam, hatte ich schon befohlen, schnell die Pferde anzuspannen, als sich plötzlich ein schrecklicher Schneesturm erhob, so dass der Aufseher und die Kutscher mir rieten, ihn abzuwarten. Ich hörte auf sie, doch hatte mich eine unbegreifliche Unruhe gepackt; mir schien, als stoße mich jemand vorwärts. Doch der Schneesturm legte sich nicht; ich hielt es nicht aus, befahl wieder anzuspannen und fuhr mitten hinein in den Sturm. Der Kutscher hatte den Einfall, entlang des Flusses zu fahren, was uns den Weg um drei Verst verkürzt hätte. Die Ufer waren verweht; der Kutscher verfehlte die Stelle, an der wir auf die Straße hätten kommen müssen, und so fanden wir uns in einer fremden Gegend wieder. Der Sturm wollte sich nicht legen; ich sah Licht und befahl, dorthin zu fahren. Wir kamen in ein Dorf; in der hölzernen Kirche war Licht. Die Kirche war geöffnet, auf dem Kirchhof standen einige Schlitten; durch die Vorhalle gingen Menschen. ›Hierher! hierher!‹, riefen einige Stimmen. Ich befahl dem Kutscher vorzufahren. ›Du lieber Gott, wo steckst du denn?‹, sagte jemand zu mir. ›Die Braut ist schon ohnmächtig; der Pope weiß nicht, was er tun soll; wir wollten schon zurückfahren. Schnell, steig aus.‹ Schweigend sprang ich aus dem Schlitten und ging in die Kirche, die schwach von zwei, drei Kerzen erleuchtet war. Eine junge Frau saß auf einer Bank in einer dunklen Ecke der Kirche; eine andere rieb ihr die Schläfen. ›Gott sei Dank‹, sagte die, ›endlich sind Sie da. Sie haben mein Fräulein fast umgebracht.‹ Der alte Geistliche trat auf mich zu mit der Frage: ›Befehlen Sie anzufangen?‹ – ›Fangen Sie an, Väterchen, fangen Sie an‹, antwortete ich geistesabwesend. Man stellte die junge Frau auf die Füße. Sie erschien mir nicht hässlich … O unbegreiflicher, unverzeihlicher Leichtsinn … ich stellte mich neben sie vor das Pult; der Geistliche hatte es eilig; drei Männer und das Dienstmädchen stützten die Braut und waren nur mit ihr beschäftigt. Wir wurden getraut. »Küsst euch«, sagte man zu uns. Meine Frau wandte mir ihr bleiches Gesicht zu. Ich wollte sie küssen … Sie schrie auf: »Oje, das ist nicht er! Das ist nicht er!« und fiel bewusstlos zu Boden. Die Trauzeugen richteten erschrockene Blicke auf mich. Ich drehte mich um, verließ völlig ungehindert die Kirche, warf mich in die Kibitka und schrie: Fahr los!«

»Mein Gott!«, schrie Marja Gavrilovna auf: »Und Sie wissen nicht, was aus Ihrer armen Frau geworden ist?«

»Ich weiß es nicht«, antwortete Burmin, »ich weiß nicht, wie das Dorf heißt, in dem ich getraut worden bin, ich erinnere mich nicht, von welcher Poststation ich losgefahren bin. Damals habe ich meinem verbrecherischen Streich so wenig Bedeutung beigemessen, dass ich, als wir von der Kirche losfuhren, einschlief und erst am anderen Morgen erwachte, schon drei Stationen weiter. Der Diener, der damals bei mir war, ist während des Feldzugs gestorben, sodass ich nicht einmal die Hoffnung habe, die Frau zu finden, die ich so grausam verhöhnt habe und die nun so grausam gerächt ist.«

»Mein Gott, mein Gott!«, sagte Marja Gavrilovna, seine Hand ergreifend. »Das waren also Sie! Und Sie erkennen mich nicht wieder?«

Burmin erbleichte ... und warf sich ihr zu Füßen...

F. Scott Fitzgerald

Liebe in der Nacht

Die Worte erregten Val. Sie waren ihm irgendwann während des frischen, goldenen Aprilnachmittags in den Sinn gekommen, und in Gedanken wiederholte er sie immer wieder: »Liebe in der Nacht; Liebe in der Nacht.« Er probierte sie in drei Sprachen aus – Russisch, Englisch und Französisch – und entschied sich für Englisch. In jeder Sprache bedeuteten die Worte eine andere Art von Liebe und eine andere Art von Nacht, und die englische Nacht kam ihm am wärmsten und weichsten vor, mit dem dünnsten und kristallensten Sternenschimmer. Die englische Liebe kam ihm am zerbrechlichsten und romantischsten vor – ein weißes Kleid und darüber ein verwischtes Gesicht mit Augen wie Brunnen aus Licht. Und wenn ich hinzufüge, dass die Nacht, die ihm solche Gedanken eingab, schließlich und endlich eine französische Nacht war, wird mir klar, dass ich weiter ausholen und mit dem Anfang beginnen muss.

Val war halb Russe und halb Amerikaner. Seine

Mutter war die Tochter jenes Morris Hasylton, der 1892 die Weltausstellung in Chicago mitfinanziert hatte, und sein Vater war – sehen Sie ruhig im Gotha von 1910 nach – Fürst Paul Sergej Boris Rostow, Sohn des Fürsten Vladimir Rostow, Enkel eines Großherzogs – genannt Sergej mit dem kantigen Kinn – und Cousin des Zaren um drei Ecken. Man sieht, auf dieser Seite war alles ziemlich eindrucksvoll, Stadtpalais in Sankt Petersburg, Jagdhütte in der Nähe von Riga und eine dicke, fette Villa, fast schon ein Palast, mit Blick auf das Mittelmeer. In dieser Villa in Cannes verbrachten die Rostows den Winter, und Fürstin Rostow hätte es nicht besonders amüsant gefunden, daran erinnert zu werden, dass diese Villa an der Riviera, vom Marmorspringbrunnen – nach Bernini – bis zu den vergoldeten Likörgläsern – nach dem Abendessen – mit amerikanischem Geld gekauft worden war.

Die Russen waren in der ausgelassenen Zeit vor dem Krieg besonders fröhlich. Von den drei Völkern, denen Südfrankreich als Lustgarten diente, waren sie dasjenige, dessen hochherrschaftliches Auftreten am natürlichsten wirkte. Die Engländer waren zu pragmatisch, die Amerikaner waren zwar freigebig, besaßen aber keine romantische Tradition. Die Russen hingegen – ein Volk, das sich so ritterlich benahm wie die Südländer und außerdem noch reich war!

Wenn die Rostows gegen Ende Januar in Cannes eintrafen, bestellten die Restaurants telegraphisch in nördlicheren Regionen die Lieblingsetiketten des Fürsten, um sie auf ihre Champagnerflaschen zu kleben, und die Juweliere legten unvorstellbar prachtvolle Schmuckstücke beiseite, um sie ihm zu zeigen (aber nicht der Fürstin), und die russisch-orthodoxe Kirche wurde für die Feiertage gekehrt und geschmückt, damit der Fürst orthodoxe Vergebung für seine Sünden erbitten konnte. Sogar das Mittelmeer war so entgegenkommend, an den Frühlingsabenden die Farbe dunklen Weins anzunehmen, und Fischerboote mit rotkehlchenfarbenen Segeln schaukelten entzückend vor dem Ufer.

Undeutlich war Val bewusst, dass all das für ihn und seine Familie geschah. Die kleine weiße Stadt am Wasser, in der er die Freiheit hatte, zu tun, was ihm gefiel, weil er reich und jung war und das Blut Peters des Großen indigoblau in seinen Adern rann, war das Paradies der Privilegierten. Im Jahr 1914, in dem diese Geschichte beginnt, war er erst siebzehn Jahre alt, doch er hatte bereits ein Duell mit einem vier Jahre älteren jungen Mann ausgetragen und besaß als Beweis eine kleine haarlose Narbe oben auf seinem schönen Kopf.

Doch Liebe in der Nacht war das, was ihm am Herzen lag. Es war ein schemenhafter schöner

Traum, etwas, was ihm eines Tages widerfahren würde, einzigartig und unvergleichlich. Er hätte nicht mehr darüber sagen können, als dass ein bezauberndes, unbekanntes Mädchen darin vorkam und dass sich alles unter dem Mond der Riviera abzuspielen hatte.

Das Merkwürdige an dem Ganzen war nicht, dass er in der erregten und zugleich beinahe spirituellen Hoffnung auf eine Romanze lebte, denn solche Hoffnungen unterhalten alle Knaben, die nur eine Spur Phantasie besitzen, sondern dass sie ihm tatsächlich widerfuhr. Und als es geschah, war es so unerwartet, so ein Gewirr aus Eindrücken und Gefühlen und eigenartigen Wendungen, die ihm auf die Lippen gerieten, aus Anblicken und Tönen und Augenblicken, die sich ereigneten und im nächsten Moment vorbei waren, vergangen waren, dass er kaum begriff, wie ihm geschah. Vielleicht war es gerade das Unfassbare, das die Begebenheit in sein Herz einprägte, so dass er sie nie vergessen konnte.

In jenem Frühling sprach alles um ihn herum von Liebe; da waren die zahlreichen und indiskreten Liebschaften seines Vaters, die Val partiell zu Ohren kamen, wenn er zufällig das Gerede der Dienstboten hörte, und definitiv, als er eines Nachmittags seine amerikanische Mutter dabei überraschte, dass sie dem Porträt seines Vaters an der Wand des Salons eine hysterische Szene machte. Auf dem Porträt trug sein Vater eine weiße Uniform mit einem pelzbesetzten Dolman und erwiderte den Blick seiner Frau unbeeindruckt, als wollte er sagen: »Meine Liebe, hattest du dir etwa eingebildet, in eine Familie von Betbrüdern eingeheiratet zu haben?«

Val entfernte sich auf Zehenspitzen, überrascht, verwirrt – und erregt. Es hatte ihn nicht schockiert, wie es einen amerikanischen Jungen seines Alters schockiert hätte. Seit Jahren wusste er, wie das Leben der Reichen in Europa beschaffen war, und seinem Vater warf er nur vor, dass er seine Mutter zum Weinen gebracht hatte.

Um ihn herum war alles Liebe, vorwurfslose Liebe genauso wie verbotene Liebe. Als er um neun Uhr die Seepromenade entlangspazierte und die Sterne so hell strahlten, dass sie mit den hellen Lampen wetteiferten, spürte er die Liebe ringsum. Von den Caféterrassen mit den fröhlichen Kleidern frisch aus Paris drang der würzige Geruch von Blumen, Chartreuse, frischem schwarzem Kaffee und Zigaretten, und damit vermischt nahm er einen anderen Duft wahr, den rätselhaften Duft der Liebe. Hände berührten juwelenblitzende Hände auf weißen Tischen. Fröhliche Kleider und weiße Hemdbrüste wogten, und Streichhölzer wurden ein wenig zittrig an langsam Feuer fangende Zigaretten gehalten. Jenseits des Boulevards schlenderten unter den schattigen Bäumen weniger vornehme Liebende, junge Franzosen, die in den Läden von Cannes arbeiteten, mit ihren Bräuten, doch in diese Richtung blickten Vals junge Augen seltener. Der Luxus der Musik, der bunten Farben und leisen Stimmen, all das gehörte zu seinem Traum. All das war der unerlässliche Dekor der Liebe in der Nacht.

Doch Val begann, sich allmählich unglücklich zu fühlen, auch wenn er sich größte Mühe gab, das großspurige Gehabe zur Schau zu stellen, das von einem jungen russischen Adeligen erwartet wurde, der allein unterwegs war. Die Aprildämmerung hatte die Märzdämmerung abgelöst, die Saison war fast vorbei, und er hatte bisher keine Verwendung für die warmen Frühlingsabende gefunden. Die Sechzehn- und Siebzehnjährigen aus seinem Bekanntenkreis wurden von der Dämmerung bis zum Schlafengehen streng beaufsichtigt – vergessen wir nicht, es war die Zeit vor dem Krieg –, und die anderen Mädchen, die ihn gerne begleitet hätten, sprachen seiner romantischen Sehnsucht Hohn. So verging der April – eine Woche, zwei Wochen, drei Wochen …

Er hatte bis um sieben Uhr Tennis gespielt und eine weitere Stunde auf dem Tennisplatz vertrödelt, und es war halb neun geworden, als ein müder Droschkengaul den Hügel meisterte, auf dem die

Fassade der Rostow-Villa leuchtete. In der Auffahrt funkelten die gelben Scheinwerfer der Limousine seiner Mutter; die Fürstin trat aus der hell erleuchteten Haustür und knöpfte ihre Handschuhe zu. Val warf dem Droschkenkutscher zwei Franc zu und ging zu seiner Mutter, um sie auf die Wange zu küssen.

»Berühr mich nicht«, sagte sie abwehrend. »Du hast Geld angefasst.«

»Aber nicht mit dem Mund, Mutter«, wandte er scherzhaft ein.

Die Fürstin sah ihn ungehalten an.

»Ich bin verärgert«, sagte sie. »Warum musst du dich ausgerechnet heute so verspäten? Wir sind zum Abendessen auf eine Yacht eingeladen, und die Einladung galt auch für dich.«

»Was für eine Yacht?«

»Amerikaner.« Ihre Stimme klang immer leicht ironisch, wenn sie ihr Herkunftsland erwähnte. Ihr Amerika war das Chicago der neunziger Jahre, und in ihrer Vorstellung war es noch immer eine riesige Wohnung über einem Metzgerladen. Selbst die Verfehlungen Fürst Pauls waren kein zu hoher Preis für ihr Entkommen.

»Zwei Yachten«, fuhr sie fort, »und wir wissen nicht, welche die richtige ist. Die Einladung war sehr ungenau. Ausgesprochen schlechte Manieren.«

Amerikaner. Vals Mutter hatte ihrem Sohn beigebracht, Amerikaner mit Geringschätzung zu betrachten, aber es war ihr nicht gelungen, ihn davon zu überzeugen. Amerikanische Männer behandelten einen nicht wie Luft, auch wenn man erst siebzehn war. Val mochte Amerikaner. Er fühlte sich zwar durchaus als Russe, aber nicht lupenrein; das genaue Mengenverhältnis betrug wie das einer berühmten Seife neunundneunzig dreiviertel Prozent.

»Ich komme mit«, sagte er. »Ich beeile mich, Mutter. Ich –«

»Wir sind jetzt schon zu spät dran.« Die Fürstin drehte sich um, als ihr Ehemann in der Tür erschien. »Jetzt sagt Val, dass er mitkommen will.«

»Das kommt nicht in Frage«, sagte Fürst Paul schroff. »Er hat sich scheußlich betragen.«

Val nickte. Russische Aristokraten erzogen ihre Kinder ausnahmslos mit bewundernswerter Strenge, auch wenn sie selbst gern über die Stränge schlugen. Widerspruch wurde nicht geduldet.

»Es tut mir leid«, sagte Val.

Fürst Paul begnügte sich mit einem Schnauben. Der Lakai in rot-silberner Livree öffnete die Wagentür. Doch das Schnauben entschied die Sache, denn Fürstin Rostow hegte zufällig einen nicht grundlosen Groll gegen ihren Mann, und das verschaffte ihr die Oberhand.

»Wenn ich es recht überlege, kommst du doch besser mit, Val«, verkündete sie ungerührt. »Nicht zum Essen, dafür ist es zu spät, aber danach. Die Yacht ist entweder die Minnehaha oder die Privateer.« Sie stieg in die Limousine. »Die, auf die wir eingeladen sind, ist wahrscheinlich die, auf der mehr los ist, die Yacht der Jacksons –«

»Nur Grips«, brummte der Fürst rätselhaft, womit er ausdrücken wollte, dass Val die Yacht finden würde, wenn er nur die geringste Spur Grips besaß. »Zeig dich meinem Diener, bevor du gehst. Nimm eine von meinen Krawatten und nicht den scheußlichen Bindfaden, auf den du dich in Wien kapriziert hast. Werd erwachsen. Höchste Zeit.«

Die Limousine entfernte sich knirschend aus der gekiesten Einfahrt, und Val blieb mit vor Scham brennendem Gesicht zurück.

Im Hafen von Cannes war es dunkel, besser gesagt: es wirkte dunkel nach der Helligkeit der Promenade, die Val gerade verlassen hatte. Im trüben Lichtschein dreier schwacher Hafenlaternen lagen zahllose Fischerboote wie leere Muschelschalen am Strand. Weiter draußen, wo eine Flotte schlanker Yachten bedächtig und würdevoll auf dem Meer schaukelte, waren Lichter zu sehen, und noch weiter draußen rundete der Vollmond das Wasser zu einem blankgewienerten Tanzparkett. Hin und wieder ertönte ein Klatschen, Knarren und Glucksen, wenn ein Ruderboot sich im seichten Wasser bewegte und sein schattenhafter Umriss sich durch das Labyrinth enggedrängter Fischerkähne und Barkassen schlängelte. Val stieg das samtige Sandufer hinunter, stolperte über einen schlafenden Schiffer und atmete den ranzigen Geruch von Knoblauch und billigem Wein ein. Er schüttelte den Mann an den Schultern, bis dieser ihn erschrocken ansah.

»Wissen Sie, wo die Minnehaha und die Privateer ankern?«

Als sie in die Bucht hinausglitten, lehnte er sich im Bootsheck zurück und blickte mit leisem Missbehagen zu dem Mond über der Riviera hinauf. Es war der richtige Mond, keine Frage. Oft genug, in fünf von sieben Nächten, war es der richtige Mond. Und da waren die warme Luft mit ihrem beinahe schmerzlichen Zauber und die Musik, viele Melodien, von vielen Kapellen gespielt, die vom Ufer herüberklang. Im Osten lag das dunkle Kap von Antibes und dahinter Nizza und dahinter Monte Carlo, wo Klang und Klirren von Geld die Nacht erfüllte. Eines Tages würde auch er all das erleben, alle Freuden und alles Glück – dann, wenn er zu alt und vernünftig wäre, um Wert darauf zu legen.

Doch diese Nacht, diese Nacht, dieser Silberstrom, der wie eine breite Strähne lockigen Haars zum Mond hinaufwehte, diese warmen, romantischen Lichter von Cannes hinter ihm und die unwiderstehliche und unbeschreibliche Liebe in dieser Luft – blieben für immer vergeudet.

»Welches?«, fragte der Schiffer unerwartet.

»Welches was?«, fragte Val, der sich aufrichtete.

»Welches Schiff?«

Er zeigte hin. Val drehte sich um; über ihnen erhob sich der graue, wie ein Schwert vorspringende Bug einer Yacht. Während der anhaltenden Sehnsucht seines Verlangens hatten sie eine halbe Meile zurückgelegt.

Er las die Messingbuchstaben über seinem Kopf. Privateer stand da, doch das Licht an Bord war gedämpft, und keine Musik war zu hören, kein Stimmengewirr, sondern nur das murmelnde Plätschern der Wellen, die das Schiff berührten.

»Das andere«, sagte Val. »Die Minnehaha.«

»Warten Sie.«

Val schrak zusammen. Die Stimme war leise und sanft aus der Dunkelheit über ihm gekommen.

»Warum so eilig?«, sagte die sanfte Stimme. »Ich dachte, es wäre vielleicht jemand zu Besuch gekommen, und jetzt bin ich schrecklich enttäuscht.«

Der Schiffer hob die Ruder aus dem Wasser und sah Val unsicher an. Val aber schwieg, und der Schiffer senkte die Ruderblätter ins Wasser und führte das Boot in das Mondlicht hinaus.

»Augenblick!«, rief Val laut.

»Ade«, sagte die Stimme. »Kommen Sie wieder, wenn Sie bleiben können.«

»Aber ich bleibe jetzt«, sagte er aufgeregt.

Er gab die entsprechende Anweisung, und das Ruderboot wendete zum Fuß des kleinen Fallreeps zurück. Jemand, der jung war, jemand in einem wolkigen weißen Kleid, jemand mit einer bezaubernden leisen Stimme hatte ihn tatsächlich aus der samtenen Dunkelheit angerufen. »Wenn sie Augen hat!«, murmelte Val im Selbstgespräch. Der romantische Klang seiner Worte gefiel ihm, und er wiederholte flüsternd: »Wenn sie Augen hat.«

»Wer sind Sie?« Sie stand unmittelbar über ihm; sie blickte herunter, und er blickte hinauf, als er die Leiter hochkletterte, und als ihre Blicke sich begegneten, mussten beide lachen.

Sie war sehr jung, zierlich, fast zerbrechlich, in einem Kleid, dessen fahle Schlichtheit ihre Jugend betonte. Zwei flache dunkle Flecken auf ihren Wangen zeigten an, wo sich tagsüber die Farbe befand.

»Wer sind Sie?«, fragte sie wieder, trat einen Schritt zurück und lachte erneut, als sein Kopf über der Reling auftauchte. »Jetzt fürchte ich mich und will Auskunft.«

»Ich bin ein Gentleman«, sagte Val und verneigte sich.

»Was für ein Gentleman? Es gibt alle möglichen Arten. In Paris gab es einen – einen farbigen Gentleman am Nebentisch, und deshalb –« Sie verstummte. »Sie sind kein Amerikaner, oder?«

»Ich bin Russe«, sagte er in einem Ton, als wäre er ein Erzengel. Er dachte kurz nach und sagte: »Und ich bin der glücklichste aller Russen. Den ganzen Tag, das ganze Frühjahr habe ich davon geträumt, mich in einer solchen Nacht zu verlieben, und jetzt hat mir der Himmel Sie geschickt.«

»Einen Augenblick bitte!«, sagte sie und holte schnell Luft. »Jetzt weiß ich mit Sicherheit, dass Ihr Besuch hier ein Irrtum ist. Für so etwas bin ich nicht zu haben. Bitte!«

»Verzeihen Sie.« Er sah sie verwirrt an; ihm war nicht klar, dass er sich zu weit vorgewagt hatte. Dann nahm er Haltung an.

»Ich habe mich geirrt. Wenn Sie mich bitte entschuldigen wollen, verabschiede ich mich jetzt.«

Er wendete sich ab. Seine Hand lag auf der Reling.

»Gehen Sie nicht«, sagte sie und strich sich eine Haarsträhne von undefinierbarer Farbe aus den Augen. »Ich habe es mir überlegt; Sie können so viel Unsinn reden, wie Sie wollen, wenn Sie nur bleiben.

Ich bin todunglücklich, und ich will nicht allein sein.«

Val zögerte; irgendetwas entzog sich seinem Verständnis. Er hatte angenommen, dass ein Mädchen, das nachts einen Fremden anspricht, sogar vom Deck einer Yacht aus, eine Romanze im Sinn haben müsse. Und er wollte unbedingt bleiben. Dann fiel ihm ein, dass dieses Schiff eine der zwei Yachten war, nach denen er gesucht hatte.

»Ich nehme an, dass das Essen auf dem anderen Schiff stattfindet«, sagte er.

»Das Essen? Ach ja, das ist auf der Minnehaha. Waren Sie auf dem Weg dorthin?«

»Das war ich – vor langer Zeit.«

»Wie heißen Sie?«

Er war im Begriff, es zu sagen, als ihn etwas veranlasste, stattdessen eine Frage zu stellen.

»Und Sie? Warum sind Sie nicht auf der Party?«

»Weil ich lieber hierbleiben wollte. Mrs. Jackson hat gesagt, dass Russen kommen würden – vermutlich Sie.« Sie sah ihn aufmerksam an. »Sie sind jung, oder?«

»Ich bin wesentlich älter, als ich aussehe«, sagte Val steif. »Das fällt allen auf. Jeder wundert sich darüber.«

»Wie alt sind Sie?«

»Einundzwanzig«, log er.

Sie lachte.

»So ein Unsinn! Sie sind höchstens neunzehn.«

Er war so sichtlich verärgert, dass sie sich beeilte, ihn zu besänftigen. »Nur Mut! Ich bin selbst erst siebzehn. Ich hätte die Party besucht, wenn ich gewusst hätte, dass Gäste unter fünfzig dort sein würden.«

Den Themenwechsel nahm er freudig auf.

»Und Sie wollten lieber hier sitzen und im Mondlicht träumen.«

»Ich habe über Irrtümer nachgedacht.« Sie setzten sich in zwei benachbarte Liegestühle. »Ein fesselndes Thema: Irrtümer. Frauen grübeln fast nie über Irrtümer – sie sind viel eher bereit zu vergessen als Männer. Aber wenn sie es tun –«

»Sie haben einen Irrtum begangen?«, fragte Val.

Sie nickte.

»Etwas, was man nicht rückgängig machen kann?«

»Ich fürchte, ja«, antwortete sie. »Ich weiß es nicht. Darüber dachte ich nach, als Sie herkamen.«

»Vielleicht kann ich irgendwie nützlich sein«, sagte Val. »Vielleicht lässt sich Ihr Irrtum doch noch rückgängig machen.«

»Das können Sie nicht«, sagte sie traurig. »Denken wir nicht mehr daran. Ich bin meinen Irrtum schrecklich leid und fände es viel schöner, von Ihnen zu hören, was für fröhliche und heitere Dinge heute Abend in Cannes vor sich gehen.«

Sie blickten uferwärts zu der geheimnisvollen und verlockenden Lichterkette, zu den großen Spielzeugkisten, in denen Kerzen leuchteten und die in Wirklichkeit elegante Grandhotels waren, zu der beleuchteten Uhr in der Altstadt, zu dem verschwommenen Widerschein des Café de Paris und zu den ausgestanzten Punkten der Villenfenster, die sich auf den sacht ansteigenden Bergen zum Himmel reckten.

»Was tun die Leute dort?«, fragte sie flüsternd. »Es sieht aus, als wäre es etwas Herrliches, aber was es ist, kann ich nicht erkennen.«

»Sie sind alle verliebt«, sagte Val ruhig.

»Wirklich?« Mit einem eigenartigen Ausdruck in ihren Augen sah sie lange hin. »Dann will ich lieber nach Amerika zurückfahren«, sagte sie. »Hier ist mir zu viel Liebe. Am liebsten führe ich schon morgen.«

»Fürchten Sie sich denn davor, sich zu verlieben?«

Sie schüttelte den Kopf.

»Das ist es nicht. Es ist nur, dass – für mich gibt es hier keine Liebe.«

»Für mich auch nicht«, fügte Val ruhig hinzu. »Wie traurig, dass wir beide in einer so schönen

Nacht an einem so schönen Ort sind und nichts davon haben.«

Er neigte sich eindringlich zu ihr, mit einem Blick voll inniger und keuscher Romantik – und sie wich zurück.

»Erzählen Sie mir von sich«, sagte sie schnell. »Wenn Sie Russe sind, wo haben Sie dann so hervorragendes Englisch gelernt?«

»Meine Mutter ist Amerikanerin«, räumte er ein. »Mein Großvater auch, so dass sie keine andere Wahl hatte.«

»Dann sind Sie auch Amerikaner!«

»Ich bin Russe«, sagte Val würdevoll.

Sie sah ihn aufmerksam an, lächelte und gab nach. »Nun gut«, sagte sie diplomatisch, »dann haben Sie sicher einen russischen Namen.«

Er wollte ihr seinen Namen jedoch nicht jetzt sagen. Ein Name, selbst der Name Rostow, wäre eine Entweihung dieser Nacht gewesen. Sie waren ihre leisen Stimmen, ihre zwei bleichen Gesichter, und das war genug. Ohne zu wissen, warum, aber mit einem Instinkt, der triumphierend in seinem Geist vibrierte, war er überzeugt, dass er binnen kurzem, in einer Minute oder Stunde, in die romantische Liebe eingeweiht werden würde. Sein Name war bedeutungslos neben dem, was sich in seinem Herzen regte.

»Sie sind wunderschön«, sagte er plötzlich.

»Wie wollen Sie das wissen?«

»Weil das Mondlicht das gefährlichste Licht für eine Frau ist.«

»Sehe ich im Mondlicht nett aus?«

»Sie sind das Bezauberndste, was mir je vor Augen gekommen ist.«

»Oh.« Sie dachte darüber nach. »Ich hätte Sie natürlich nie an Bord kommen lassen dürfen. Ich hätte wissen müssen, dass es zu diesem Thema kommen würde – in diesem Mondlicht. Aber ich kann mich nicht damit abfinden, hier zu sitzen und zum Ufer zu sehen, Tag für Tag. Dafür bin ich zu jung. Finden Sie nicht auch, dass ich dafür zu jung bin?«

»Viel zu jung«, pflichtete er ihr in tiefem Ernst bei.

Unversehens wurden sie auf eine neue Musik aufmerksam, die aus nächster Nähe erklang, als stiege sie keine hundert Meter entfernt aus dem Wasser auf.

»Hören Sie nur!«, rief sie. »Das kommt von der Minnehaha. Das Essen ist vorbei.«

Einen Augenblick lang lauschten sie schweigend.

»Danke«, sagte Val plötzlich.

»Wofür?«

Er hatte fast nicht gemerkt, dass er etwas gesagt hatte. Er dankte den tiefen und leisen Blasinstrumenten für ihren Gesang in der Brise, dem Meer für seine warmen, geflüsterten Klagelaute, die den Bug berührten, dem milchigen Sternenlicht dafür, dass es sich über sie ergoss, bis er sich von einer Substanz getragen fühlte, die dichter war als Luft.

»So bezaubernd«, flüsterte sie.

»Was wollen wir damit anfangen?«

»Müssen wir etwas damit anfangen? Ich dachte, wir könnten einfach dasitzen und…«

»Das dachten Sie nicht«, fiel er ihr unaufgeregt ins Wort. »Sie wissen, dass wir etwas damit anfangen müssen. Ich werde Ihnen den Hof machen – und Sie werden sich darüber freuen.«

»Das kann ich nicht«, sagte sie sehr leise. Sie hätte gern gelacht, irgendeine leichtfertige, knappe Bemerkung gemacht, die das Ganze in das sichere Fahrwasser einer harmlosen Liebelei zurückbugsiert hätte. Doch dafür war es zu spät. Val wusste, dass die Musik vollendet hatte, was der Mond begonnen hatte.

»Ich will Ihnen die Wahrheit sagen«, sagte er. »Sie sind meine erste Liebe. Ich bin siebzehn, genauso alt wie Sie und nicht mehr.«

Dass sie gleichaltrig waren, hatte etwas ganz und gar Entwaffnendes. Es machte sie schwach vor dem Geschick, das sie zusammengebracht hatte. Die Liegestühle quietschten, und er war sich eines schwachen und trügerischen Dufts bewusst, als sie sich plötzlich kindlich aneinanderschmiegten.

Ob er sie einmal oder mehrmals geküsst hatte, hätte er später nicht zu sagen gewusst, obwohl sie sicherlich eine Stunde in enger Nähe verbrachten und er ihre Hand hielt. Was ihn am meisten verblüffte, war der Umstand, dass das keimende Liebesglück frei von wilder Leidenschaft war – kein Kummer, kein Begehren, keine Verzweiflung –, sondern eine so berauschende Vorahnung auf ein Glück, wie er es in der Welt und im Leben noch nie gekannt hatte. Die erste Liebe – denn das war nichts als die erste Liebe! Was war dann erst die Liebe in ihrer Gänze, in ihrer Blüte? Er konnte nicht wissen, dass das, was er empfand, dieses unwirkliche, wunschlose Gemisch aus Ekstase und Frieden, nie wieder erreichbar sein würde.

Die Musik war seit einiger Zeit verstummt, als das Geräusch eines Ruderboots, das die Wellen bewegte, die flüsternde Stille unterbrach. Sie sprang auf, und ihre Augen suchten die Bucht ab.

»Hören Sie!«, sagte sie schnell. »Sagen Sie mir Ihren Namen.«

»Nein.«

»Bitte!«, sagte sie flehend. »Ich reise morgen ab.«

Er schwieg.

»Ich will nicht, dass Sie mich vergessen«, sagte sie. »Ich heiße –«

»Ich werde Sie nicht vergessen. Ich verspreche Ihnen, immer an Sie zu denken. Jede Frau, die ich vielleicht einmal lieben werde, werde ich immer an Ihnen messen, an meiner ersten Liebe. Solange ich lebe, werden Sie immer der erste Eindruck in meinem Herzen bleiben.«

»Ich will, dass Sie sich erinnern«, flüsterte sie stammelnd. »Oh, es hat mir mehr bedeutet als Ihnen, viel mehr.«

Sie stand so nahe neben ihm, dass er ihren warmen jungen Atem auf seinem Gesicht spürte. Wieder schmiegten sie sich aneinander. Er drückte ihre Hände und Handgelenke, denn so schien es ihm geboten, und küsste ihren Mund. Es war, wie er dachte, der richtige Kuss – nicht zu viel, nicht zu wenig. Doch der Kuss war wie ein Versprechen weiterer Küsse, die möglich gewesen wären, und ein wenig enttäuscht hörte er, wie das Ruderboot sich der Yacht näherte, und begriff, dass ihre Familie zurückgekommen war. Der Abend war vorbei.

›Aber das ist nur der Anfang‹, sagte er sich. ›Mein ganzes Leben wird so sein wie diese Nacht.‹

Sie sprach leise und schnell, und er hörte ihr aufmerksam zu.

»Eines müssen Sie wissen: Ich bin verheiratet.

Seit drei Monaten. Das ist der Irrtum, über den ich nachdachte, als der Mond Sie herbrachte. Gleich werden Sie es verstehen.«

Sie verstummte, als das Boot am Fallreep anlegte und eine Männerstimme aus der Dunkelheit aufstieg.

»Bist du es, meine Liebe?«

»Ja.«

»Was ist das hier für ein Ruderboot?«

»Einer von Mrs. Jacksons Gästen ist aus Versehen hierhergekommen, und ich habe ihn gebeten, für eine Stunde dazubleiben und mir etwas zu erzählen.«

Im nächsten Augenblick zeigten sich über der Reling das dünne weiße Haar und die müden Gesichtszüge eines Sechzigjährigen. Und zu spät erkannte und begriff Val, wie viel es ihm ausmachte.

Als die Saison an der Riviera im Mai endete, schlossen die Rostows und alle anderen Russen ihre Villen und begaben sich in nördlichere Regionen, um dort den Sommer zu verbringen. Die russisch-orthodoxe Kirche wurde zugesperrt, das Gleiche geschah mit den Fässern teurer Weine, und das elegante Frühlingsmondlicht wurde bis zu ihrer Rückkehr weggeräumt.

»Zur nächsten Saison kommen wir wieder«, sagten sie wie gewohnt.

Doch das war voreilig, denn sie sollten nie wiederkommen. Die wenigen, die nach fünf schrecklichen Jahren den Weg in den Süden wiederfanden, waren froh, als Zimmermädchen oder *valets de chambre* in den Grandhotels, in denen sie einst diniert hatten, Arbeit zu finden. Viele von ihnen waren im Krieg und in der Revolution umgekommen, viele dämmerten als Schmarotzer und kleine Gauner in den Metropolen Europas dahin, und nicht wenige beendeten ihr Leben in ratloser Verzweiflung.

Als die Kerenskij-Regierung 1917 gestürzt wurde, war Val Leutnant an der Front im Osten und versuchte verzweifelt, in seiner Truppe Autorität durchzusetzen, nachdem es längst keine Autorität mehr gab, und er versuchte es immer noch, als Fürst Paul Rostow und seine Frau an einem verregneten Vormittag aus dem Leben schieden, um für die Verfehlungen des Hauses Romanow zu sühnen, so dass die beneidenswerte Laufbahn der Tochter Morris Hasyltons in einer Stadt endete, die weit mehr Ähnlichkeit mit einem Metzgerladen hatte als das Chicago des Jahres 1892.

Danach kämpfte Val eine Zeitlang in Denikins Armee, bis ihm klar wurde, dass er in einer lächerlichen Farce mitwirkte und dass der Glanz des Russischen Kaiserreichs vergangen war. Dann ging er nach Frankreich und sah sich dort zu seiner Überraschung mit der verblüffenden Frage konfrontiert, wie er überleben sollte.

Natürlich erwog er, nach Amerika zu gehen. Zwei entfernte Tanten, mit denen seine Mutter sich vor vielen Jahren zerstritten hatte, lebten dort in verhältnismäßigem Wohlstand. Doch diese Vorstellung widersprach den Vorurteilen, die seine Mutter ihm eingeimpft hatte, und außerdem konnte er die Überfahrt nicht bezahlen. Bis eine eventuelle Konterrevolution ihn wieder in den Besitz der Rostow'schen Ländereien in Russland brachte, musste er sich in Frankreich irgendwie über Wasser halten.

Deshalb suchte er die kleine Stadt auf, die er am besten kannte. Er ging nach Cannes. Mit seinen letzten zweihundert Franc kaufte er eine Fahrkarte dritter Klasse, und als er ankam, überließ er seinen Abendanzug einem entgegenkommenden Zeitgenossen, der mit solchen Dingen handelte, und erhielt Geld für Nahrung und Unterkunft. Im Nachhinein bedauerte er, dass er den Abendanzug verkauft hatte, denn der Anzug hätte ihm zu einer Anstellung als Kellner verhelfen können. Stattdessen fand er Arbeit als Taxifahrer, und in dieser Funktion war er genauso glücklich oder elend.

Manchmal fuhr er Amerikaner zu Villenbesichtigungen, und wenn die Trennscheibe geschlossen war, drangen seltsame Gesprächsfetzen aus dem Fond zu ihm.

»… gehört, dass dieser Bursche ein russischer Fürst sein soll.« – »Psst!« – »Nein, der hier.« – »Esther, halt den Mund!« – und dann unterdrücktes Kichern.

Wenn der Wagen anhielt, drängelten sich die Passagiere, um den Fahrer zu beäugen. Zuerst hatte es Val schrecklich unglücklich gemacht, wenn Mädchen sich so benahmen, aber nach einer Weile machte es ihm nichts mehr aus. Einmal fragte ihn ein angeheiterter Amerikaner, ob er echt sei, und lud ihn zum Lunch ein, und ein andermal ergriff eine ältere Frau, als sie ausstieg, seine Hand, schüttelte sie heftig und drückte ihm dann einen Hundertfrancschein in die Hand.

»So, Florence, jetzt kann ich zu Hause sagen, dass ich einem russischen Fürsten die Hand geschüttelt habe.«

Der beduselte Amerikaner, der ihn zum Lunch eingeladen hatte, war zuerst der Ansicht gewesen, Val sei ein Zarensohn, und Val hatte ihm erklären müssen, dass ein russischer Fürst nichts weiter war als ein x-beliebiger englischer Lord. Doch er hatte nicht verstehen können, warum jemand wie Val nicht einfach hinging und richtig Geld machte.

»Das ist Europa«, hatte Val ernst erklärt. »Hier

macht man nicht einfach Geld. Geld wird entweder vererbt oder langsam über viele Jahre verdient, bis eine Familie nach drei Generationen in eine andere Klasse aufsteigt.«

»Erfinden Sie etwas, worauf die Leute fliegen, so wie wir es machen.«

»Das liegt daran, dass es in Amerika mehr Geld gibt, mit dem man sich einen Wunsch erfüllen kann. Was die Leute sich hier wünschen können, ist schon vor langer Zeit erfunden worden.«

Doch ein Jahr später und mit Hilfe eines jungen Engländers, mit dem er vor dem Krieg Tennis gespielt hatte, fand Val den Weg in die örtliche Niederlassung einer englischen Bank. Er leitete Briefe weiter, besorgte Zugfahrkarten und arrangierte Ausflüge für ungeduldige Touristen. Ab und zu erschien ein vertrautes Gesicht an seinem Schalter; wenn Val erkannt wurde, gab er dem Kunden die Hand, wenn nicht, gab er sich nicht zu erkennen. Nach zwei Jahren wurde er nicht mehr als früherer Fürst oder Prinz herumgezeigt, denn mittlerweile waren die Russen Schnee von gestern, und der Glanz der Rostows und ihrer Freunde war vergessen.

Er ging selten unter Menschen. Abends ging er eine Weile auf der Promenade spazieren, trank in einem Café langsam ein Bier und ging früh zu Bett. Man lud ihn selten ein, weil man seine traurige, angespannte Miene deprimierend fand, doch er sagte sowieso nie zu. Inzwischen trug er billige französische Kleidung statt der teuren Tweed- und Flanellanzüge, die zusammen mit der Garderobe seines Vaters in England bestellt worden waren. Mit Frauen verkehrte er überhaupt nicht. Dabei war er als Siebzehnjähriger mehr als alles andere absolut davon überzeugt gewesen, dass sein Leben ein Leben voll romantischer Liebe sein würde. Acht Jahre später wusste er, dass es darauf keine Hoffnung mehr gab. Er hatte einfach nie Zeit für die Liebe gehabt – Krieg, Revolution und nun seine Armut hatten sich gegen sein erwartungsvolles Herz verschworen. Die Quellen seines Gefühls, die sich zum ersten Mal in einer Aprilnacht ergossen hatten, waren im nächsten Moment versiegt und hatten nur ein dünnes Rinnsal hinterlassen.

Seine glückliche Jugend war beendet gewesen, kaum dass sie begonnen hatte. Er sah sich älter und abgerissener werden und sich immer mehr in die Erinnerungen an seine goldene Kindheit zurückziehen. Am Ende würde man ihn belächeln, wenn er ein altes Erbstück in Form einer Uhr aus der Tasche zog und es amüsierten jungen Mitangestellten zeigte, die sich augenzwinkernd seine Rostow-Anekdoten anhörten.

Diesen trübsinigen Gedanken hing er eines Aprilabends 1922 nach, als er am Meer entlangwanderte und den unveränderlichen Zauber der Lichter betrachtete, die nacheinander aufleuchteten. Der Zauber wurde nicht mehr für ihn veranstaltet, doch er fand immer noch statt, und das stimmte ihn auf diffuse Weise froh. Am nächsten Tag würde er in Urlaub fahren, zu einem billigen Hotel weiter unten an der Küste, wo er baden, ausruhen und lesen konnte; dann würde er zurückkommen und weiterarbeiten. Seit drei Jahren hatte er jedes Jahr diesen Urlaub in den letzten zwei Aprilwochen genommen, vielleicht weil dies die Zeit war, zu der er das größte Bedürfnis hatte, sich zu erinnern. Im April hatte das, was sich als das Schönste an seinem Leben erweisen sollte, in romantischem Mondlicht seinen Höhepunkt gefunden. Es war ihm seitdem heilig; was er für eine Initiation gehalten hatte, für einen Anfang, war das Ende gewesen.

Nun blieb er vor dem Café des Étrangers stehen; nach einigen Sekunden überquerte er aus einem Impuls heraus die Straße und schlenderte zum Ufer hinunter. Ein Dutzend Yachten in frischer Silberfarbe schaukelten ankernd in der Bucht. Er hatte sie schon am Nachmittag gesehen und hatte nur aus Gewohnheit die am Bug aufgemalten Namen gelesen. Seit drei Jahren tat er das, und inzwischen war es fast ein Reflex.

»*Un beau soir*«, bemerkte eine französische Stimme neben ihm. Es war ein Schiffer, dem Val schon öfter aufgefallen war. »Monsieur findet das Meer schön?«

»Wunderschön.«

»Ich auch. Aber ein schlechter Broterwerb außerhalb der Saison. Nächste Woche allerdings verdiene ich ein Extrageld. Ich werde gut dafür bezahlt, hier nur zu warten und nichts zu tun von acht Uhr morgens bis Mitternacht.«

»Das ist sehr schön«, sagte Val aus Höflichkeit.

»Eine verwitwete Dame, sehr schön, aus Amerika, deren Yacht jeden April die letzten zwei Wochen hier vor Anker geht. Wenn die Privateer morgen einläuft, werden es drei Jahre sein.«

Val fand die ganze Nacht keinen Schlaf, nicht weil er sich darüber unsicher gewesen wäre, was er tun sollte, sondern weil seine Gefühle aus ihrer langwährenden Betäubung erwacht und lebendig geworden waren. Natürlich kam es für einen armseligen Versager wie ihn, dessen Name ein bloßer Schatten war, nicht in Frage, sie zu sehen, doch es würde ihn ein wenig glücklicher machen, zu wissen, dass sie nichts vergessen hatte. Es verlieh seiner eigenen Erinnerung eine neue Dimension, wie eine jener stereoskopischen Brillen, die ein flaches Papierbild räumlich werden lassen. Es überzeugte ihn davon, dass er sich nichts eingebildet hatte – vor langer Zeit hatte er eine bezaubernde Frau bezaubert, und sie hatte es nicht vergessen.

Am nächsten Tag war er eine Stunde vor Abfahrt seines Zugs mit seiner Reisetasche am Bahnhof, um eine zufällige Begegnung auf der Straße zu vermeiden. Im wartenden Zug suchte er sich einen Platz in der dritten Klasse.

Und als er dort saß, sah er das Leben plötzlich anders, mit einer schwachen und trügerischen Hoffnung, die er vierundzwanzig Stunden zuvor nicht gekannt hatte.

Vielleicht gab es in den nächsten Jahren irgendeine Möglichkeit, sie wiederzusehen – wenn er schwer arbeitete, sich mit aller Kraft jeder Aufgabe widmete, die er finden konnte.

Er hatte von mindestens zwei Russen in Cannes gehört, die sich mit nichts als guten Manieren und Einfallsreichtum hochgearbeitet hatten und erstaunlich erfolgreich waren.

Morris Hasyltons Blut begann in Vals Schläfen leise zu pochen, und es erinnerte ihn an etwas, woran er früher keinen Gedanken verschwendet hatte: daran, dass Morris Hasylton, der seiner Tochter ein Stadtpalais in Sankt Petersburg erbaut hatte, sich ebenfalls hochgearbeitet hatte.

Gleichzeitig ergriff ihn ein anderes Gefühl, weniger befremdlich, weniger aufwühlend, doch keineswegs weniger amerikanisch: das Gefühl der Neugier. Falls es ihm gelänge – falls das Leben ihm jemals ermöglichen sollte, sie wiederzufinden –, dann würde er endlich ihren Namen erfahren.

Er sprang auf, hantierte aufgeregt am Griff der Waggontür und sprang aus dem Zug. Er warf seinen Koffer in die Gepäckaufbewahrung und lief im Eilschritt zum Amerikanischen Konsulat.

»Heute Morgen ist eine Yacht angekommen«, sagte er hastig zu einem Angestellten, »eine amerikanische Yacht, die Privateer. Ich will wissen, wer der Besitzer ist.«

»Einen Augenblick, bitte«, sagte der Angestellte, der Val mit einem sonderbaren Blick musterte. »Ich werde versuchen, es herauszufinden.«

»Ist die Yacht eingelaufen?«

»O ja, sie ist angekommen. Ich denke es wenigstens. Wenn Sie bitte auf dem Stuhl dort drüben Platz nehmen würden.«

Nach weiteren zehn Minuten sah Val ungeduldig auf seine Uhr. Wenn sie sich nicht beeilten, war zu befürchten, dass er den Zug verpasste. Er machte eine nervöse Bewegung, als wollte er aufstehen.

»Bleiben Sie bitte sitzen«, sagte der Angestellte,

der sofort von seinem Schreibtisch zu ihm hersah. »Bitte. Setzen Sie sich wieder.«

Val starrte ihn an. Warum sollte es diesen Mann interessieren, ob er blieb oder ging?

»Ich verpasse noch meinen Zug«, sagte er verärgert. »Ich bedaure, Ihnen so viel Mühe gemacht zu haben –«

»Bleiben Sie bitte sitzen! Wir sind froh, dass wir die Sache endlich abwickeln können. Auf Ihre Anfrage warten wir seit – warten Sie – genau, seit drei Jahren.«

Val sprang auf und setzte hastig seinen Hut auf.

»Warum haben Sie mir das nicht gleich gesagt?«, fragte er zornentbrannt.

»Weil wir unsere – äh, unseren Klienten zuerst informieren mussten. Bitte gehen Sie nicht! Es ist – äh, sowieso zu spät.«

Val drehte sich um. Eine schlanke, strahlende Erscheinung mit erschrockenen dunklen Augen stand hinter ihm und hob sich von dem Sonnenlicht aus der Tür ab.

»Oh –«

Val öffnete die Lippen, doch kein Laut kam aus seinem Mund. Sie trat einen Schritt auf ihn zu.

»Ich –« Sie sah ihn hilflos an, ihre Augen füllten sich mit Tränen. »Ich wollte nur guten Tag sagen«, murmelte sie. »Ich komme seit drei Jahren zurück, nur um guten Tag zu sagen.«

Val schwieg noch immer.

»Sie könnten wenigstens antworten«, sagte sie ungehalten. »Sie könnten wenigstens antworten, wenn ich – wenn ich langsam glauben musste, Sie wären im Krieg umgekommen.« Sie wandte sich an den Angestellten. »Machen Sie uns bitte miteinander bekannt!«, rief sie. »Ich kann ihm schließlich nicht guten Tag sagen, wenn wir nicht einmal den Namen des anderen kennen.«

Normalerweise hält man ja nicht viel von diesen internationalen Heiraten. Es ist eine tief eingewurzelte amerikanische Überzeugung, dass sie immer schiefgehen, und wir sind Schlagzeilen gewohnt, die da lauten: »Herzogin würde Krone jederzeit gegen wahre amerikanische Liebe eintauschen« oder: »Bettelgraf soll Ehefrau aus Messerdynastie gequält haben«. Die anderen Schlagzeilen gelangen nie an die Öffentlichkeit, denn wer wollte schon lesen: »Frühere Georgia-Schönheit schwärmt von Liebesnest« oder: »Herzog und Fabrikarbeitertochter feiern Goldene Flitterwochen«.

Bisher hat es überhaupt keine Schlagzeilen über die jungen Rostows gegeben. Fürst Val ist viel zu beschäftigt mit der Kette mitternachtsblauer Taxis, die er so außergewöhnlich tüchtig leitet, um Interviews zu geben. Er und seine Frau verlassen New York nur einmal im Jahr, doch es gibt einen Schiffer, der sich jedes Mal freut, wenn die Privateer eines Abends Mitte April in den Hafen von Cannes einläuft.

Ray Bradbury

Schwerer Diebstahl

Ein eigentümliches Geräusch ließ Emily Wilkes die Augen öffnen. Es war drei Uhr nachts, und kein Mond schien, nur die Sterne waren Zeugen.

»Rose?«, sagte sie.

Ihre Schwester im anderen Bett, keinen Meter von ihr entfernt, hatte die Augen schon weit offen, war also gar nicht überrascht.

»*Hörst* du es?«, fragte sie, und damit verdarb sie alles.

»Ich wollte es gerade *dir* sagen«, erklärte Emily. »Aber da du es offenbar schon weißt, hat es ja keinen Sinn –«

Sie hielt inne und setzte sich im Bett auf, Rose ebenso, beide gezogen von unsichtbaren Drähten. Da saßen sie, zwei alte Schwestern, die eine achtzig, die andere einundachtzig, beide knochendürr und mit den Nerven fertig, weil sie an die Decke starrten.

Emily Wilkes deutete mit dem Kinn nach oben. »Meinst du *das*?«

»Mäuse auf dem Dachboden?«

»Hört sich größer an. Ratten.«

»Ja, aber wie es klingt, haben sie Stiefel an und schleppen Säcke.«

Das war das Stichwort. Raus aus dem Bett, und beide schnappten sich ihren Morgenmantel und hasteten die Treppe hinunter, so schnell ihre Arthritis es ihnen erlaubte. Unter diesen Stiefeln wollte keine bleiben.

Unten angekommen, klammerten sie sich ans Treppengeländer und starrten angestrengt nach oben, flüsternd.

»Was will denn einer um *diese* Nachtzeit auf unserem Dachboden?«

»Unseren alten Plunder klauen?«

»Du meinst doch nicht, dass die runterkommen und uns überfallen?«

»Zwei so alte Schachteln mit knochigen Hintern?«

»Gott sei Dank geht die Falltür nur nach einer Seite auf und ist von unten verriegelt.«

Stufe um Stufe schlichen sie wieder nach oben, auf die verborgenen Geräusche zu.

»Jetzt weiß ich's«, sagte Rose plötzlich. »Letzte Woche, in den Zeitungen von Chicago: Die stehlen *Antiquitäten*!«

»Pah! Die einzigen Antiquitäten hier sind wir!«

»Oben ist aber einiges. Ein Morris-Sessel, der ist alt. Ein paar Esszimmerstühle, noch älter, und ein Leuchter aus Bleikristall.«

»Vom Trödler, 1914. So hässlich, dass wir ihn nicht mal mit dem Sperrmüll rausstellen konnten. Horch mal.«

Über ihnen war es stiller geworden. Im Obergeschoss blickten sie zur Falltür hinauf und spitzten die Ohren.

»Da öffnet jemand meine Truhe.« Emily schlug die Hände vor den Mund. »Hörst du? Die Scharniere müssen geölt werden.«

»Warum sollen sie deine Truhe öffnen? Da ist nichts drin.«

»Irgendwas vielleicht ...«

Oben im Dunkeln schlug der Deckel zu.

»Trottel!«, flüsterte Emily.

Jemand schlich auf Zehenspitzen über den Dachboden, vorsichtig nach dem Ungeschick.

»Da oben ist ein Fenster, jetzt klettern sie raus!« Die beiden Schwestern liefen zu ihrem Schlafzimmerfenster.

»Mach das Fliegengitter auf und guck mal raus!«, rief Rose.

»Damit die mich sehen? Von wegen!«

Sie warteten und hörten zuerst ein Scharren, dann ein Klappern, als unten etwas auf die Zufahrt fiel.

Keuchend hängten sie das Fliegengitter aus, um hinunterzuspähen, und sahen gerade noch, wie eine lange Leiter von zwei Schatten über die Zufahrt getragen wurde. Einer der Schatten hielt ein kleines weißes Päckchen in der freien Hand.

»Sie haben doch etwas gestohlen!«, zischte Emily. »Komm!«

Unten rissen sie die Eingangstür weit auf und sahen auf dem taunassen Rasen zwei Paar Fußabdrücke. Am Straßenrand setzte sich gerade ein Lieferwagen in Bewegung.

Die beiden Damen stürzten nach draußen und schirmten die Augen ab, um das sich entfernende Nummernschild zu erkennen.

»Zum Kuckuck!«, rief Emily. »Hast du's gesehen?«

»Eine Sieben und eine Neun, mehr nicht. Rufen wir die Polizei?«

»Erst wenn wir wissen, was weg ist. Los, in Trab!«

Auf der Dachbodentreppe entriegelten sie im Schein einer Taschenlampe die Falltür und stiegen hinauf ins Dunkel.

Emily leuchtete mit der Lampe den Dachboden ab, während sie über alte Koffer, ein Kinderfahrrad und den wahrlich hässlichen Kronleuchter stolperten.

»Es fehlt nichts«, sagte Rose. »Wie komisch.«

»Vielleicht. Hier ist die Truhe. Fass mal mit an.«

Als sie den Deckel hoben, stob eine Wolke von Staub und uraltem Parfum auf.

»Mein Gott, weißt du noch? Ben-Hur-Parfum, kam 1925 gleichzeitig mit dem Film heraus!«

»Still«, sagte Emily. »Sei doch mal still!«

Sie richtete den Lichtstrahl auf eine leere Stelle mitten auf einem alten Ballkleid, eine Mulde, fünf Zentimeter tief, zehn breit und zwanzig lang.

»Du lieber Himmel!«, rief Emily. »Sie sind weg!«

»Weg?«

»Meine Liebesbriefe! Von 1919, 1920 und 1921! Mit einem rosa Band zusammengebunden, dreißig Stück. Weg!«

Emily starrte auf die sargförmige Leere mitten in dem alten Ballkleid. »Warum stiehlt einer Liebesbriefe, die irgendjemand, der wahrscheinlich schon tot ist, vor so langer Zeit an einen anderen geschrieben hat, an mich, so gut wie tot?«

»Emily Bernice!«, rief Rose. »Wo lebst du eigentlich? Hast du nie diese Vormittagsshows im Fernsehen gesehen, nach denen man sich den Mund mit Seife auswaschen möchte? Und die Klatschspalten in unserer Zeitung? Wirfst du nie einen Blick in diese verrückten Frauenzeitschriften im Schönheitssalon?«

»Das versuche ich zu vermeiden.«

»Guck nächstes Mal rein! Diese Leute sind alle mit dem Klammerbeutel gepudert. Morgen wird bei uns das Telefon klingeln. Und der die Briefe gestohlen hat, will sie für Geld zurückgeben, sonst wird er sie in irgend so einem verrückten Frauen-Buchclub veröffentlichen, oder in einer Seelentrösterspalte. Erpressung. Was sonst? Aufsehen! Komm schon!«

»Ruf nicht die Polizei! Nein, Rose, ich will meine schmutzige Wäsche nicht vor denen oder sonst wem waschen! Haben wir noch Wein in der Speisekammer? In Trab, Rose! Das ist das Ende der Welt!«

Sie fielen beinah die Treppe hinunter.

Am nächsten Tag spähte Emily jedes Mal, wenn ein Postwagen vorbeifuhr, durch die Wohnzimmergardinen nach draußen und wartete, ob er anhielt. Er hielt nie.

Als am Tag danach ein Fernseh-Reparaturdienst seine Fahrt verlangsamte, um nach einer Adresse zu suchen, trat Emily vors Haus, um irgendwelche ungezogenen Reporter zu verscheuchen, die schnüffeln wollten. Es schnüffelte nie einer.

Am dritten Tag, als man meinen sollte, die *Green Town Gazette* habe jetzt Zeit genug gehabt, Spucke zu sammeln und loszugeifern, wurde keine Spucke gesammelt und nicht gegeifert.

Aber …

Am vierten Tag fiel ein einzelner Brief in ihren

Kasten, ohne dass ein Briefträger in Sicht gewesen wäre. Emilys Name auf dem Kuvert schien mit Zitronensaft geschrieben und über eine Kerze gehalten, damit die Schönschrift hervortrat.

»Sieh mal«, flüsterte Emily, »Emily Bernice *Watriss*! Und die Zwei-Cent-Briefmarke ist am 4. Juni 1921 abgestempelt.« Sie hielt den Brief hoch, um sein Geheimnis zu röntgen. »Der den vor vier Tagen gestohlen hat«, keuchte sie, »schickt ihn mir jetzt zurück! Warum?«

»Mach ihn auf«, sagte Rose. »Das Äußere ist zweiundsechzig Jahre alt. Was ist darin?«

Emily holte tief Luft und zog das spröde Papier mit der bräunlichen, schnörkeligen Handschrift heraus.

»4. Juni 1921«, las sie. »Und der Brief fängt an: Meine liebste, liebe Emily –«

Emily ließ ein Tränchen fallen.

»Nun lies schon weiter!«, sagte Rose.

»Das ist ein Liebesbrief an mich!«

»Weiß ich, weiß ich, aber wir sind inzwischen zwei so alte Streitäxte. Uns kann nichts mehr erschüttern. Gib her!«

Rose schnappte sich den Brief und hielt ihn ans Licht. Ihre Stimme wurde leise, während ihre Augen blinzelnd den Schönschriftzeilen aus einer anderen Zeit folgten:

»Meine liebste, liebe Emily!

Ich weiß nicht, wie ich Dir all das sagen soll, was mein Herz bewegt. Ich bewundere Dich schon so viele Jahre, und doch war es mir, sei es beim Tanzen oder beim Picknick am See, nie gegeben, mich Dir zu offenbaren. Zu Hause schaue ich in den Spiegel und hasse meine Feigheit. Jetzt endlich aber muss ich meine zärtlichsten Gedanken aussprechen oder unrettbar irre werden. Ich fürchte mich, Dir zu nahe zu treten, und es wird mich viele Stunden kosten, diesen kurzen Brief wieder und wieder neu zu schreiben. Liebe, liebe Emily, sei meiner Zuneigung und meiner Bereitschaft versichert, einen Teil meines Lebens in Deiner Nähe oder mit Dir zu verbringen. Könntest Du nur mit der allermindesten Freundlichkeit auf mich blicken, ich wäre schon überglücklich. Ich musste es mir verwehren, Deine Hand zu berühren. Und der Gedanke an mehr, den allerkleinsten Kuss, lässt mich so sehr erbeben, dass ich mich sogar erkühne, diese Worte auszusprechen. Meine Absichten sind ehrlich. Wenn Du es erlaubst, möchte ich gern mit Deinen Eltern sprechen. Bis zu dem Tag, dieser Stunde sende ich Dir meine Verehrung und die liebevollsten Gedanken für Dein künftiges Leben und Dasein.«

Roses Stimme klang bei diesen letzten Worten unüberhörbar spöttisch …

»Gezeichnet William Ross Fielding.«

Rose sah zu Emily. »William Ross Fielding? Wer war denn *das,* dir so zu schreiben, und bis über beide Ohren verliebt?«

»O Gott«, rief Emily Bernice Watriss mit tränenblinden Augen. »Ich will auf der Stelle tot umfallen, wenn ich das weiß.«

Tag um Tag kamen die Briefe, aber nicht mit der Post, sie wurden vielmehr um Mitternacht oder im Morgengrauen in den Briefkasten gesteckt, damit Rose oder Emily sie laut vorlesen und sich abwechselnd dabei die Augen abtupfen konnten. Tag um Tag bat der Verfasser aus einem fernen Jahr Emily um Verzeihung, sorgte sich um ihre Zukunft und empfahl sich mit elegantem Schnörkel und einem schon fast hörbaren Seufzer: William Ross Fielding.

Und jeden Tag sagte Emily mit geschlossenen Augen: »Lies das noch mal, ich kann mir jetzt beinah ein Gesicht zu den Worten vorstellen!«

Am Ende der Woche, als sechs alte Briefe schon auf den Stapel gelegt waren und rasch zerfielen, ward Emily von Erschöpfung ereilt und rief: »Schluss jetzt! Der Teufel hole diesen sündigen Erpresser, der sein Gesicht nicht zeigt! Verbrenn sie!«

»Noch nicht«, sagte Rose, die gerade mit einem gar nicht altersgelben, sondern einem funkelnagelneuen Umschlag hereinkam, namenlos außen, namenlos innen.

Emily, von den Toten auferstanden, riss ihn ihr aus der Hand und las: »Ich schäme mich, dass ich an all diesem Verdruss mitgewirkt habe, der jetzt enden muss. Sie finden Ihre sämtliche Post in 11 South St. James. Verzeihen Sie mir.«

Und keine Unterschrift.

»Das verstehe ich nicht«, sagte Emily.

»Ganz einfach«, sagte Rose. »Der dir diese Briefe zurückschickt, macht Avancen mit Hilfe dessen, was ein anderer zur Zeit von Coolidges Präsidentschaft geschrieben hat!«

»Mein Gott, Rose, fühl nur mein Gesicht: glühend heiß. Warum sollte jemand dazu eine Leiter hinaufsteigen, einen Dachboden plündern und weglaufen? Er könnte sich doch einfach in unseren Vorgarten stellen und brüllen?«

»Weil«, sagte Rose ruhig, während sie den neuen Brief umdrehte, »derjenige, der das hier geschrieben hat, vielleicht genauso schüchtern ist, wie William Ross Fielding es zu längst vergessenen Zeiten einmal war. Und nun?«

»Ich möchte wissen …«, Emily blickte aus dem Fenster, »… wer wohl in 11 South St. James wohnt.«

»Hier ist es.« Es war spät am Tag, und sie standen davor.

11 South St. James.

»Und wer steht jetzt am Fenster und schaut zu uns heraus?«, fragte Emily.

»Jedenfalls nicht der Herr, der dir das Geständnis geschickt hat«, sagte Rose. »Der hat beim Tragen der Leiter geholfen, aber die Schuld tragen kann er nicht. Da drinnen ist dieser Verrückte, der dir deine Briefe geschickt hat. Und wenn wir uns jetzt nicht in Trab setzen, ist bald die ganze Straße in Aufruhr. Also los!«

Sie stiefelten über die Veranda und klingelten. Die Eingangstür ging weit auf. Ein alter Mann von deutlich Ende siebzig stand vor ihnen und staunte.

»Nanu, Emily Bernice Watriss«, rief er. »Hallo!«

»Darf ich fragen«, sagte Emily Bernice Watriss, »was in drei Teufels Namen Sie im Schilde führen?«

»Momentan?«, fragte er. »Der Tee ist fertig. Darf ich bitten?«

Sie traten vorsichtig ein, nahmen fluchtbereit Platz und schauten zu, wie er aus dem Teekessel Wasser über Orange-Pekoe-Blätter goss.

»Sahne oder Zitrone?«, fragte er.

»Kommen Sie mir nicht mit Sahne und Zitrone!«, sagte Emily.

»Bitte.«

Sie nahmen ihre Tassen, sagten aber nichts und tranken nicht, während er von seinem Tee nippte und erklärte: »Mein Freund hat mich angerufen und mir gestanden, dass er meine Adresse preisgegeben hat. Diese ganze letzte Woche hat mich unglaublich traurig gemacht.«

»Was glauben Sie, wie *ich* mich fühle?«, rief Emily. »Dann sind *Sie* es, der meine Post gestohlen und sie mir dann zurückgeschickt hat?«

»Ja, der bin ich.«

»Also, dann nennen Sie Ihre Forderungen!«

»Forderungen? Aber nicht doch! Hatten Sie Erpressung befürchtet? Wie dumm von mir, nicht bedacht zu haben, dass Sie es so verstehen könnten. Nein, nein. Sind das da die Briefe?«

»Allerdings!«

»Der oberste, der erste, vom 4. Juni 1921. Würden Sie ihn vielleicht öffnen. Halten Sie ihn so, dass ich ihn nicht lesen kann, und lassen Sie mich sprechen, ja?«

Emily zog den Brief aus dem Umschlag und legte ihn sich auf den Schoß.

»Nun?«, meinte sie.

»Nur dies«, sagte er, schloss die Augen und begann mit kaum hörbarer Stimme zu rezitieren:

»Meine liebste, liebe Emily –«

Emily atmete hörbar ein.

Der alte Mann wartete mit geschlossenen Augen, dann wiederholte er die Worte, die auf der Innenseite seiner Lider geschrieben standen: »Meine liebste, liebe Emily. Ich weiß nicht, wie ich Dich ansprechen oder Dir all das sagen soll, was mein Herz bewegt –«

Emily atmete aus.

Der alte Mann flüsterte: »– Ich bewundere Dich schon so viele Monate und Jahre, dennoch war es mir, wenn ich Dich getroffen oder mit Dir getanzt habe, oder wenn wir mit Deinen Freunden ein Picknick am See gemacht haben, nie gegeben, mich Dir zu offenbaren – jetzt endlich aber muss ich meine zärtlichsten Gedanken aussprechen oder unrettbar irre werden –«

Rose zückte ihr Taschentuch und führte es an ihre Nase. Emily zückte das ihre und führte es an ihre Augen.

Seine Stimme war leise, laut, wieder leise: »– und der Gedanke an mehr, den allerkleinsten Kuss, lässt mich so sehr erbeben, dass ich mich erkühne, es in Worte zu fassen –«

Er schloss flüsternd: »– bis zu dieser Stunde, diesem Tag sende ich Dir meine Verehrung und die liebevollsten Gedanken für Dein künftiges Leben und Dasein. Gezeichnet William Ross Fielding. Jetzt den zweiten Brief.«

Emily öffnete den zweiten Brief und hielt ihn so, dass er ihn nicht lesen konnte.

»Liebste Geliebte«, sagte er. »Du hast auf meinen ersten Brief nicht geantwortet. Das kann einen oder mehrere Gründe haben: Du hast ihn nicht bekommen, er wurde Dir vorenthalten, oder Du hast ihn bekommen und vernichtet oder versteckt. Sollte ich Dich gekränkt haben, vergib mir – Wohin ich komme, höre ich Deinen Namen. Junge Männer sprechen von Dir. Junge Frauen verbreiten Gerüchte, Du würdest vielleicht bald eine große Schiffsreise antreten ...«

»Das hat man damals so gemacht«, sagte Emily fast zu sich selbst. »Junge Frauen, manchmal auch junge Männer, wurden für ein Jahr fortgeschickt, um zu vergessen.«

»Auch wenn es nichts zu vergessen gab?«, fragte der alte Mann, den Blick auf seinen Händen, die er offen auf den Knien liegen hatte.

»Auch dann. Ich habe hier noch einen Brief. Können Sie mir sagen, was darin steht?«

Sie öffnete ihn, und ihre Augen wurden feucht, als sie die Zeilen las und ihn die Worte sprechen hörte, den Kopf gesenkt und leise, aus dem Gedächtnis.

»Liebste, wage ich es zu sagen, Liebe meines Lebens? Du wirst morgen verreisen und erst lange nach Weihnachten wiederkommen. Deine Verlobung mit jemandem, der Dich schon in Paris erwartet, wurde bekanntgegeben. Ich wünsche Dir ein wunderschönes und glückliches Leben und viele Kinder. Vergiss meinen Namen. Ihn vergessen? Ach, Liebe, Du hast ihn nie gekannt. Willie oder Will? Ich glaube, so hast Du mich genannt. Aber einen Nachnamen gab es eigentlich nicht, also gibt es auch nichts zu vergessen. Behalte stattdessen meine Liebe in Erinnerung. Unterzeichnet W.R.F.«

Nachdem er geendet hatte, lehnte er sich zurück und öffnete die Augen, sie faltete den Brief zusammen und legte ihn zu den anderen auf ihren Schoß, während die Tränen ihr über die Wangen liefen. »Warum«, fragte sie endlich, »haben Sie die Briefe gestohlen? Und sie dann, sechzig Jahre danach, auf diese Weise benutzt? Wer hat Ihnen gesagt, wo sie zu finden waren? Ich habe sie in diesem Sarg begraben, dieser Truhe, als ich nach Frankreich fuhr. Ich glaube nicht, dass ich sie in den letzten dreißig Jahren öfter als einmal angesehen habe. Hat William Ross Fielding Ihnen davon erzählt?«

»Aber meine Liebe, erraten Sie es noch nicht?«, fragte der alte Mann. »Mein Gott, ich bin William Ross Fielding.«

Es folgte ein unglaublich langes Schweigen.

»Lassen Sie sich ansehen.«

Emily beugte sich vor, während er den Kopf ins Licht hob.

»Nein«, sagte sie. »Ich wollte, ich könnte es sagen. Nichts.«

»Es ist jetzt ein Altmännergesicht«, sagte er. »Egal. Als Sie in die eine Richtung um die Welt reisten, bin ich in eine andere gefahren. Ich habe in vielen Ländern gelebt und vielerlei Dinge gemacht, ein Junggeselle auf Reisen. Als ich vor vielen Jahren hörte, dass Sie keine Kinder hatten und Ihr Mann gestorben war, bin ich hierher zurückgekommen, ins Haus meiner Großeltern. Es hat die ganzen Jahre gedauert, bis ich den Mut aufbrachte, diesen besten Teil meines Lebens zu finden und Ihnen zu schicken.«

Die beiden Schwestern waren ganz still. Man konnte fast ihre Herzen schlagen hören.

Der alte Mann sagte: »Und jetzt?«

»Nun«, sagte Emily Bernice Watriss Wilkes langsam: »Sie werden in den beiden nächsten Wochen die übrigen Briefe schicken. Jeden Tag einen.«

Er sah sie mit festem Blick an.

»Und dann?«, fragte er.

»O Gott!«, sagte sie. »Ich weiß nicht. Warten wir ab.«

»Ja. O ja. Sagen wir jetzt auf Wiedersehen.«

Als er die Haustür öffnete, hätte er fast ihre Hand berührt.

»Meine liebe, liebste Emily«, sagte er.

»Ja?« Sie wartete.

»Was –«, sagte er.

»Ja?«, sagte sie.

»Was …«, sagte er und schluckte. »Was – haben Sie –«

Sie wartete.

»– heute Abend vor?«, vollendete er rasch.

T. C. Boyle

Auf dem Dach der Welt

Die Leute fragten sie immer, was es für ein Gefühl sei. Sie sah ihnen von ihrem Turm aus zu, wenn sie mit ihren Baseballmützen und kleinen Rucksäcken, in Shorts und Wanderstiefeln oder Turnschuhen den Pfad entlangkamen. Die tapferen unter ihnen erkletterten auch noch die einhundertfünfzig Holzstufen, die man in den Berg gebohrt hatte, um sich dann gegen das hohe Geländer vor dem kleinen Wachturm mit den Glaswänden zu lehnen, den sie sieben Monate im Jahr ihr Zuhause nannte. Schwitzend, Feldflasche oder Wassersack an den Lippen, in der dünnen Luft nach Atem ringend, fragten sie dann, was es für ein Gefühl sei. »Wunderschön«, sagte sie immer. »Friedlich.«

Aber das drückte es nicht annähernd aus. Es war ein unbeschwertes Schweben, als triebe man mit den Wolken dahin, geborgen in der Handfläche Gottes. In zweitausendsiebenhundertfünfzig Metern Höhe konnte sie im fernen Dunst den Rand der Welt sehen, sie sah den Mount Whitney, der sich aus dem

Kräuselmeer der Sierra erhob, und sie sah Sterne, die noch nicht einmal entdeckt worden waren. Morgens war sie die Erste, für die die Sonne über den Hügeln im Osten aufging, und am Abend, wenn es unter ihr schon dunkel war, die drängenden Finger der Nacht längst alle Täler und Höhenzüge erfasst hatten, sah sie sie als Letzte. Da war der Wind in den Bäumen, das Raunen von unendlich vielen Nadeln an den zahllosen rauschenden Ästen von den Kiefern, Sequoias und Zedern, die sich unter ihr ausbreiteten wie ein Teppich. Da war der Tagesanbruch. Die Stille um drei Uhr früh. Sie konnte es nicht erklären. Sie saß auf dem Dach der Welt.

Wird es Ihnen nicht einsam da oben?, fragten die Leute. Kriegen Sie nicht einen kleinen Koller, so ganz allein?

Was sollte sie da sagen? Ja, natürlich war es einsam, aber das machte ihr nichts. Im Sommer hatte sie Todd bei sich, jede zweite Woche, und dann stellte sich die Frage sowieso nicht. Aber im September fuhr er zurück in die Stadt, zu seinem Vater, in die Schule, und die Welt drehte sich wieder etwas langsamer um ihre müde alte Achse. Um die Zeit blieben auch die Wanderer aus. Im Hochsommer, an den Wochenenden, kamen manchmal an einem einzigen Tag dreißig oder vierzig, aber jetzt, mit Einbruch des Herbstes, ließen sie sie in Ruhe –

manchmal vergingen Tage, ohne dass sie eine Menschenseele sah.

Aber darum ging es ja eben, nicht wahr?

Sie machte sich gerade Frühstück – ein richtiges zur Abwechslung, Eier und Speck aus dem Propankühlschrank, frischen Filterkaffee und Toast –, als sie ihn sah: auf einer der Serpentinen tief unter ihr mühte er sich bergan. Sofort wurde sie ärgerlich. Es war noch nicht einmal sieben, und das Schild am Beginn des Pfades stellte sehr deutlich fest, dass Besucher willkommen waren, aber *nur* zwischen zehn und siebzehn Uhr. Was war los mit diesem Kerl – glaubte er, für ihn gäbe es eine Ausnahme, oder was? Dann beruhigte sie sich: Vielleicht hatte er ein anderes Ziel. Die Jagdzeit war eröffnet – schon die ganze Woche über hörte sie das ferne, gedämpfte Knallen von Schüssen –, und vielleicht war er nur ein Jäger auf der Spur eines Hirschen.

Schön wär's. Als sie beim Wenden ihres Spiegeleis wieder aufblickte, die glatte Granitfläche und die steile, gewundene Holzstiege hinabstarrte, die sich an den Fels schmiegte, sah sie, dass er direkt auf ihren Turm zusteuerte. Verdammt, dachte sie, gerade als der Kessel zu pfeifen begann. Der Magen zog sich ihr zusammen. Das Frühstück war im Eimer. Jetzt würde ihr irgendein Fremder beim Essen über die Schulter glotzen und die üblichen banalen Bemerkungen machen. Die benahmen sich, als wären sie in Disneyland, dabei war es ihr Zuhause, sie wohnte hier. Wie es ihnen wohl gefallen würde, wenn sie morgens um sieben bei ihnen an der Tür klingelte?

Sie setzte sich zum Essen, mit dem Rücken zur Glastür, und hoffte, er würde weggehen, über den Grat in den Abgrund rutschen und verschwinden, sich in Rauch auflösen, als sie seine Schritte auf dem bebenden Laufsteg spürte, der rund um den Turm verlief. Immer noch drehte sie sich nicht um, sah nicht auf. Beim Essen las sie – im Lauf einer Saison schmökerte sie ganze Waggonladungen von Büchern durch –, ohne den Blick von der Seite zu heben. Sollte er doch vom Laufsteg aus hereinglotzen, durch das Fernrohr ins Tal schauen und dann wieder die Stufen hinunterpoltern, ihr war das egal. Sie war keine Fremdenführerin. Ihr Job war es, nach Rauch Ausschau zu halten, vierundzwanzig Stunden am Tag, und zu den Wanderern, die sich schwitzend und keuchend den langen Weg zu ihr heraufplagten, um sie für kurze Zeit auf dem Dach der Welt zu besuchen, freundlich zu sein – falls sie dazu in der Laune war und die Zeit hatte. Nirgendwo stand geschrieben, dass sie sie in die Hütte lassen, ihnen das Funkgerät oder die kartografische Ausrüstung erklären und den Standardvortrag darüber halten musste, wie alles funktionierte. Schon gar nicht um sieben Uhr morgens. Zum Teufel mit ihm, dachte sie, während sie das Spiegelei verschlang und versuchte, sich auf ihr Buch zu konzentrieren.

Dummerweise war sie aber darauf trainiert, etwa alle dreißig Sekunden von allem, was sie gerade tat, aufzublicken und den Horizont abzusuchen, das war ihr zum Reflex geworden. Also blickte sie auf, und da war er. Sie erschrak. Er war rundherum gegangen und stand jetzt direkt vor ihr, grinste und hielt etwas in der Hand hoch. Blumen, Wildblumen, das registrierte sie, dann aber sah sie in sein Gesicht und spürte, wie etwas in ihr zusammensank: Sie kannte ihn. Er war schon einmal dagewesen.

»Lainie«, sagte er, klopfte ans Glas und wedelte mit den Blumen, »ich hab Ihnen was mitgebracht.«

Ihr Name. Er kannte ihren Namen.

Sie versuchte ein Lächeln, und ihre Miene gefror um es herum. Das Taschenbuch auf dem Tisch vor ihr stieß den Salzstreuer um und klappte mit einem leisen, wie gehauchten Seufzer von selbst zu. Sollte sie sich bedanken? Sollte sie aufstehen und den Riegel vorlegen? Sollte sie einen Notruf über Funk aussenden und sich das Küchenmesser schnappen?

»Entschuldigen Sie, dass ich beim Frühstück störe – ich wusste nicht, wie zeitig es noch ist«, sagte er, und dabei geschah etwas mit seinem Grinsen, obwohl seine Augen – ein hartes, metallisches Blau – die ihren wie mit Zangen festhielten. Er hob die Stimme, um das Glas zu durchdringen. »Ich campe unten am Long Meadow Creek, und als ich heute früh über den Pfad gekommen bin, dachte ich mir, Sie sind vielleicht einsam, und da wollte ich Sie überraschen« – er zögerte –, »ich meine, mit einem Blumenstrauß.«

Sie war jetzt am ganzen Körper angespannt. Spinner hatte sie schon öfter oben gehabt – das war Berufsrisiko –, aber an diesem war etwas höchst Beunruhigendes; an diesen erinnerte sie sich. »Es ist zu früh«, sagte sie schließlich und half mit Zeichensprache nach, als wäre die Scheibe nicht schalldurchlässig, dann stand sie auf von dem halbgegessenen Ei und dem Speck, den sie nicht angerührt hatte, und ging zielstrebig zum Funkgerät. Es befand sich direkt unter dem Fenster, vor dem der Mann stand, und als sie das Mikro nahm und den Sprechkopf drückte, war sie einen halben Meter entfernt von ihm, getrennt durch nichts als die dünne Glasscheibe.

»Needles Lookout«, sagte sie, »hier Elaine. Zack, bist du da? Kommen.«

Zacharys Stimme meldete sich sofort. Er studierte Forstwirtschaft und löste sie zwei Tage pro Woche ab, wenn sie sich aufmachte, den Berg hinabzusteigen, um einen Tag mit ihrem Sohn zu verbringen, ein paar Einkäufe zu erledigen und abends mit Cynthia Furman, ihrer besten Freundin und Seelenverwandten, ins Kino oder etwas trinken zu gehen.

»Elaine«, sagte er durch das statische Knistern, »was gibt's? Irgendwas Komisches gesehen da draußen? Kommen.«

Sie zwang sich, aufzusehen und die Augen des Fremden zu prüfen – er grinste immer noch, aber das Grinsen war schlaff und unstet, und es lag keine Freude in der Tiefe dieser harten blauen Augen –, und sie hielt das schwarze Plastikmikrofon einen Moment länger als nötig stumm vor sich, ehe sie antwortete. »Nichts, Zack«, sagte sie. »Wollte mich nur melden.«

Seine Stimme klang blechern. »Okay«, sagte er. »Dann bis später. Ende.«

»Ende«, sagte sie.

Und was nun? Der Kerl trug ein Jagdmesser in einem Futteral am Bein. Er hatte hohle Wangen, als ob er einen Bonbon lutschte, und seine Oberlippe wurde von einem altmodischen, buschigen rötlichen Schnurrbart verborgen. Statt einer Baseballmütze trug er einen breitkrempigen Filzhut. Wyatt Earp, dachte sie, und sie wollte sich gerade vom Fenster abwenden, um ihn ganz einfach zu ignorieren, bis er den Wink endlich verstand, bis er die einhundertfünfzig hölzernen Stufen wieder hinunterstieg und im Wald und aus ihrem Leben verschwand, als er erneut an die Scheibe klopfte und fragte: »Haben Sie was zum Reinstellen für die – für die Blumen, meine ich?«

Sie wollte seine Blumen nicht. Sie wollte ihn nicht auf der Plattform. Sie wollte ihn nicht in ihr vier mal vier Meter großes Allerheiligstes einlassen, wo er ihre Sachen anfassen, herumstöbern, dumme Fragen stellen und belangloses Zeug plaudern konnte. »Hören Sie«, sagte sie schließlich, wobei sie zwar das Glas ansprach, aber an ihm vorbeiblickte, durch ihn hindurch, und die unendliche Ferne absuchte, wie sie es sich angewöhnt hatte, ganz egal, was passierte. »Ich habe hier eine Aufgabe zu erledigen, und zwischen fünf Uhr nachmittags und zehn Uhr morgens darf niemand hier oben auf die Plattform« – jetzt sah sie ihn wieder an und bemerkte, dass sein Lächeln verflogen war –, »und das müssten Sie eigentlich wissen. Es steht klar und deutlich auf dem Schild unten, wo der Pfad anfängt.« Sie sah beiseite; es war vorbei, sie war fertig mit ihm.

Sie wandte sich wieder ihrem Frühstück zu, zwang sich, auf das Buch zu starren, obwohl ihr Herz raste und die Worte keinerlei Bedeutung hatten. Als der Mann zum ersten Mal gekommen war, war Todd dagewesen. Todd war vierzehn, großgewachsen wie sein Vater, blond und schlaksig. Er war ein guter Junge, ihre letzte, allerletzte Hoffnung, und er schien die Zeit zu genießen, die er mit ihr hier oben verbrachte. Es war ein Samstagnachmittag gewesen, und seit dem Morgen waren ständig Besucher dagewesen. Todd saß in der Vorratskammer unten und schmökerte in Comics (in weiser Voraussicht hatte die Forstbehörde diesen zweiten Raum geschaffen, fünfundzwanzig Stufen tiefer, nicht nur für Vorräte, sondern auch zum Ausspannen – es war ein winzig kleiner Raum der Geborgenheit, mit einem einzigen matten Fenster hoch oben, um Licht hereinzulassen, Antithese und Gegenmittel für die nackte gläserne Kiste des Ausgucks weiter oben). Elaine war auf ihrem Posten gewesen, hatte Suppengemüse kleingeschnitten und dabei den Horizont abgesucht.

Sie hatte ihn zunächst nicht bemerkt – damals waren so viele Besucher gekommen, dass sie nicht so konzentriert war wie in ruhigeren Zeiten. Sie fühlte sich leutselig und unbekümmert, als Gastgeberin einer netten Party. Kurz zuvor war ein Professor heraufgestiegen, ein Ornithologe, und sie hatten sich lange über Steinadler und Rotschwanzbussard unterhalten. Danach kam das Mädchen aus Merced – sie konnte nicht viel älter als siebzehn gewesen sein –, die ihr Baby auf dem Rücken trug, und die beiden dicklichen Mittsechzigerinnen, voller Stolz auf ihren Vier-Kilometer-Aufstieg und leicht benommen von der dünnen Luft und der Aufregung über die eigene Leistung. Elaine hatte den beiden eine Tasse Tee angeboten und ihnen nicht den Spaß verderben wollen, indem sie etwa darauf hinwies, dass auch der Rückweg vier Kilometer lang war.

Sie hatte seine Schritte auf der Plattform draußen gespürt und sich lächelnd zu ihm umgedreht. Er war groß, mit kräftiger Brust- und Schulterpartie, und tippte sich an den Hut, ehe er den Kopf durch die offene Tür steckte. »Schöne Aussicht hier?«, fragte er.

Etwas in seinem Blick hätte sie warnen müssen, aber sie fühlte sich gesellig und gastfreundlich, und sie spürte auch die Großzügigkeit in seinen Händen und seinem Wesen. »Nichts im Vergleich zu einem Blick auf den Ventura Freeway«, erwiderte sie lässig.

Er lachte laut, und dann stand er in der Tür, beide Hände auf dem Türrahmen. »Anscheinend hat das mönchische Leben Ihrem Humor keinen Abbruch getan« – und dann verstummte er, als wäre er zu weit gegangen. »Na ja, ›mönchisch‹ ist ja wohl das falsche Wort – gibt es eine weibliche Version davon?«

Ziemlich frech. Und zum Flirten aufgelegt. Aber sie war ebenfalls in der Stimmung dazu, sie wusste nicht, warum – vielleicht weil Todd bei ihr war, vielleicht war es nur die schiere sprudelnde Lust daran, auf dem Dach der Welt zu leben –, und immerhin ödete er sie nicht nur mit der immer gleichen Leier an, die sie an die hundertmal pro Woche über sich ergehen lassen musste: über das Alleinsein und die schöne Aussicht und Rauch am Horizont. »Kommen Sie rein«, sagte sie. »Ruhen Sie einen Augenblick aus.«

Er setzte sich auf den Bettrand und nahm den Hut ab. Seine Frisur war ein abgewandelter Punkschnitt – steife, unregelmäßige Zacken –, und das überraschte sie: irgendwie passte sie einfach überhaupt nicht zu dem Cowboyhut. Seine Jeans waren steif und neu, die handgenähten Stiefel sahen aus wie frisch geputzt. Er betrachtete sie – sie trug khakifarbene Shorts und ein T-Shirt, in Erwartung der vielen Leute hatte sie sich am Morgen die Haare gewaschen, und ihre Beine sahen gut aus – das wusste sie –, braungebrannt und wohlgeformt durch den häufigen Auf- und Abstieg während des Sommers. Sie spürte etwas, das sie schon sehr lange nicht mehr gespürt hatte, seit Ewigkeiten nicht, und sie wusste, dass ihre Wangen sich röteten. »Heute haben Sie sicher einen Sack voll Flöhe zu hüten gehabt hier oben, was?«, sagte er, und irgendetwas stimmte nicht an der gezwungenen Lockerheit dieser Wendung, passte nicht zu seinem Akzent, so wie der Haarschnitt nicht zum Hut passte.

»Seit heute früh hab ich sechsundzwanzig gezählt.« Sie schnitt eine Möhre in Würfel und warf sie in die Pfanne zu den Zwiebeln und den Zucchini, die sie zuvor zerkleinert hatte.

Er starrte aus dem Fenster und bearbeitete seine Hutkrempe mit den Fingern. »Hoffentlich verübeln Sie mir nicht, was ich jetzt sage – aber das Beste an der ganzen Aussicht sind Sie. Sie sind hübsch. Wirklich hübsch.«

Das hatte sie schon gehört. Ungefähr tausendmal. Von den Ausflüglern, die den Anstieg zum Ausguck unternahmen, waren circa siebzig Prozent männlich, und wenn sie allein oder mit anderen Männern unterwegs waren, versuchten neunzig Prozent von ihnen, sie auf die eine oder andere Art anzumachen. Sie ärgerte sich darüber, konnte es ihnen aber nicht wirklich verübeln. Wahrscheinlich lag eben etwas Unwiderstehliches in der Kombination: junge Frau mit blondem Haar und schönen Beinen in einem gläsernen Turm mitten im Nirgendwo – und ganz allein. Rapunzel, lass mir dein Haar herunter. Komplimente – oder dumme Sprüche – blockte sie meistens ab, indem sie offiziell wurde und sich auf ihre

Autorität als Mitarbeiterin der Forstbehörde, Regierungsangestellte und Chefin, Königin und Despotin von Needles Lookout berief. Diesmal sagte sie gar nichts. Hob nur kurz den Kopf, um den Horizont abzusuchen, ehe sie wieder auf Messer und Hackbrett hinuntersah und Frühlingszwiebeln und Koriander kleinschnitt.

Er beobachtete sie immer noch. Er saß auf ihrem großen Doppelbett, einem der wenigen leiblichen Genüsse, die die Forstbehörde einem hier oben bot. Es hatte natürlich keine Kopfstütze – es war nur eine große, flache, recht harte Matratze, die auf Fensterhöhe mit der gläsernen Wand abschloss, sodass man auch im Bett liegend seine Arbeit tun konnte. Wahrscheinlich war es ursprünglich für Paare gedacht. Als er wieder den Mund aufmachte, wusste sie, was er sagen würde, ehe die Worte heraus waren. »Schönes Bett«, sagte er.

Was hatte sie erwartet? Er war nicht anders als die anderen – warum auch? Urplötzlich fiel er ihr auf die Nerven, und als sie ihm jetzt wieder das Gesicht zuwandte, war ihre Stimme eiskalt. »Haben Sie schon durch das Fernrohr gesehen?«, fragte sie und deutete dabei auf das Bushnell-Teleskop, das am Geländer des Laufstegs montiert war – jenseits des Fensters, vor der Tür.

Er ignorierte die Aufforderung. Er erhob sich.

Sechzehn Quadratmeter: für zwei zu wenig. »Ihnen muss es ja schrecklich einsam werden hier«, sagte er, und auch seine Stimme klang jetzt verändert, die gespielte Lockerheit und Jovialität waren verschwunden, »eine hübsche Frau wie Sie. Eine schöne Frau. Ihre Beine sind echt sexy, wissen Sie?«

Sie wurde rot – er konnte es sehen, da war sie sicher –, und das machte sie wütend. Sie wollte ihn gerade hinauswerfen, wollte ihm sagen, er solle ihr Haus verlassen und nicht mehr wiederkommen, verdammt noch mal, als Todd die Stufen heraufpolterte, ganz aufgeregt und gehetzt. »Mom!«, rief er atemlos, und seine Stimme klang schrill und heiser. »Da draußen tropft überall Wasser raus!«

Wasser. Es dauerte eine Weile, bis sie begriff. Wasser war wertvoll hier oben, ja unersetzlich. Einmal im Monat brachten ihr zwei bärtige Männer mit Ärmelaufnähern der Forstbehörde sechs Fünfundsiebzig-Liter-Kanister herauf – so wie früher, auf Mulis. Sie ging mit diesem Wasser so haushälterisch um, als lebten sie mitten im Negev, sparte jeden Tropfen und gestattete sich nur selten den Luxus einer kurzen Haarwäsche mit Spülung, so wie an diesem Morgen. Im nächsten Moment stürzte sie zur Tür hinaus und hastete ihrem Sohn hinterher die Stufen hinab. Unten, vor dem Lagerraum, in dem die Kanister ordentlich aufeinandergestapelt standen, sah sie sofort, dass auf dem Fels eine dünne Wasserschicht glänzte. Sie bückte sich zu dem vordersten Kanister. Aus einem feinen Spannungsriss im milchigweißen Plastik, etwa drei Zentimeter über dem Boden, leckte das Wasser. »Los, fass mit an, Todd«, sagte sie. »Wir müssen ihn umdrehen, so dass das Loch oben ist.«

Voll wog ein Kanister knapp achtzig Kilo, und dieser war fast voll. Sie legte ihr ganzes Gewicht hinein, alle Kraft ihrer trainierten, muskulösen Beine, schaffte es aber auch mit Todds Hilfe nur, das Ding auf die Seite zu drehen. Sie atmete schwer und schwitzte, hatte sich irgendwo das Bein aufgeschrammt, so dass die Haut über der Kniescheibe von lauter Blutpünktchen gerötet war. In diesem Augenblick wurde ihr bewusst, dass der Fremde direkt hinter ihr stand. Sie blickte zu ihm auf, er wurde von der Weite des Himmels eingerahmt, hatte die Sonne im Gesicht, die großen Hände in die Hüfte gestemmt. »Kann ich Ihnen unter die Arme greifen?«, fragte er.

Im Nachhinein wusste sie nicht, weshalb sie das Angebot ausgeschlagen hatte – vielleicht weil Todd den Mann so ehrfürchtig anglotzte, weil in seinem Tonfall das bekannte So-hübsch-und-ganz-allein-hier-oben-Klischee mitschwang oder weil sie das Bild der hilflosen Frau einfach hasste –, doch ehe sie lange überlegen konnte, erwiderte sie: »Ich brauche Ihre Hilfe nicht; ich schaffe es schon selbst.«

Und dann sanken seine Hände von den Hüften herab, er trat einen Schritt zurück, und auf einmal entschuldigte er sich, wurde sanft und witzig und charmant, und es tue ihm leid, dass er ihr zu nahe getreten sei, und er wolle ja nur helfen, und er wisse sehr wohl, dass sie es auch allein schaffte, andeuten wolle er gar nichts – und ebenso abrupt verstummte er, ließ die Schultern hängen und verschwand ohne ein weiteres Wort die Stufen hinunter.

Lange sah sie ihm nach, wie er auf dem Pfad immer kleiner wurde, erst dann wandte sie sich wieder dem Wasserkanister zu. Bis sie ihn endlich gemeinsam mit Todd ganz umgedreht hatte, war er halbleer.

Tja. Und jetzt war er wieder hier, obwohl er kein Recht dazu hatte, er war ein Eindringling, und er wusste es, er war jetzt ein Irrer, der neue Ebenen des Irreseins definierte. Ein Notruf war in Sekundenschnelle durchgegeben – da würde sie nicht zögern –, und in weniger als fünf Minuten wäre ein Hubschrauber hier, so schnell waren diese Feuerwehrleute, sie hatte sie schon in Aktion erlebt. Fünf Minuten. Sie würde nicht zögern. Sie hielt den Kopf gesenkt. Sie schnitt und kaute jedes Stück Speck mit langsamer Entschlossenheit, und sie las denselben

Absatz immer wieder, bis er jeden Sinn verlor. Als sie wieder aufsah, war er weg.

Danach schleppte sich der Tag dahin, als wollte er nie zu Ende gehen. Der Kerl hatte sie keine zehn Minuten lang mit seinem Söldnergrinsen und den lächerlichen Blumen belästigt, aber es war ihm gelungen, ihr die Laune zu ruinieren. Er hatte ihr Gleichgewicht gestört, und sie stellte fest, dass sie weder lesen noch zeichnen, noch an Todds Pullover weiterstricken konnte. Sie ertappte sich dabei, dass sie völlig geistlos irgendeinen Punkt am Horizont fixierte, ihren Verstand treiben ließ. Sie aß zu viel. Das Mittagessen wurde zur Zeremonie, das Abendessen zum Ritual. Besucher kamen keine, obwohl sie sich ausnahmsweise nach ihnen sehnte. Die Abenddämmerung verklang allmählich im Westen, und als die Nacht hereinbrach, gab sie sich gar nicht lange Mühe mit der Propanlampe, sondern setzte sich einfach nur auf die Ecke ihres Betts und ließ sich gefangennehmen von der wirbelnden Weite der Konstellationen und vom Traum der Milchstraße.

Und dann konnte sie nicht einschlafen. Sie musste immer an ihn denken, an den Fremden mit den großen Händen und dem seltsamen Blick, suchte ständig den Laufsteg nach seinem plötzlichen schwarzen Schatten ab. Wenn er um sieben Uhr früh auftauchte, warum dann nicht auch um drei? Was sollte ihn daran hindern? Es war nichts zu hören, gar nichts – der Wind hatte sich gelegt, und die Nacht war klar und ohne Mondschein. Zum erstenmal, seitdem sie hier war, zum erstenmal in drei langen Sommern fühlte sie sich in ihrem Glashaus nackt und verletzlich, ausgesetzt wie ein Fisch im Aquarium. Die Nacht umfasste sie und hielt sie in ihrem Griff.

Dann dachte sie an Mike und an das Haus, in dem sie gewohnt hatten, als er nach dem Studium als Lehrbeauftragter an einer kleinen öffentlichen Uni in den schönen einsamen Bergen von Oregon anfing. Das Haus war eine dieser A-förmigen Satteldachkonstruktionen gewesen, Wohnraum mit Dachkammer darüber, mitten unter den Bäumen, wie ein Haus im Märchen. Es bestand nur aus Fenstern, und aus jedem sah man auf Bäume hinaus, die fast ins Haus wuchsen. Der Vorbesitzer, ein alter Witwer mit wässrigen Augen und gelblichen Haaren in den Ohren, hatte auf Jalousien oder Vorhänge völlig verzichtet, was Mike gar nicht gefiel – er lag ihr dauernd in den Ohren, sie solle die Fenster abmessen und dann Jalousien oder Vorhangstoff bestellen. Sie hatte aufbegehrt: die Offenheit, das Licht, das Gefühl des Verbundenseins und des Dazugehörens machten für sie ja gerade den Reiz des Hauses aus. Sie liebten sich immer nur im Dunkeln – Mike bestand darauf –, als wäre es etwas, dessen man sich schämen musste. Und nach einer Weile war es das auch.

Dann dachte sie an die Zeit davor, an die Zeit vor Todd und dem Studium, als Mike neben ihr im Aufenthaltsraum des Studentinnenheims saß, auf dem Tisch vor dem Sofa aufgeklappte Lehrbücher, um sie herum die Hitze und das Gemurmel von einem Dutzend anderer Paare, die Münder und Körper aneinanderrieben. Man traf sich »zum Lernen«. Stundenlang klammerte sie sich an ihn, das Sofa war wie ein schlingerndes Boot in stürmischer See, quälende Lust, unbeholfene Unschuld, ein endloses Vorspiel, das sie feucht werden ließ und erregte, während der Wind hinter den hohen, zugefrorenen Fenstern heulte. Was für Gefühle. Dann, so gegen Viertel vor eins, kam der Hausmeister und machte das Licht ein paarmal aus und an, zum Zeichen, dass jetzt Schluss war, und sie fielen sich ein letztes Mal in die Arme, jeder Schritt bis zum Ausgang war in Hormone getränkt, dann ein verzweifelter Abschied, bis er irgendwann doch ging und sie den Verlust spürte wie eine Soldatenbraut. Bis zum nächsten Abend.

Irgendwann – es war gegen zwei, drei Uhr morgens, der Große Bär stand bereits tief am Horizont, der Orion im Zenit – dachte sie wieder an den

Fremden, der ihr das Frühstück verdorben hatte. Hier auf der Ecke des Betts hatte er gesessen, hinter dem Fenster hatte er mit seinem jämmerlichen Blumenstrauß gewedelt und den Himmel verfinstert. Als sie an ihn dachte, genau in diesem Moment, hörte sie draußen ein leises dumpfes Geräusch auf der Stiege, ein sachtes Rascheln, eine Bewegung, und sie konnte weder atmen noch sich rühren. Die Sekunden pochten in ihrem Schädel, und das Rascheln – es hatte geklungen wie das Fegen eines Besens – war vorbei: irgendein nächtliches Tier, eine Ratte, das flüchtige Streifen eines Eulenflügels. Sie dachte an diese Hände, die Augen, die kantigen Schultern, und sie fühlte, wie sie in die Nacht hineingezogen wurde, erleichtert und dann sogar dankbar.

Sie erwachte sehr spät, als die schrägen Sonnenstrahlen ihre Lippen berührten und ihr in die Augen schienen. Zachary brachte über Funk die Neuigkeit, dass Oakland sich den Titel im Baseball geholt hatte und dass ein Hurrikan die Ostküste heimsuchte. »Du klingst ja entsetzlich«, sagte er. »Ich hab dich doch nicht etwa aufgeweckt?«

»Hab gestern nicht einschlafen können.«

»Wieder Sterne geguckt?«

Sie versuchte für ihn zu lachen. »Stimmt«, sagte sie. Einen Augenblick herrschte Schweigen. »Meine

Güte, du hast mich gerade erst abgelöst. Ich habe noch vier Tage vor mir, bevor ich wieder runterkomme.«

»Werd bloß nicht mystisch. Und lass mir diesmal genug Müsli da, ja? Falls es dir ausgeht, sag rechtzeitig Bescheid. Wir reden hier über mein Frühstück. Und mein Mittagessen. Und manchmal, wenn ich keine Lust zum Kochen hab –«

Sie unterbrach ihn: »– dein Abendessen, ich weiß. Ich werd darauf achten.« Sie gähnte. »Also, bis später.«

»Okay. Ende.«

»Ende.«

Als sie den Kessel auf den Kocher stellte, zischte das Gas noch, aber als sie sich umdrehte, um die Butter aus dem Kühlschrank zu holen, erlosch die Flamme. Sie versuchte es mit einem zweiten Streichholz, aber es kam nichts. Das hieß, dass sie den zweiten Propantank anschließen musste: kein Problem, nur lästig. Die Tanks, die einmal im Jahr mit dem Hubschrauber gebracht wurden, befanden sich am Fuß der Stiege, einhundertfünfzig Stufen unter ihr. Es gab dort einen flachen Platz, in der Nische, die auf einer Seite über einer überhängenden, sechs Meter hohen Felswand abgeschirmt war. Auf der anderen Seite war der nächste Vorsprung erst dreihundert Meter weiter unten.

Sie zog sich Shorts an, und weil es trotz der Sonne kalt draußen war – einmal hatte es schon an einem fünften September geschneit, und jetzt war bald Oktober –, holte sie einen extragroßen Pullover hervor, der früher Mike gehört hatte. Sie hatte ihn damals in dem Kissenbezug gefunden, der in der Eile des Auszugs ihr Kleiderschrank gewesen war; Mike hatte ihn nie zurückgefordert. Es war windig, und eine scharfe Bö durchfuhr sie, als sie die Tür aufriss und sich an den Abstieg machte. Mächtige flauschige Kumulusballen zogen eilig über den Himmel, schwollen an und wurden schmaler, wechselten ständig die Form, aber sie sah nichts, was dunkel genug – oder groß genug – gewesen wäre, um ein Unwetter anzuzeigen. Trotzdem, man konnte nie wissen. Der Wind kam vom Norden, und im Radio hatten sie angekündigt, dass vom Pazifik her eine Front aufzog – es würde sie nicht überraschen, wenn es über Nacht schneite. Ein ordentlicher Schneefall, und die Brandgefahr wäre für diese Saison vorbei, dann konnte sie nach Hause. Vorzeitig.

Sie dachte darüber nach – an die vier Wände des Zimmers in der kleinen Selbstversorgerpension, das sie in einer öden Straße in einer öden Stadt gemietet hatte, um im Winter nahe bei Todd zu sein –, und sie hoffte, es würde nicht schneien.

Nicht jetzt schon. Noch nicht. In einem trockenen Jahr – und dies war schon ihr drittes – blieb sie manchmal bis Mitte November oben. Sie erreichte den Fuß der Stiege und beugte sich über die Propantanks, zwei riesige Stahlbehälter, die im Grün der Forstbehörde gestrichen waren, und sie fühlte sich deprimiert bei dem Gedanken an diese vier tristen Wände und an die Kälte und den Wetterumschwung, der kommen würde oder auch nicht. Sie hatte eine Gänsehaut auf den Beinen, und ihr Atem hing ringsherum in der Luft. Sie blickte einem Erdhörnchen nach, sah das hellgrau gefleckte Fell des pummligen Wesens, das auf der überhängenden Felswand entlanghuschte, und dann schraubte sie die Kupplung des leeren Tanks ab und drehte den Anschlussstutzen zu dem vollen hinüber.

»Probleme mit dem Gas?«

Die Stimme kam von hinten und etwas über ihr, und sie fuhr zusammen, wie von einem Hornissenstich. Noch bevor sie herumwirbelte, wusste sie, wem die Stimme gehörte.

»He, he, ich wollte Sie nicht erschrecken. Schon gut. Entschuldigung.« Da stand er, der fröhliche Camper, das Messer ans Bein geschnallt, direkt in ihrem Rücken und zwei Stufen über ihr. Diesmal verbargen sich seine Augen hinter einer Sonnenbrille mit Spiegelgläsern. Die Krempe des Stetsonhuts war tief ins Gesicht gezogen, und er trug einen

Schafpelzmantel, den flauschigen Kragen hochgestellt.

Sie konnte ihm nicht antworten, geschweige denn ihn anlächeln oder freundlich sein. Er hatte sie außerhalb ihres Allerheiligsten überrascht, draußen im Freien, einhundertfünfzig ermüdende Stufen weit weg vom Funkgerät, dem Küchenmesser, dem harten, flachen Bett mit der Aussicht. Sie duckte sich. Er baute sich über ihr auf, seine Schultern wie aus dem Himmel geschnitzt. Todd war in der Schule. Mike – an Mike wollte sie gar nicht denken. Sie war mutterseelenallein.

Er stand reglos da, in seinem Gesicht bewegte sich nur der Schnurrbart, der sich jetzt zum Grinsen hob und die Zähne entblößte. »So was kann echt nervig sein«, sagte er, und wieder stahl sich der joviale Ton in seine Stimme, »solche Gastanks, meine ich. Gefährliche Dinger. Ich selber koche elektrisch.«

Sie hatte sich vorsichtig aus der Hocke erhoben, ihre kräftigen Beinmuskeln spannten sich an. Sie hätte es riskiert, die Stiege hinaufzurennen, alle einhundertfünfzig Stufen, hätte ihren Beinen voll vertraut, aber er blockierte die Treppe – fast, als wollte er ihr zuvorkommen. Sie hatte noch kein Wort gesagt. Sie wirkte verängstigt, das wusste sie. »Campen Sie immer noch?«, fragte sie, bemühte sich darum, das Gesicht zu entspannen und sein Lächeln zu erwidern, auf dem Banalen und Normalen zu beharren, auf dem bedeutungslosen Geplänkel einer bedeutungslosen Konversation.

Er sah weg von ihr, das Licht blitzte auf den leicht konvexen Gläsern der Sonnenbrille, und er tippte eine der hölzernen Stufen mit seiner silbernen Stiefelspitze an. Dann wandte er sich wieder zu ihr um und nahm die Sonnenbrille ab. »Ja«, sagte er achselzuckend, »schon irgendwie.«

Die Antwort war unerwartet. Schon irgendwie? Was sollte das bedeuten? Er hatte sich nicht bewegt und betrachtete sie mit diesem Blick – sie kannte den Blick, kannte die Pose, kannte den Schnurrbart und den Hut, aber seinen Namen kannte sie nicht. Er kannte ihren, aber sie kannte seinen nicht, nicht mal den Vornamen. »Entschuldigung«, sagte sie, und als sie jetzt zum Schutz vor der Sonne eine Hand an die Augen führte, zitterte sie, »wie war doch gleich Ihr Name? Ich meine, ich kenne Sie, nicht nur von gestern früh, sondern auch von damals, so etwa vor einem Monat, aber …« Sie verstummte.

Er schien sie nicht gehört zu haben. Der Wind rauschte in den Bäumen. Sie blinzelte tatenlos in die Sonne – sonst konnte sie nichts tun. »Also, campen war ich eigentlich nicht«, sagte er. »Nicht dass ich die Natur nicht liebe – und ich campe schon manchmal, mit Rucksack und so –, aber ich … ich dachte, das war es, was Sie hören wollten.«

Was sie hören wollte? Wovon redete er? Sie warf rasch einen Blick auf den Ausguck, die Sonne blitzte auf den Fenstern, hinter dem Dach türmten sich Wolken auf, und er wirkte so weit weg wie die Sterne in der Nacht. Wenn sie nur dort oben wäre, könnte sie einen Notruf durchgeben, ganz bestimmt, und innerhalb von fünf Minuten wäre Hilfe da …

»In Wirklichkeit« – und er sah jetzt beiseite, ließ die Schultern hängen, wie ein geschlagener Hund, so wie damals, als sie seine Hilfe mit dem Wasserkanister abgelehnt hatte –, »in Wirklichkeit hab ich eine Hütte in der Nähe von Cedar Slope. Ich dachte mir nur, na, dass Sie es lieber hätten, wenn ich campen würde.« Er hatte auf seine Stiefelspitzen gestarrt, aber jetzt sah er plötzlich zu ihr auf und grinste so breit, dass seine Backenzahnfüllungen in der Sonne blitzten. »Ich finde, Elaine ist ein schöner Name, hab ich Ihnen das schon gesagt?«

»Danke«, sagte sie, fast wider Willen und ganz leise, so leise, dass sie sich selbst kaum hörte. Er konnte sie hier vergewaltigen, konnte sie umbringen, alles mögliche. Wollte er das? War es das? »Hören Sie«, sagte sie gepresst, obwohl sie sich zur Ruhe zwang, »hören Sie, ich muss zurück an die Arbeit …«

»Ich weiß, ich weiß«, sagte er und hob die massige Hand, »zurück ins Nest, was? Ich weiß, ich geh Ihnen bestimmt mordsmäßig auf die Nerven damit, und sicher bin ich nicht der Erste, der das sagt, aber Sie sehen einfach zu gut aus, als dass Sie hier an die Eichhörnchen und Coyoten verschwendet werden sollten.« Er kam die Stufen herunter, kam auf sie zu, und sie dachte in diesem Augenblick daran, an ihm vorbeizuflitzen, ein wilder Gedanke, instinktiv und verzweifelt, ein Gedanke, der sich wie mit Krallen in ihr Gehirn bohrte und dort gefror, ehe sie sich regen konnte. »Meine Güte«, sagte er, und in seiner rauen Stimme lag unerschütterliche Gewissheit, »wird's Ihnen hier denn nicht einsam?«

Und dann sah sie die Bewegung, ein Stück rechts und weiter unten: zwei rosa Jagdmützen, die den Pfad heraufkamen. Es war vorbei. So einfach. Sie konnte jetzt davongehen, die Stiege hinaufsteigen, sich im Ausguck einschließen. Aber warum raste ihr Herz immer noch, warum hatte sie das Gefühl, als hätte es noch nicht einmal angefangen? »Verdammt«, sagte sie und sah ins Tal hinab, »noch mehr Besucher. Jetzt muss ich aber wirklich zurück.«

Er folgte ihrem Blick und sah ebenfalls zu den Jägern, die abwechselnd verschwanden und wieder zu sehen waren, während sie sich den Weg hinaufarbeiteten. Sie erkannte jetzt ihre Gesichter – zwei ältere Männer, strähniges Haar unter den grellen Mützen. Unbewaffnet. Nur Fotoapparate. Er musterte die beiden einen Moment, dann sah er ihr in die Augen, ganz tief, als hätte er etwas darin verloren. Schließlich zuckte er die Achseln, drehte sich um und ging den Pfad entlang auf die Männer zu.

Sie war in guter Form, in der besten ihres Lebens. Die Stiege hatte sie schon tausendmal, zweitausendmal hinter sich gebracht, aber nie war sie schneller oben gewesen als jetzt. Sie flog die Stufen hinauf wie vom Wind getrieben, dabei hämmerte ihr das Herz in Panik gegen die Rippen, und sie roch das heraufziehende Unwetter, fühlte die Kälte bis ins Mark. Und dann war sie an der Tür, knallte sie hinter sich zu und tastete nach dem Riegel. Dann, erst dann fielen ihr die Blumen auf. Sie standen in der Mitte des Tisches, in einer Kristallglasvase, Lupinen, Kreuzkraut, Vergissmeinnicht.

Über Nacht fiel Schnee, übergroße, monströse, taumelnde Flocken, die an den Fenstern klebten und sie mit Verzweiflung erfüllten. Bei Licht hätte sie sich nur schutzlos und ausgeliefert gefühlt, und deshalb saß sie jetzt schon die zweite Nacht im Dunkeln, mit dem Küchenmesser im Schoß, und horchte auf seine Schritte auf der Stiege, während ringsherum der Himmel barst. Aber er würde nicht kommen, nicht nachts, nicht bei diesem Wetter – sie war kindisch und albern, es gab keinerlei Grund zur Sorge. Außer dem Schnee. Er bedeutete, dass ihre Saison vorbei war. Und wenn ihre Saison vorbei war, musste sie vom Berg hinunter in die wirkliche Welt, in die wirkliche Zeit steigen, zurück zu Smog, Lärm und Wirrwarr.

Sie dachte an die vier Wände, die sie erwarteten, an den jämmerlichen Job – Kellnern, Kassiererin in einem Schnellimbiss oder irgendeine ähnliche langsame Kreuzigung des Geistes –, und sie dachte an Mike, kurz bevor sie ihn verlassen hatte, sah ihn vor sich auf der schwarzen Fensterscheibe, geschlechtslos, bleich, die schmale schmetterlingsförmige Lesebrille ganz vorn auf die Nase geklemmt, auf seine Schreibmaschine einhackend, tipp-tipp, tipp-tipp, verliebt in Dryden, Swift und Pope, verliebt in tote Dichter, verliebt in den Tod selbst. Einen Monat nachdem sie ihn verlassen hatte, war sie auf einer Party einem Mann begegnet, der Mike in allem geähnelt hatte, nur dass dieser in Gliederfüßler verliebt war. Gliederfüßler. Danach hatte sie den Posten im Ausguck angenommen.

Wieder wachte sie spät auf. Als Erstes verspürte sie Erleichterung: die Sonne schien, und der Schnee – es war nur ein dünner Zuckerguss, nichts Ernstes –

begann sich bereits von der nackten Felsenzinne zurückzuziehen. Sie stellte den Kessel auf und ging ans Funkgerät »Zack«, rief sie, »hier Needle Rock. Bist du auf Empfang?«

Er war es, antwortete ihr praktisch auf Knopfdruck. »Auf Empfang. Kommen.«

»Hier oben hat's geschneit – nicht allzuviel, eigentlich ist es nur leicht angezuckert. Jetzt ist der Himmel klar.«

»Damit kommst du etwas spät – diese Information hab ich schon längst von Lewis auf Mule Peak gekriegt. Wieder verschlafen?«

»Ja, scheint so.« Sie beobachtete, wie ferne Wipfel ihre Patina aus Schnee abschüttelten. Ein Bussard segelte vor dem Fenster vorbei. Sie hielt sich das Mikro so dicht vor die Lippen, dass es ein Teil von ihr hätte sein können. »Zack …« Sie wollte ihm von dem Verrückten erzählen, von dem Mann mit dem Stetson, von seinen Händen, wollte ihn für alle Fälle alarmieren, aber sie zögerte. Ihre Stimme klang dünn und distanziert, verloren im elektronischen Geknister von Zeit und Raum.

»Lainie?«

»Ja. Ja, ich bin noch da.«

»Es kommt noch eine Kaltfront und anschließend ein Unwetter. Könnte einiges an Schnee bringen. Die Brandwachen sind noch nicht abgesagt – Reichert sagt, so bleibt's, bis wir nennenswerte Niederschläge haben. Na, und diesmal könnte es soweit sein. Aber entscheide selber: Willst du lieber runterkommen oder oben abwarten, was passiert?«

Reichert war der Chef, fünfzig, glatzköpfig, weich wie eine Auster. Die Bergregion war wie verdorrt – eine pulvrige Schicht aus abgestorbenem Material lag fünfzehn Zentimeter dick in den Wäldern, und jeder zweite Bach war ausgetrocknet. Die Saison konnte ebenso gut bis November dauern. »Hier oben abwarten«, entschied sie.

»Okay, es liegt bei dir. Lewis bleibt auch auf dem Posten, falls dich das beruhigt. Ich setze mich in Verbindung, wenn wir hier irgendwas Neues erfahren.«

»Gut. Danke.«

»Ende.«

»Ende.«

Am späten Nachmittag ballten sich die Wolken, und der Himmel zog sich wieder über ihr zusammen. Das Thermometer fiel abrupt. Es sah schlecht aus. Für Schneefall war es noch früh, aber in dieser Höhe konnte es immer schneien, egal welcher Monat gerade war. Jährlich gingen siebeneinhalb Meter nieder, aber sie hatte auch schon Schneestürme erlebt, bei denen ein bis anderthalb Meter auf einmal herunterkamen. Um vier sprach sie noch einmal mit Zachary, und er erzählte ihr von den eher miesen Aussichten – die Chancen für weiteren Schneefall standen bei siebzig Prozent, inzwischen bis auf neunhundert Meter hinab. »Ich lass es darauf ankommen«, sagte sie. Schlimmstenfalls hatte sie ein Paar Schneeschuhe im Lagerraum.

Eine Stunde später begann es zu schneien. Sie machte sich gerade das Abendessen – braunen Reis mit Gemüse – und hatte die Flasche Wein geöffnet, die sie mitgenommen hatte, um ihren letzten Tag zu feiern. Die Flocken waren kleine, winzige Kugeln, die zischend herabsausten, und normalerweise verhieß das einen ernsthaften Schneesturm. Die Saison war vorbei. Sie konnte ihren Wein trinken und langsam darangehen, Ofen und Kühlschrank zu putzen und ihre Sachen zu packen. Sie legte ein Holzscheit nach und knöpfte sich die Jacke zu.

Die Flasche war halbleer, und sie wollte sich gerade zum Essen setzen, als sie den Rauch bemerkte. Zuerst dachte sie, es sei ein Schabernack des Windes, der den Rauch ihres eigenen Ofens zurückwehte. Aber nein. Direkt unter dem Ausguck, keine hundertfünfzig Meter weiter unten, etwa da, wo der Pfad anfing, sah sie ein Feuer. Der Wind wehte einen Vorhang aus Schnee vor das Fenster. Es hatte nicht geblitzt – aber trotzdem brannte dort unten

Feuer, sie war ganz sicher. Sie stand vom Tisch auf, nahm den Feldstecher vom Haken an der Tür und trat hinaus auf den Laufsteg, um es sich näher anzusehen.

Der Sturm raubte ihr den Atem. Das ganze Universum war bleich geworden, oben weiß und unten weiß: und sie saß hoch oben auf den Wolken, lebte in ihrem durchsichtigen, gespenstischen Inneren. Jetzt roch sie auch den Rauch, den der Wind herantrug. Sie hob den Feldstecher an die Augen, doch der Schnee bildete eine Mauer; sie versuchte es noch einmal, aber diesmal wehte ihr Haar vor die Objektive. Es dauerte eine Weile, aber da, da war es: ein Feuer, das aus dem wirbelnden Strudel des Schnees emporstieg. Ein Lagerfeuer. Oder nein, es war viel größer: umgestürzte Bäume, zu einer Pyramide geschichtet – das war ein Freudenfeuer, absichtlich aufgetürmt, es war ein Zeichen. Wieder nahm ihr der Schnee die Sicht. Ihre Finger waren taub. Als das Feuer erneut scharf ins Bild kam, sah sie eine Bewegung, einen Schatten, der um die Flammen sprang, sie nährte und sich an ihnen labte, und sie hielt den Atem an. Dann sah sie auch die schwarze Spitze des Stetsonhutes, und da begriff sie.

Er campte tatsächlich.

Er campte. Er konnte umkommen da draußen – er war wirklich verrückt –, es konnte ohne weiteres ein Blizzard aufziehen, und dann würde es tagelang schneien. Aber er campte. Und dann wurde ihr klar: Er campte für sie.

Später, als der Ausguck einsam über dem Schneesturm aufragte und die Kohlen im Ofen glühten und die Finsternis sich um sie legte wie eine Decke, schaltete sie das Funkgerät aus und legte das Messer zurück in die Schublade, wo es hingehörte. Dann setzte sie sich im Bett auf, hoch oben über dem Abgrund, und sah seinem Feuer zu, das im kalten Herzen der Nacht brannte. Er würde wiederkommen, das wusste sie jetzt, und sie war bereit für ihn.

Viktorija Tokarjewa

Schweinesieg

Sie hatte einen schönen, feierlichen Namen: Viktorija. Und einen Nachnamen, für den sie sich genierte: Schwein. Heraus kam: Viktorija Schwein – eine völlig idiotische Kombination, Schweinesieg sozusagen. Aber da war nichts zu machen, den Nachnamen bekam man von seinen Eltern angehängt wie das Aussehen. So wie er war, war er nun mal. Und man musste noch dankbar sein. Gar kein Name wäre noch schlimmer gewesen.

Viktorijas Aussehen hatte ebenfalls etwas leicht Schweinehaftes: helle Wimpern, rötliche Haare, rosige Haut, hellblaue Augen und zehn Kilo Übergewicht. Die schlanke Taille, das ausladende Hinterteil, die zarte Haut – sie war eine Kopie von Rembrandts Saskia. Der große Künstler hätte sich Viktorija sofort auf den Schoß gesetzt. Aber die Männer von heute hatten damit keine Eile. Die einzige Ausnahme waren die aserbaidschanischen Händler. Wenn Viktorija auf den Markt kam, sahen sie ihr mit großem Wohlgefallen hinterher und boten ihr kostenlos Früchte an. Aber Viktorija gefielen diese Männer nicht. Lieber gar keinen als so einen.

Viktorija war ledig. Sie arbeitete auf einer Geflügelfarm, weshalb sie nie Geflügel aß. Sie wusste zu gut, was hinter einem schön knusprig gebratenen Hähnchen stand. Sie kannte das versteckte Leben dieser Hühner, ihre Lieben, ihre Leiden und ihren Tod. Ein Huhn zu essen wäre ihr vorgekommen, als ob sie ihre eigenen Verwandten aufessen würde.

An Verwandtschaft hatte sie nur einen Großvater. Mutter und Vater lebten zwar noch, hatten aber jeder wieder eine neue Familie gegründet und neue Kinder bekommen. Vika existierte als Erinnerung an die Fehler der Jugend, und die wollten die Eltern gern vergessen.

Auch der Großvater hatte mal irgendwo gearbeitet und war wer gewesen. Jetzt war er pensioniert. Man sprach ihn mit »könntest du mal« an … Könntest du mal ins Geschäft gehen und Mehl kaufen … Oder: Könntest du mal in der Wohnung staubsaugen … und so weiter.

Morgens vor dem Frühstück ging der Großvater spazieren, man hatte ihm gesagt, das sei gesund. Er stand auf und nahm sofort das Badezimmer in Beschlag, genau dann, wenn Vika zur Arbeit musste. Ihre Interessen prallten aufeinander, aber die Gerechtigkeit war auf Vikas Seite. Der Großvater konnte später zu seinen Spaziergängen aufbrechen, aber Vika durfte nicht zu spät zur Arbeit kommen. Ihr Arbeitstag fing zu einer bestimmten Zeit an, und man achtete peinlich genau auf Pünktlichkeit. Zwischen dem Großvater und Vika kam es zu Reibereien, und aus Rache versteckte Vika sein Gebiss. Der Großvater konnte es den ganzen Tag nicht finden und nahm nur flüssige Nahrung zu sich.

Er hatte seine eigene Logik: Er brauchte einen klaren Tagesablauf, wie ein Säugling. Diese Ordnung war ein Korsett, das Form und Inhalt zusammenhielt. Er war zwar alt, aber doch noch am Leben. Und innerhalb seines Lebens sollte alles seine feste Ordnung haben.

Vika verstand das nicht: Was änderte es, wenn der Großvater seinen Spaziergang um eine halbe Stunde verschob? So stritten sie sich, aber nicht jeden Tag. Vielleicht zweimal die Woche. In der übrigen Zeit kümmerte sich Vika um den Großvater, sie kochte ihm abends etwas Leckeres und kaufte für ihn Obst bei den Aserbaidschanern.

Neben dem Großvater gab es in Vikas Leben noch einen Menschen, den sie liebte: den Fernsehmoderator Vlad Petrow. Vladimir, mit vollem Namen. Er hatte Finger mit ovalen Nägeln, ein leidenschaftsloses Gesicht, Augen, die leicht japanisch wirkten, und einen stillen, tief im Inneren verborgenen Humor. Ein unauffälliger Tschechowscher Humor. Aber er war klug, er bemerkte und fühlte alles. Auch Viktorija spürte und fühlte alles. Oh, wie ihr solche Gesprächspartner fehlten, die alles verstanden.

Ihre Gesprächspartner waren die Küken aus dem Brutkasten. Und die Kolleginnen, die nur über materielle Dinge sprachen.

Vika rief beim Fernsehen an, bekam seine Nummer heraus und rief ihn an. Seine Mutter nahm den Hörer ab. Vika stellte sich als begeisterte Zuschauerin vor, was der Wahrheit entsprach, und erzählte der Mutter, was für einen begabten Sohn sie habe, klug und schön, was auch der Wahrheit entsprach. Vika erzählte das gern, und die Mutter hörte das gern.

Die Mutter war nicht neugierig und fragte Vika nicht, wie sie heiße, wo sie arbeite und wie alt sie sei. Trotzdem kam es Vika so vor, als ob nun eine Verbindung hergestellt sei, dass sie nun nicht einfach ins Blaue hinein liebe, sondern direkt in sein Haus. Vladimirs ganzes Haus würde von ihrer Liebe erfüllt sein.

Am Ende des Gesprächs sagte die Mutter einen merkwürdigen Satz: »Jeder hat halt sein Päckchen zu tragen.« Vika verstand nicht, was sie meinte. Denn was für Probleme konnten denn so kluge, wohlsituierte Leute haben. Probleme bekam man doch nur durch Dummheit, Armut und Benachteiligung.

Vika rief von Zeit zu Zeit an. Vladimirs Stimme erklang auf dem Anrufbeantworter und bat, nach dem Piepton eine Nachricht zu hinterlassen. Vika wartete das Signal ab und beeilte sich dann, wichtige Dinge zu sagen. Und manchmal sang sie einfach.

Dazu muss man wissen, dass sie eine Stimme wie ein Engel hatte – hoch und rein. Sie hatte nur deshalb keine Gesangsausbildung gemacht, weil sie sich wegen ihres Aussehens schämte. Eine Schlagersängerin musste Gesangstalent und Sexsymbol in einem sein. Die Männer sollten ihr zuhören und sie begehren. Und die Frauen ihr zuhören und ihr nacheifern. Doch wem käme es schon in den Sinn, eine Viktorija Schwein zu begehren oder ihr nacheifern zu wollen?

Vika sang nur für die Hühner und für ihre Freundinnen. Und für Vladimir Petrow auf den Anrufbeantworter.

Freundinnen hatte sie zwei: Varja und Vera. Beide arbeiteten als Befruchterinnen. Sie befruchteten die Hühner mit Hahnensperma. Mit routinierten Bewegungen packten sie die Hühner und führten die Spritze dort ein, wo sie hinmusste. Die Hühner fügten sich willig in die Prozedur, denn in ihrem Hühnerlagerleben kannten sie keine andere Liebe. So freuten sie sich auch über die Spritze. Außerdem ist der Hahn – als Haremsherr – ja auch nur allein für die ganze Herde da. Und die Hühnerliebe in Freiheit unterscheidet sich wenig von der kurzen Prozedur mit der Spritze.

Vika brachte es nicht fertig, zu den Freundinnen in die Hühnerbaracke zu gehen. Sie ertrug den grauenhaften Gestank nicht. Unter welch unmenschlichen Bedingungen die Hühner auch gehalten wurden, so fraßen und kackten sie doch immer noch, und das hieß, es stank ganz fürchterlich. Vera und Varja hatten sich daran gewöhnt. Aber auch sie aßen kein Geflügel. Sie ekelten sich.

Viktorija arbeitete im Bruthaus, der ›Hühnergeburtsklinik‹. Dort herrschten Sauberkeit und Disziplin, wie in einem Atomkraftwerk. Alle Mitarbeiterinnen mussten die Schuhe wechseln und weiße Kittel überziehen.

Die Eier wurden, nach einem ganz bestimmten Plan, sanft warm gehalten, und eines Tages hackten sich dann aus ihnen die gelben Köpfchen heraus und besahen sich die Welt mit Äuglein wie kleinen Glasperlen.

Es gibt nichts Entzückenderes als Küken, junge

Kätzchen, Ferkelchen und kleine Kinder. Die Kleinen und Schwachen haben nur einen Schutz – ihre Schönheit. Niemand käme es in den Sinn, einem Küken etwas Böses zu tun. Jeder möchte es beschützen.

Auf der Farm gab es auch ein *brain center,* wo hochqualifizierte Züchter arbeiteten. Sie versuchten, die qualitativ beste Rasse herauszuzüchten. Fast so wie Hitler, der die überlegenste Menschenrasse züchten wollte …

Hühner sind natürlich keine Menschen, aber auch sie brauchen einen hochwertigen Ursprung. Die hierfür verwendeten Zuchthühner wurden von lebenden Hähnen befruchtet. Dann nahm man die größten Eier weg und legte sie in spezielle Behälter. Die Küken wurden ausgebrütet und für harte Devisen nach Kanada verkauft. Die Kanadier bezahlten sagenhafte Preise. Dieses Geld reichte als Lohn für die ganze Belegschaft.

Man aß in der Kantine. Viktorija, Vera und Varja setzten sich an einen Tisch und tauschten Neuigkeiten aus.

Es gab wenig Neues, denn das Leben stagnierte. Die wichtigsten Dinge passieren ja bis fünfundzwanzig: Man fängt eine Ausbildung an, heiratet, bekommt Kinder. Aber Vika, Vera und Varja waren über dreißig. In diesem Alter hat man entweder schon alles oder auch überhaupt nichts. Und das für lange, wenn nicht für immer.

Varja war mit Gena verheiratet. Gena verdiente nichts, betrank sich stattdessen und rief in betrunkenem Zustand irgendwelche Frauen an.

»Wie kannst du mit dem bloß leben?«, wunderte sich Vika.

»Er liebt mich«, antwortete Varja.

»Wieso ruft er dann andere Frauen an?«

»Das macht er doch nur im Suff.«

»Und wie kannst du das ertragen?«

»Ich liebe ihn eben«, erklärte Varja.

Vika war es völlig unverständlich, wie man einen Nichtsnutz und Säufer lieben konnte. Lieben konnte man einzig Vladimir Petrow, der schön war und klug.

Die zweite Freundin, Vera, hatte ihre Kinder ohne Mann zur Welt gebracht. Eigentlich hatte sie ja nur ein Kind gewollt, aber dann waren es Zwillinge geworden. Zwei Mädchen, die zu früh zur Welt gekommen waren und dann in Watte gepackt dagelegen hatten wie zwei unreife Tomaten. Dabei hatten sie ständig geschrien und gekackt, genau wie die Hühner.

Vera war bis über beide Ohren verliebt in ihre kleinen Mädchen und begrüßte jeden Pups von ihnen mit Entzücken. Und reden konnte sie immer nur über dieses eine Thema. Vika hörte aus Höflichkeit zu, ohne sie zu unterbrechen. Aber das Los ihrer Freundinnen rief in ihr nur mitleidiges Unverständnis hervor: Wie konnte man bloß so leben?

Doch Vika ihrerseits tat ihren Freundinnen leid, und sie rieten ihr: Bring ein Kind zur Welt, auch ohne Mann. Dann hat doch wenigstens alles einen Sinn …

Vika jedoch fühlte sich als reicher Mensch, als Hüterin einer großen Liebe. Und auch wenn diese Liebe keinen konkreten Ausdruck fand – sie existierte immerhin, erfüllte ihr Leben mit Sinn, half Vladimir Petrow, wie einem Menschen ein Gebet hilft.

Von Zeit zu Zeit kam ein Landstreicher mit dem schönen Namen Chmelnitzkij, was so viel heißt wie ›der Berauschte‹, auf die Geflügelfarm. Kommen war nicht ganz exakt. Schlich sich rein, wäre genauer gewesen. Durch das Haupttor ließ man ihn nicht. Deshalb kroch er durch das Loch, das irgendjemand in die Betonmauer gebrochen hatte, die die Farm umschloss. Chmelnitzkij hockte sich hin und passte Vika ab.

Vika war rundlich und kam ihm in ihrem weißen Kittel weniger aggressiv vor als die dünneren, bösen Weiber. Die stürzten sich immer auf ihn, kläfften wie die Hunde und vertrieben ihn. Vika dagegen blieb bei ihm stehen, sah in sein aufgedunsenes Gesicht und fragte: »Was willst du?«

»Geflügelfleisch«, antwortete Chmelnitzkij.

»Dann geh und kauf es dir. Im Geschäft ist Geflügelhaschee billig.«

»Ich habe kein Geld.«

»Aber ich kann nicht stehlen«, erklärte Vika.

»Dann gib mir halt die Köpfe und die Füße. Ich koche sie mir aus.«

Vika stand da und überlegte.

»Wenn es dir um die Hühnerköpfe leidtut, dann gib mir was anderes, wenigstens Hühnerfutter.«

Vika seufzte und brachte ihm eine Tüte mit Hühnerinnereien heraus. Das war ein königliches Geschenk.

»Danke«, sagte der Landstreicher knapp und verschwand schleunigst. Er fürchtete, Vika könnte es sich auf einmal anders überlegen und ihm alles wieder wegnehmen. Er hatte in seinem Leben schon alles Mögliche gesehen.

Das nächste Mal tauchte der Landstreicher erst drei Monate später wieder auf. Schließlich war er ein taktvoller Mensch. Und er bat auch um nichts, stand bloß da und beobachtete alles.

Im Hof verbrannte man Abfall, ein Feuer knisterte. Die Freundinnen Vera und Varja saßen auf alten Kisten davor, und Vika sang. Und *wie* sie sang!

Als seien ein paar Engel vom Himmel geschwebt und sängen jetzt zusammen mit einer einzigen Stimme.

»Dein Freund ist wieder da«, sagte Varja.

Vera sah sich um und fing an zu lachen. Aber Vika lachte nicht. Sie dachte nur: ›Wer zuletzt lacht, lacht am besten …‹

A-ach, unsere Trennung ertrag ich nicht länger… Deine innige Zärtlichkeit ersehne ich, vor Glück ersterbe ich…

Das war über sie und Vladimir Petrow. Sie sang für ihn und für sich. Und die anderen konnten zuhören, wenn sie wollten…

Plötzlich kursierte auf der Geflügelfarm das Gerücht, dass der berühmte Fernsehmann Vladimir Petrow die junge Schauspielerin Sascha Konowalowa heiraten würde. Sie hatte die Hauptrolle in einer Fernsehserie bekommen, und das ganze Land war vernarrt in sie, inklusive Vlad Petrow.

Ihr Foto war im Magazin *Sieben Tage* abgebildet. Varja hatte die Zeitschrift mit auf die Arbeit gebracht, und alle Mädchen und Frauen sahen sie sich voller Neugier an. Sogar die Hühner verdrehten ihre runden Augen in Richtung der grellbunten Bilder. Und Vika sah ebenfalls hin, mit ungerührtem Gesichtsausdruck: Was, bitte, ging sie das an?

In der Schlachtabteilung spritzten die Hühner mit Kot um sich, bevor sie diese Welt verließen. Hirne kleiner als ein Fingerhut, und doch ahnten sie etwas.

Vika fühlte sich genauso, aber sie zeigte es nicht. Doch sie merkte sich, dass die Hochzeit am siebten September, um sieben Uhr abends, im Restaurant Goldener Drache gefeiert werden sollte. Das Paar hatte die Ziffer sieben mit Absicht ausgewählt, denn Gott hat die Welt in sieben Tagen erschaffen. Und auch sie wollten sich nun ihre Welt erschaffen.

»Die Glücklichen«, seufzte Varja. »Wenn du dir vorstellst, was die für ein Leben haben … Im Winter ans Rote Meer, im Sommer ans Schwarze …«

»Er wird sich betrinken und fremde Frauen anrufen«, kommentierte Vera.

»Na und? Dafür verdient er in einer Stunde so viel wie du in einem Jahr.«

»Die Reichen weinen auch«, bemerkte Vera philosophisch.

Vika schwieg. Vladimir würde heiraten. Aber er starb schließlich nicht. Er würde am Leben bleiben, und sie konnte ihn aus der Ferne weiterhin lieben. Sie konnte sich beispielsweise sagen, dass Vladimir auf eine lange Dienstreise gegangen war. Irgendwohin nach Afrika, oder auf die Weltraumstation ›Mir‹.

Der siebte September kam. Es war ein Samstag. Vika zog sich schön an und fuhr zum Restaurant Goldener Drache. Nicht zur Hochzeitsfeier natürlich. Niemand hatte sie eingeladen. Nur, um alles von draußen zu sehen.

Das Restaurant stand an einer Kreuzung, chinesische Lampions hingen auf die Gehsteige beider Straßen hinaus.

Um die fünfzig Autos kamen angefahren, meist ausländische Marken, Luxusjeeps und BMWs.

Ein Lincoln fuhr vor, ein langes schwarzes Auto. Aus dem Lincoln stiegen die Braut und der Bräutigam. Die Braut war das genaue Gegenteil von Viktorija: schwarzhaarig, schlank und groß. Der Bräutigam war ganz in Schwarz und Weiß gekleidet. Die nach hinten gekämmten Haare glänzten vor Gel. Sein Gesicht war bleich, und die glühenden Augen schienen den Rest seines Gesichts in den Hintergrund zu drängen. Mein Gott, wie war er grausam schön... Ein Gesichtsausdruck wie bei Giordano Bruno, der ins Feuer geht. Fragt sich nur, ob ins Feuer des Glücks oder ins Fegefeuer.

Vika schaute sich die Augen aus dem Kopf. Am liebsten wäre sie nach vorn gestürzt, hätte ihn gepackt, ins Auto gestoßen und wäre mit ihm davongebraust. Wohin? Egal wohin. Notfalls zum Großvater. Sie hätte sich vor Vladimir auf den Boden gesetzt und ihm zugehört. Er würde ihr alles erzählen, und sie würde zuhören und weinen. Und dann würde sie ihm ihre Jungfräulichkeit opfern, würde ihm ihre ganze Gegenwart und Zukunft schenken …

Deine innige Zärtlichkeit ersehne ich … Vor Glück ersterbe ich …

Braut und Bräutigam gingen zum Restaurant. Ein junger Chinese kam ihnen entgegen – es war der Restaurantbesitzer Petja.

Petja geleitete die Stars ins Innere des Restaurants. Sie entschwanden Vikas Blicken. Schluss, aus. Weiter dazusitzen war sinnlos.

Vika erhob sich von der Bank. Sie ging in eine Telefonzelle und wählte die 02.

Als sich die Polizei am anderen Ende meldete, sagte sie mit klarer Stimme: »Im Restaurant Goldener Drache ist eine Bombe versteckt.«

»Wer spricht da?«, fragte der diensthabende Polizist schnell.

»Es spricht eine, die es wissen muss«, antwortete Vika wieder mit klarer Stimme. Und legte auf.

Sie ging wieder zu ihrer Bank, denn sie war neugierig zu sehen, wie sich die Dinge weiterentwickeln würden.

Was wollte sie eigentlich? Was hatte sie damit erreicht? Sie wollte die Hochzeit platzen lassen. Und wenn sie sie schon nicht platzen lassen konnte, dann wollte sie sie wenigstens verderben. Warum? Weil man ihr einen Traum und den Sinn ihres Lebens weggenommen hatte. Und sie konnte nichts dagegen tun, konnte nur mit Kot um sich spritzen, wie ein Huhn vor der Schlachtbank.

Eine Polizeibrigade mit Hunden kam angerast. Alles bewegte sich, wie wenn ein Film zu schnell abgespult wird.

Die Polizisten verteilten sich schnell über die ganze Kreuzung. Petja kam herausgesprungen und winkte. Höflich, aber bestimmt, setzten ihm die Polizisten etwas auseinander.

Viktorija verspürte Hunger. Sie ging in die nächste Bäckerei, kaufte sich ein Brötchen und kehrte auf ihren Beobachtungsposten zurück. Sie kaute und wartete.

Im Sturmschritt kamen Braut und Bräutigam aus dem Restaurant. Sie stritten sich. Drei Schritte von Vika entfernt blieben sie stehen.

»Was ist? Hast du Angst?«, fragte Vladimir.

»Natürlich«, antwortete Sascha Konowalowa. »Angst um sein Leben ist die normale Reaktion eines gesunden Menschen.«

»Und was ist mit der Hochzeit?«, fragte Vlad fassungslos.

»Ein andermal.«

»Und die Tische schmücken, und all die anderen Vorbereitungen, auch ein andermal?«

»Wenn ich zwischen Peking-Ente und meinem Leben wählen muss, dann wähle ich das Letztere.«

»Weil du auf mein Geld und auf meine Anstrengungen spuckst.«

»Bitte doch die Kellner, das Essen einzupacken, dann kannst du es mit nach Hause nehmen. Bring es deiner schwachsinnigen Mama und deiner schwachsinnigen Tochter.«

Vladimir schwieg einen Moment, dann sagte er ruhig: »Darauf habe ich nur gewartet, dass das einmal kommt… Die Kranken und Schwachen hassen, nur aus dem Grund, dass sie krank und schwach sind – weißt du, wie man das nennt?«

»Natürliche Auslese…«

»Das nennt man Faschismus«, erklärte Vladimir. »In Japan führte man die Alten auf den Berg Narayama, um sie an die Vögel zu verfüttern. In Sparta warf man die kranken Kinder von den Klippen, damit sie keinen Platz auf der Erde einnahmen. Die Faschisten wollten den Planeten von Menschen zweiter Klasse säubern. Wenn es nach euch ginge, dürften nur Junge, Starke und Schöne leben. Und alle anderen – in den Abgrund oder auf den Narayama. Dir sind alle scheißegal, du denkst nur an dich. Und weißt du, warum? Weil du wenig Bücher gelesen hast. Oder überhaupt nichts gelesen hast. Faschismus – das ist vor allem geistige Beschränktheit, Kulturlosigkeit plus seelische Unterentwicklung.«

»Wieso willst du mich dann heiraten?«, fragte Sascha.

»Will ich schon gar nicht mehr. Herr Wachtmeister!« Vladimir ging eilig auf einen der Polizisten zu. »Wenn Sie den Terroristen finden, der die Bombe gelegt hat, dann sagen sie ihm, er soll mich anrufen. Ich gebe ihm eine Belohnung.«

Sascha Konowalowa drehte sich um und ging davon. Sie setzte sich in irgendein Auto. Der Wagen startete röhrend, und schon war er um die Ecke verschwunden.

Vladimir setzte sich auf die Bank neben Vika. Er starrte vor sich hin. Dann wandte er sich um und betrachtete plötzlich Vika. Sie lächelte verwirrt, mit vollem Mund.

»Wollen Sie was essen?«, fragte Vladimir unvermittelt.

Vika schwieg einen Moment.

»Kommen Sie, gehen wir …«

Vladimir stand von der Bank auf und wartete, dass Vika sich auch erhob.

Viktorija hatte zwar die Feierlichkeiten verderben wollen, aber natürlich nicht in diesem Ausmaß.

Und nun hatten sich die Ereignisse überstürzt, wie bei einem Erdbeben. Gerade noch hatte alles gestanden – und jetzt waren bloß noch Ruinen zu sehen.

»Na, kommen Sie, kommen Sie«, drängte Vladimir sie.

Vika stand auf, und sie gingen zusammen zum Restaurant Goldener Drache. Ein Polizist stellte sich ihnen in den Weg.

»Hauptmann Rogoschin«, stellte er sich vor und salutierte. »Sie können nicht in das Restaurant. Dort ist eine Bombe.«

»Wir essen schnell und gehen wieder«, versprach Vladimir.

»Sie müssen warten. Da ist eine Bombe«, insistierte der Hauptmann.

»Nein, da ist keine Bombe«, sagte Vika.

»Das muss man überprüfen. Unsere Hunde sind speziell auf Sprengsätze trainiert.«

»Aber da gibt es gar keinen Sprengsatz«, sagte Viktorija.

»Woher wollen Sie das wissen?«

»Weil ich es war, die angerufen hat.«

Vladimir Petrow drehte sich um und stellte sich ihr gegenüber.

»Dann muss ich Sie verhaften«, sagte der Hauptmann streng.

»Bitte schön«, sagte Vika bereitwillig. »Ich verschwinde ja nirgendwohin.«

Rogoschin sagte etwas in sein Funksprechgerät. Ein älterer Leutnant kam herbei.

»Und warum haben Sie das getan?«, fragte Vladimir und starrte Vika an, während er allmählich zu sich kam.

»Ach, das ist eine lange Geschichte«, sagte Vika ausweichend.

»Dann sagen Sie's kurz. In zwei Worten.«

»In drei: Ich liebe Sie.«

»Sind Sie ein Fan von mir?«, fragte Vladimir.

Viktorija wusste nicht, was das Wort bedeutete. Vielleicht kam es von dem Wort ›Fanatiker‹. Und Fanatismus, worin auch immer er sich äußerte, war stets eine Beschränktheit. Vika erriet, dass ein Fan zu sein nicht besonders ehrenvoll war. Diese Fans tanzten wie die Idioten um ihr Idol herum, kreischten vor Entzücken, wenn sie das Glück hatten, einen Fetzen von seinem Hemd oder seiner Hose zu ergattern. Und dann küssten sie dieses Stoffstück und beteten es an. Vika liebte still, im Verborgenen und heilig. Wie es in einem Gedicht heißt: »Ihre Seele öffnete sich, wie eine Blüte in der Morgenröte, unter Zephyrs Atem …«

Hauptmann Rogoschin und der ältere Leutnant redeten leise miteinander.

»Herr Leutnant, Herr Hauptmann, ich lade Sie zu einem Festessen ein«, sagte Vladimir Petrow feierlich. »Bringen Sie auch Ihre Kollegen mit, und auf geht's zu Tisch. Wir wollen doch das feine Essen nicht verderben lassen. Nicht wahr, Petja?«

Der Chef des Restaurants nickte leicht. Dann sagte er eilfertig: »Es sein sehr gutes Menü. Ausgezeichnetes Koch. Aus China. Echte chinesische Küche.«

»Na, was ist, Herr Hauptmann?«, fragte der Leutnant. »Essen wir schnell einen Happen, und dann ab nach Hause! Fehlalarm.«

Der Hauptmann schwieg. Sein Adamsapfel hüpfte rauf und runter.

Nun saß die ganze Polizeimannschaft an der Tafel. Schweigend und andächtig aßen sie – echte chinesische Küche.

Vika und Vladimir saßen nebeneinander. Vladimir sah ins Weite, und Vika genoss die Speisen. Das Essen war ihr ganz fremd, und sie konnte nicht einmal sagen, ob es ihr schmeckte oder nicht. Es war, als hätte man sie aus einer benachbarten Galaxie auf diesen ihr fremden Planeten geholt.

Ein georgischer Polizist wandte sich an den Hauptmann.

»Herr Hauptmann, ohne *Tamada* geht es aber nicht. Sonst ist es ein unorganisiertes Besäufnis.«

»Na gut. Dann sei unser *Tamada.*«

Der Georgier stand auf und schlug mit der Gabel ans Glas.

»Der erste Toast. Auf unseren Allerhöchsten …«, ließ sich der *Tamada* vernehmen, der Vorsitzende des Festmahls, der die Toasts ausspricht und auf dessen Kommando getrunken wird.

»Auf Putin, oder was?«

»Na, wer ist Putin? Ein Sklave Gottes. Auf unseren Herrgott, den großen Schöpfer …«

Die Polizeibrigade trank in aller Freundschaft und aß mit Vergnügen. Vladimir Petrow goß Wodka in ein Champagnerglas und trank es in einem Zug leer.

Schweigen trat ein. Mitten in dem Schweigen war das Klopfen einer Gabel zu hören.

»Der nächste Toast – ist auf Georgij, den Sieger!«, verkündete der *Tamada.*

»Und wer ist das?«, fragte der Leutnant, der Djomin hieß.

»Das ist unser Nationalheiliger«, erklärte der Georgier.

»Und unserer?«

»Eurer? Keine Ahnung. Das müsst ihr doch wissen.«

»Trinken wir auf alle«, ordnete Hauptmann Rogoschin an. »Zuerst auf euren Nationalheiligen, dann auf unseren, dann auf ihren«, sagte er, indem er sich zu dem Chinesen Petja umwandte. »Und wer ist eurer? Buddha?«

Petja verstand nicht ganz, worum es ging, und versicherte eilig: »Echtes chinesisches Koch. Wir bezahlen zweitausend im Monat. Qualifizierter Mann. Man muss gut bezahlen. Konkurrenz groß.«

Die Kellner stellten Peking-Ente auf den Tisch. Die Enten sahen wunderbar aus: goldbraun gebraten in einer dunklen, süßsauren Soße.

»Haben wirklich Sie angerufen?«, fragte Vladimir leise.

»Ja... wirklich«, sagte Vika und nickte leicht dazu wie der Chinese.

»Und wozu?«

Vika überlegte, wie sie das mit einem Wort sagen sollte. Dann fand sie das Wort.

»Eifersucht...«

»Was hat Eifersucht damit zu tun?«, fragte Vladimir verständnislos.

»Ich liebe Sie schon lange. Seit ich in die achte Klasse ging...«

»Na, so was...« Vladimir schüttelte den Kopf. »Sie hätten zuerst mich fragen müssen und dann die Polizei anrufen. Wenn man jemanden liebt, dann muss man sich für seine Interessen einsetzen, nicht für die eigenen.«

»Sie passt nicht zu Ihnen«, sagte Vika mit fester Stimme.

»Ich weiß«, gab Vladimir zu. »Aber wir lieben oft nicht die, die uns gefallen. Sie gefallen mir. Sie sind lustig. Aber ich liebe Sie nicht. Verstehen Sie?«

»Nicht ganz.« Vika verstand das wirklich nicht: Wie konnte man jemanden lieben, der einem nicht gefiel?

»Sehr schade«, sagte Vladimir. »Aber im Übrigen auch egal.«

»Trinken wir auf die junge Generation!«, ließ sich der *Tamada* vernehmen und hob das Glas in Richtung von Vika und Vlad.

»Na, und wo sind denn hier junge Leute?«, hielt ihn Rogoschin auf.

Der *Tamada* begriff, dass er sich geirrt hatte, wand sich aber schnell heraus.

»Hier sind alle jung! Und alle werden irgendwann einmal eine Familie und Kinder haben. Ihr Jungen, alle aufstehen!«

Die ganze Polizeibrigade erhob sich, ein Glas mit Wodka oder Wein in der Hand. Das fröhliche Gelage nahm seinen Lauf.

Der Chef des Restaurants verhandelte mit dem Hauptmann über irgendetwas. Es schien, als wechsle das Restaurant ›das Dach‹, wie man das nannte. Der bezahlte Schutz der Polizei gefiel Petja offenbar besser als der einer einfachen Gangsterbande. Von den Gangstern wusste man nie, was man zu erwarten hatte. Die Polizei handelte maßvoll, den Umständen entsprechend. Sie hatte auch die Interessen des Unternehmers im Blick. Und die Gangster hatten gar nichts im Blick außer ihrem eigenen Geld.

Vladimir Petrow spielte auf dem Klavier. Er spielte erstaunlich gut. Und Vika sang. Ohne Worte. Nur die Melodie. Ihre Stimme erklang wie geradewegs vom Himmel. Und in diesem Moment war sie schön: die zarte Haut, die blitzenden Augen. Die jungen Milizionäre lauschten und träumten. Der Wodka machte sie empfindsamer. In manchen Augen standen Tränen.

Leutnant Djomin ging zum Hauptmann und sagte: »Die können wir doch nicht verhaften. Wir schreiben einfach ›Fehlalarm‹ in den Bericht, und fertig.«

»Und wieso hat sie angerufen?«, fragte der Hauptmann.

»Um die Hochzeit zu verhindern«, erriet der Leutnant.

»Und wieso das?«

»Sie wird schon einen Grund gehabt haben …«

Der Hauptmann betrachtete die singende Vika. Offenbar verglich er sie mit seiner Verlobten.

»Schöne gibt es viele«, sagte er dann. »Aber so eine gibt es nur einmal.«

Vlad spielte zu Ende. Er nahm die Hände von den Tasten.

»Wie heißt du überhaupt?«, fragte er, nun zum Du übergehend.

»Viktorija.«

»Und der Nachname?«

»Schwein«, gestand Vika.

»Das geht nicht. Man braucht einen neutralen Namen, vielleicht irgendeine Naturgewalt.«

»Feuer«, schlug ein junger Polizist vor. »Feuerschein.«

»Gibt's schon, das ist eine Literaturkritikerin«, bemerkte der *Tamada*. Er stellte sich als sehr gebildet heraus, wie so oft bei den Georgiern aus besseren Familien.

»Wasser. Wie wär's mit Wassermann«, sagte ein anderer Milizionär.

»Eine Viktorija Wassermann gibt's auch schon.«

»Stein. Steiner«, mischte sich der Leutnant ein.

»Eine Viktorija Steiner gab es auch schon mal«, winkte Vlad ab.

»Wind«, schlug der Hauptmann vor.

»Ja, vielleicht Wind. Oder Bach. Ihre Stimme klingt wie ein Frühlingsbach. Es passt auch zum Vornamen, Viktorija Bach, klingt wunderbar«, sagte Vlad billigend.

Der Wirt stellte dienstbeflissen Musik an. Echte chinesische Musik. Vlad erhob sich vom Klavier und forderte Vika zum Tanz auf.

»Und jetzt alle tanzen!«, kommandierte der *Tamada*.

Die Polizeibrigade bildete augenblicklich einen Kreis. Sie legten einander die Hände auf die Schultern und bewegten die Beine, wie bei einem griechischen Sirtaki. Für sie war das alles das Gleiche, Griechenland oder China.

Vlad blieb stehen, um Atem zu schöpfen. Vika und er standen in der Mitte des Kreises und sahen einander an.

»Wo arbeitest du?«, fragte Vlad.

»Auf einer Geflügelfarm.«

»Und für wen singst du da? Für die Hühner?«

»Für die Küken.«

»Wirklich?«, fragte Vlad ungläubig.

»Natürlich. Was ist denn daran Besonderes?«

»Irgendwelche Schlagersternchen ohne Stimme singen für das ganze Land, und eine Montserrat Caballé singt für die Hühner.«

»Für die Küken«, korrigierte Vika.

»Na gut… Was für eine verrückte Welt. Verrücktes Land. Und ich bin auch verrückt.«

Vlad nahm seinen Tanz wieder auf, bewegte sich zu der chinesischen Fünftonmusik. Er streckte die Arme nach Vika aus. Und Vika schwebte in diese Arme, mit jeder Zelle ihres Körpers. Das war das Glück. Seine Energie spüren, seinen Geruch. Sehen, hören, fühlen, einatmen … Danach konnte man sterben.

Die Polizeibrigade tanzte in Reih und Glied, als ob sie das Ganze lange eingeübt hätte.

Die Küchengehilfen drängten in den Saal und blieben zuerst gebannt stehen. Dann hielten sie es nicht länger aus und bildeten ihren eigenen Kreis. Und im Mittelpunkt des neuen Kreises tanzte der chinesische Koch in schwarzer Hose und weißer Schürze und Kochmütze.

Zwei Kreise drehten sich nebeneinander, dann ineinander. Das reinste Moissejew-Ensemble …

Der Koch und Vlad legten die Arme aufeinander wie zu einem Bänkchen. Vika setzte sich darauf, wobei sie jedem einen Arm um den Hals legte. Ihre offenen rotblonden Haare flogen nach hinten.

Da erschien Sascha Konowalowa in der Tür.

Vor ihren Augen stand eine abgegraste Hochzeitstafel voller Essens- und Getränkereste. Und ihr Bräutigam, der auf seinen Armen einen jungen ausladenden Hintern trug.

Die Frau, die bis vor kurzem noch die Braut gewesen war, stand da und blähte die Nüstern. Die Musik verstummte.

Vladimir Petrow ließ die Arme sinken, Vika konnte gerade noch rechtzeitig die Füße unter sich bekommen, sonst wäre sie aus einem Meter Höhe heruntergestürzt.

Eine ungemütliche Pause entstand. Die Braut war im Begriff, etwas zu sagen, aber dann überlegte sie es sich anders und lief hinaus.

Vladimir Petrow wollte stehen bleiben, brachte es dann aber doch nicht fertig, lief ihr hinterher und brummelte: »Ich kann dir alles erklären …«

Sascha setzte sich ins Auto und brauste los, der Auspuff röhrte verärgert.

Vladimir blieb stehen.

Vika kam mitfühlend angelaufen.

»Vlad … Wowa …«, sagte sie zärtlich. Sie wusste nicht, was sie noch sagen sollte, und schwieg.

Vladimir wandte sich zu ihr um. Schon lange hatte ihn niemand mehr Wowa gerufen. So hatte ihn nur seine Mutter genannt, als er vor langer, langer Zeit ein Kind gewesen war.

»Wenn Sie wollen, rede ich mit ihr,« schlug Vika vor. »Ich sage ihr, dass ich an allem schuld bin. Und dass Sie gar nichts damit zu tun haben …«

Vladimir zog sein Handy hervor und wählte eilig Saschas Nummer. Dann übergab er es an Vika.

»Ja«, meldete sich Sascha schroff.

»Guten Tag … ich bin es. Vika …«, versuchte Viktorija verstört eine Erklärung. »Wir müssen miteinander reden.«

»Was für eine Vika? Worüber sollen wir reden?«

»Über Ihren Bräutigam.«

Sascha schwieg misstrauisch, und Vika wusste nicht, ob sie ihr überhaupt noch zuhörte. Aber das war ihr auch schon egal. Sie sprach einfach ins Leere.

»Sie sind schön. Sie können an jedem Finger einen Bräutigam haben. Was macht es für Sie für einen Unterschied, ob der oder ein anderer. Und ich habe nur ihn. Verstehen Sie? Ich liebe ihn seit der achten Klasse. Er ist für mich der Erste und der Letzte. Und der Einzige.«

Sascha Konowalowa unterbrach die Verbindung. Nur das Besetztzeichen war noch zu hören.

Vladimir Petrow sah Vika völlig perplex an.

»Sind Sie verrückt?«, fragte er.

»Nein. Ich bin ganz normal. Nur mein Schicksal zerbricht gerade in tausend Splitter. Genau jetzt. In dieser Minute. Schreien Sie mich nicht an, bitte.«

»Ich schreie ja gar nicht. Aber mein Schicksal geht auch grade den Bach runter. Woher nehmen Sie das Recht, sich in mein Leben einzumischen …«

Er drehte sich um und ging davon.

»Wowa«, rief Viktorija verzweifelt.

»Zwei Dinge …« Vladimir Petrow blieb einen Moment lang stehen und streckte zwei Finger hoch. »Erstens, ich will Sie nicht mehr sehen, zweitens, ich will Sie nicht mehr hören. Und ob Sie verrückt sind oder nicht, ist mir völlig egal.«

Vladimir ging weg. Vika begann zu weinen.

Da kam Hauptmann Rogoschin auf sie zu und salutierte. »Erlauben Sie, dass wir Sie mit unserem Auto nach Hause fahren. Und der Herr Bräutigam tut Ihnen unrecht. Aber verhaften können wir ihn dafür nicht.«

Vika lag auf dem Sofa. Der Großvater sah sich im Fernsehen eine mexikanische Serie an. So lief das schon den fünften Tag. Vika ging nicht zur Arbeit. Sie war zutiefst deprimiert. Der Großvater konnte morgens ungehindert ins Bad und unternahm pünktlich seine Morgenspaziergänge.

Er sah, dass seine Enkelin etwas bedrückte. Vika aß nichts und sprach nicht. Aber er ließ sie in Ruhe. Er wartete, bis sie von selbst mit der Sprache herausrücken würde.

Es klingelte an der Tür.

»Geh aufmachen«, sagte der Großvater.

Vika rührte sich nicht.

Ächzend erhob sich der Großvater aus dem Sessel. Alle Knochen taten ihm weh, die Gelenke mussten wohl auch langsam eingerostet sein.

Der Großvater öffnete. Vera und Varja kamen herein. Sie machten ihre Taschen auf und packten aus: Wein und geräuchertes Huhn. Vika reagierte nicht. Der Großvater drehte den Ton des Fernsehapparates lauter, um besser zu hören.

»Fernando? Bist du es, mein Geliebter?«, dröhnte es aus dem Fernseher.

»Nikolaj Fomitsch!«, schrie Vera. »Machen Sie den Ton leiser!«

Aber der Großvater hörte Vera nicht. Vika reagierte überhaupt nicht.

»Das ist ja wie im Irrenhaus«, kommentierte Varja.

»Na, lass ihn doch …«, sagte Vera.

Die Freundinnen arrangierten die Esswaren auf dem kleinen Couchtisch. Sie deckten Teller und Gläser auf, schenkten Wein ein.

Der Großvater nahm die Geschenke gern an, aber Vika erhob sich nicht einmal. Für sie hatte alles seinen Sinn verloren.

Die Freundinnen fingen allein an zu essen und zu trinken. Nebenbei warfen sie einen Blick auf die Mattscheibe.

»Du musst das verstehen«, hob Vera an. »Es gibt Träume, Illusionen. Und es gibt das Leben …«

Vika blinzelte.

»Die Träume – das sind Liebe und Reichtum. Und das Leben – das ist die tägliche Arbeit, das ewige Sparen, Leiden, das Alter und der Tod.«

»Dann besser gleich sterben«, ließ sich Vika vernehmen.

»Nein. Das ist nicht besser. Liebe das, was du hast. Die Hühner, den Landstreicher Chmelnitzkij, die Morgensonne …«

»Übrigens, Chmelnitzkij ist gekommen«, unterbrach sie Varja. »Er hat nach deiner Adresse gefragt. Wir haben sie ihm gegeben.«

»Wozu?«, fragte der Großvater. Also lauschte er dem Gespräch doch.

»Damit er nicht mehr fragt. Sonst hätte er keine Ruhe gegeben …«

Abends beschloss Vika, sich zu vergiften, und kratzte Schwefel von Zündhölzern ab. Von einer Schachtel bekam sie ein halbes Gläschen voll zusammen. Sie goss Wein dazu, damit ihr das Austrinken leichter fiele. Sie atmete tief durch. In dem Moment klingelte es an der Tür.

Vika wollte nicht in Eile sterben, stellte das Glas wieder hin und öffnete. Auf der Schwelle stand Chmelnitzkij.

»Was willst du denn hier?«, fragte Vika. Der hatte ihr gerade noch gefehlt.

Chmelnitzkij schwieg. Die grauen Haare hingen strähnig herab.

»Hast du dich in letzter Zeit mal gewaschen?«, fragte Vika.

»Weiß ich nicht mehr.«

»Komm rein«, sagte Vika. Das Glas mit der Schwefel-Wein-Mischung konnte warten. Vika ließ die Badewanne voll Wasser laufen und schüttete Waschpulver dazu. Der Landstreicher stand neben ihr und sah zu.

»Du weißt, was du zu tun hast?«, fragte Vika.

»So ungefähr.«

»Na, dann los …«

Vika schloss die Tür zum Bad. Sie wartete.

Der Großvater schnarchte hinter der Wohnzimmertür, er atmete laut und rasselnd ein. Im Fernsehen lief immer noch dieselbe Serie, eine neue Folge. Fernando sah aus wie ein Ziegenbock. Wie konnte so einer bloß jemandem gefallen … Es gab keinen Besseren auf der Welt als Vladimir Petrow. Und wenn der nicht, dann gar keiner … Und wenn gar keiner, wozu dann das ganze Leben, ohne Liebe und ohne Tod. Über die Liebe kann man nicht allein entscheiden, dazu braucht es zwei. Aber der Tod – über den konnte man selbst entscheiden, ganz allein.

Der Landstreicher Chmelnitzkij war aus dem Bad aufgetaucht und sah unerwartet gut aus. Wenn man ihm noch was Anständiges anziehen würde, sähe er nicht schlechter aus als der Präsident von Lettland.

Vika geleitete den Gast in die Küche. Sie legte ihm ein Stück geräuchertes Huhn auf den Teller.

Chmelnitzkij aß anständig, er schlang nicht. Elegant lutschte er die Knochen ab.

»Wer bist du überhaupt?«, fragte Vika.

»Der Landstreicher Chmelnitzkij.«

»Und warum lebst du so?«

»Weil es mir so gefällt. Ich bin niemandem was schuldig, und ich brauche niemanden.«

»Wieso das denn?«, entgegnete Vika. »Hab ich dir nicht gerade Huhn gegeben? Und was gibst du mir?«

»Die Reinigung der Seele. Wenn der Mensch etwas Gutes tut, reinigt er seine Seele.«

»Ah so«, sagte Vika.

Chmelnitzkij aß das Hühnchen auf und trank die Weinflasche leer.

»Du hast mich gerettet«, sagte er ernsthaft.

»Und du mich«, sagte Vika.

Sie schwiegen einen Augenblick.

»Vielleicht kann ich bei dir schlafen? Ich bin ja jetzt sauber...«

Vika hob zwei Finger und sagte: »Zwei Dinge: Ich will nichts mehr von dir hören und nichts mehr von dir sehen. Alles klar?«

»Natürlich…«, sagte der Landstreicher schnell. Solche Bedingungen schienen für ihn nichts Neues zu sein.

Chmelnitzkij verschwand aus der Wohnung. Er hinterließ den Geruch von Waschpulver.

Vika goss den gräulich gewordenen Wein ins Spülbecken. Sie hatte sich das mit dem Sterben nochmal anders überlegt. Es gab kein Glück auf der Welt, aber es gab Ruhe und Freiheit. Puschkin hatte immer noch recht, auch nach mehr als hundertfünfzig Jahren noch. Er war ja nicht umsonst ein Genie.

Der Großvater atmete diesmal ohne Rasseln, sog einfach Luft aus dem Raum ein. Auch er wollte leben, dieses alte Kind…

Auf der Geflügelfarm waren Zuchteier abhandengekommen, und zwar neunzig Stück. Das Arbeitsergebnis eines ganzen Jahres und des gesamten Laborteams unter Leitung von Professor Bibirewyj. Es waren buchstäblich goldene Eier gewesen. Der Schaden betrug fünfzehntausend Dollar.

Der Verdacht fiel zuerst auf den Landstreicher Chmelnitzkij. Aber dann stellte sich heraus, dass es der Elektriker Andrej gewesen war. Er gestand den Diebstahl erstaunlich schnell. Er hatte nicht gewusst, dass es sich um besondere Eier handelte. Andrej hatte einfach gefallen, dass die Eier schön groß und braun waren, und so hatte er sie mit nach Hause genommen.

Es wurde Anklage erhoben, aber die Sache war so oder so verloren. Woher sollte ein saufender Elektriker schon fünfzehntausend Dollar nehmen? Zuerst wurde er entlassen, aber dann stellte man ihn wieder ein, denn Andrej hatte goldene Hände. Und das war nicht weniger wert als goldene Eier.

Vika bekam einen strengen Verweis, weil sie dem Landstreicher Chmelnitzkij etwas abgezweigt hatte. Man strich ihr die Gratifikation und das dreizehnte Monatsgehalt.

Der Direktor Dozenko hielt eine Versammlung ab und sprach lange in strengem Ton. Seine pathetische Rede gipfelte in dem Satz, dass Stehlen schlecht war.

Die Angestellten hörten zu und dachten daran, dass der Direktor ein großes Landhaus hatte und seine Tochter in Spanien studierte. Und dass er problemlos anstelle von Andrej die entsprechende Summe hätte zahlen können …

Dann kam die Polizei, keiner wusste, wozu. Vermutlich bloß zur Abschreckung. Vika erkannte Hauptmann Rogoschin. Und der Hauptmann erkannte Vika.

»Warum haben Sie den bloß reingelassen?«, fragte der Hauptmann, womit er Chmelnitzkij meinte.

»Wir füttern doch auch die Hunde. Und er ist schließlich ein Mensch.«

»Ach, Viktorija Schwein … Bei Ihnen ist eben alles nicht wie bei anderen Leuten.«

»Komme ich jetzt ins Gefängnis?«, fragte Vika erschrocken.

»Wofür denn?«

»Na, keine Ahnung, wofür …«

»Sie sind ein guter Mensch … Dafür kommt man nicht hinter Gitter. Aber eigentlich sollte man solche Menschen wirklich einsperren, so selten, wie die heute sind …«

Direktor Dozenko saß in seinem Arbeitszimmer und telefonierte mit Leuten in Astrachan und Krasnodar. Alle hatten diese besonderen Zuchtküken bestellt, aber niemand wollte mit Geld bezahlen. Die in Astrachan schlugen eine Bezahlung in Fisch vor, die in Krasnodar in Wein. Aber der Direktor konnte keine Löhne mehr auszahlen. Er würde die Arbeiter mit Fisch und Wein bezahlen müssen. Mit etwas zum Essen und Trinken. Das war wenig, aber immerhin besser als nichts. Das Land war in wirtschaftlichem Verfall begriffen, da musste man sehen, wie man irgendwie durchkam.

Dozenko war Russe, hatte aber auch deutsche Vorfahren. Er war sehr genau, aber er war auch

Meister im Durchlavieren. In diesem Moment schrie er in den Telefonhörer, überwand mit seiner Stimme die Distanz und die Widerspenstigkeit seines Gesprächspartners.

»Hör mir auf mit diesem Zeug!«, schrie Dozenko. »Blaubeerwein?! Das ist ja schlimmer als Himbeersaft…«

Die Sekretärin sah herein und sagte: »Jurij Wassiljewitsch, der Genosse Vladimir Petrow möchte mit Ihnen sprechen.«

»Wer ist denn das?«

»Na, der vom Fernsehen. Er hat gesagt, nur fünf Minuten. Mehr Zeit hat er nicht.«

»*Er* hat nicht mehr Zeit – als wenn *ich* jede Menge davon hätte…«

Der Direktor wollte keinen öffentlichen Rummel. Aber sich mit dem Fernsehen anlegen wollte er auch nicht.

»Na gut, hol ihn rein«, sagte er schließlich.

Vladimir Petrow kam herein. Er trug einen langen Mantel und einen langen Schal. Lange Haare umrahmten sein Gesicht. Er roch nach einem anderen, fremden Leben.

›Gleich fragt er nach meinem Landhaus‹, dachte der Direktor. Aber Vladimir fragte nur: »Verzeihen Sie, arbeitet eine Viktorija Schwein bei Ihnen?«

»Wieso?«, fragte der Direktor vorsichtig.

»Nur so, ich muss mit ihr reden.«

»Soja!«, schrie der Direktor.

Die Sekretärin kam mit offizieller Miene herein.

»Führe den Herrn vom Fernsehen in die Brutabteilung.«

Vika stand mit weißem Kittel und weißer Kopfbedeckung da. Sie spülte die Eier mit Wasser ab, so gehörte sich das gemäß der technischen Vorschrift. In den Brutkästen stellte man Bedingungen her, die möglichst nah an die natürlichen heranreichen sollten.

Vika stand da und dachte an Vladimir, und genau in dem Moment kam er in weißem Kittel und weißer Kopfbedeckung herein. Vika dachte zuerst, jetzt sei sie wirklich verrückt geworden. Sie hatte schon Halluzinationen. Aber die Halluzination kam auf sie zu und grüßte mit der Stimme von Vladimir Petrow. Dann fragte sie: »Was verdienen Sie hier?«

»Gar nichts«, antwortete Vika.

»Wie soll ich das verstehen?«, fragte Vladimir.

»Man hat uns sechs Monate schon keinen Lohn mehr gezahlt. Sie versprechen aber zu zahlen.«

»Und wovon leben Sie?«

»Wir bekommen Hühner. Eier. Öl auf Bezugskarten.«

»Und das ist alles?«

»Den anderen geht es noch schlechter. In den Möbelfabriken zahlen sie mit Furnierholz. Und was soll man mit all dem Furnierholz machen?«

Sie schwiegen.

Vladimir kam es vor, als sei er aus seinen Höhen auf die Erde herabgestiegen. Der Fernsehsender, für den er arbeitete, war ein Privatunternehmen. Der Besitzer war zwar ein unangenehmer Mensch, aber er war nicht arm. Und er zahlte in harten Devisen.

»Ja, also …«, setzte Vladimir an. »Ich habe Ihnen einen Vorschlag zu machen.«

Vika hielt den Atem an.

»Ich suche jemanden, der meine Tochter beaufsichtigt.«

»Ein Kindermädchen?«, fragte Vika.

»Einen Menschen«, präzisierte Vladimir. »Kindermädchen gibt es genug. Ich zahle Ihnen fünfhundert Dollar. Fünfzehntausend Rubel.«

»Im Jahr?«, fragte Vika ungläubig.

»Im Monat.«

»Und wieso so viel?«

»Das ist nicht viel. Meine Tochter Lisa ist krank, sie hat eine schwere psychische Störung.«

Plötzlich verstand Vika den Sinn der Worte ›jeder hat sein Päckchen zu tragen‹. In dieser Familie spielte sich eine Tragödie ab. Ein krankes Kind. Vladimir hatte ein Kreuz zu tragen, nicht nur ein Päckchen. Der arme Vladimir … Die arme Lisa …

»Wie alt ist sie?«, fragte Vika.

»Neun.«

Vika erriet, dass Lisa die Tochter aus einer ersten Ehe war. Die Ehe war wohl in die Brüche gegangen. Das Kind war beim Vater geblieben. Das Kind lebte dort, wo man es am besten versorgen konnte.

»Sascha sagte, ich solle Lisa in staatliche Obhut geben«, erzählte Vladimir. »Es gibt dafür spezielle Einrichtungen. Sascha meinte, für Lisa wäre es sowieso egal. Vielleicht stimmt das. Aber mir ist es nicht egal.«

Vika dachte: ›Wenn ich ein krankes Kind hätte, würde ich es auch unter keinen Umständen dem Staat überlassen.‹ Ein krankes Kind rührt einen ja noch mehr als ein gesundes. Sie hatte Lisa noch nicht gesehen, aber sie bereits ins Herz geschlossen und verteidigte sie vor der egoistischen, hartherzigen Sascha.

»Ich habe wenig Zeit für Lisa, aber ich liebe sie. Ich teile ihr Schicksal, wie es auch immer sein möge. Und es ist mir sehr wichtig, dass sie einen Menschen bei sich hat, dem ich vertrauen kann. Man kann ein krankes Kind so schnell verletzen, oder vernachlässigen. Sie kann sich ja nicht einmal beklagen …«

Vladimirs Wangen fingen an zu zucken.

Vika senkte den Blick. Sie konnte den geliebten Menschen nicht leiden sehen. Es hing von ihr ab, ob jemand das Kreuz, das er trug und das ihn fast erdrückte, ein wenig anhob, ob jemand seine Bürde erleichterte.

»Und wieso denken Sie, dass gerade ich dieser Mensch sein soll?«

»Ich spüre das«, erklärte Vladimir. »Sie gefallen mir.«

›Aber ich liebe Sie nicht‹, ergänzte Vika in Gedanken, sprach es aber nicht aus. Sie schwieg einen Augenblick. Es ging jetzt nicht um sie.

Abends schaute sich Vika mit dem Großvater eine neue Folge der mexikanischen Serie an. In dieser Folge hatten böse Menschen Fernando Drogen angeboten, und der arme Fernando schmorte jetzt im Gefängnis. Die bösen Kräfte waren genauso stark wie die guten. Gott und der Teufel waren ebenbürtige Rivalen.

Vika saß vor dem Fernseher, aber ihr Blick war nach innen gerichtet. Woraus bestand ihr Leben? Sie ließ Küken ausbrüten, die zu Hühnern heranwuchsen und dann gleich zum Schlachten geschickt wurden. So starben sie, nachdem sie der Welt Lebewohl gesagt hatten. Neue Küken schlüpften. Und das Ganze begann von vorn. Und wozu das alles? Damit Menschen Hühnerfleisch von zweifelhaftem Ursprung essen konnten – wenn nicht gar etwas von dieser gewaltsamen Besamung, der künstlichen Ernährung, von diesem Gefängnisleben ohne Bewegung und Sonne und von diesem Entsetzen vor dem Tod auf die Menschen überging.

Und bei Vladimir würde sie Vladimir helfen. Und darin läge ein großer Sinn, eine Seelenreinigung, wie der Landstreicher Chmelnitzkij sagen würde. Noch dazu bekäme sie Geld, mit dem sie ihre Wohnung vergrößern könnte, und ihr Großvater hätte endlich sein eigenes Zimmer. Plus zwei Meere – das Schwarze im Herbst und das Rote im Winter. Plus das Mädchen Lisa. Zwar krank, aber dennoch fast wie ein eigenes Kind.

Das Telefon klingelte. Es war Vera, die von ihren Zwillingen und vom ersten Zahn berichtete.

»Ich ziehe zu Vladimir Petrow«, unterbrach Vika sie.

Vera schwieg lange. Dann sagte sie: »Er wird sich die Füße an dir abwischen. Willst du, dass jemand sich die Füße an dir abputzt?«

Vika überlegte und sagte dann: »Kommt drauf an, wessen Füße es sind …«

Ein Jahr verging.

Eines schönen Tages kam Vika mit der kleinen

Lisa auf die Geflügelfarm. Aljoscha, der Chauffeur, fuhr sie hin.

Aljoscha blieb in dem großen schwarzen Jeep sitzen, und Vika und Lisa gingen zum Gebäude Nummer fünf, wo Varja und Vera arbeiteten.

Lisa sah auf den Boden und hielt Vika fest an der Hand.

»Schau mal«, sagte Vika. »Schau mal, die kleinen Hühnchen. Und da, die jungen Frauen ...« Aber weder die Hühnchen noch die Frauen interessierten Lisa. Sie lebte in ihrer eigenen Welt, ihr Gehör und ihr Blick waren ausschließlich auf ihr Inneres gerichtet. Ihre Krankheit hieß Autismus.

Wenn beim Fußball der Ball aus dem Feld rollt, dann ist er aus dem Spiel. So ist es auch mit Autisten. Auch sie sind außerhalb des Spiels. Außerhalb des Lebensspielfelds.

Lisa sah nur auf den Boden, ging auf nichts ein, nahm von nichts Notiz, reagierte nicht einmal auf Zärtlichkeit.

Vika tat so, als ob sie Lisas Krankheit gar nicht bemerken würde. Sie sprach mit ihr von Gleich zu Gleich. Sie stellte Fragen. Und beantwortete sie selbst. Sie las ihr vor. Sie sang ihr vor. Ging mit ihr spazieren. Und heute unternahmen sie einen Ausflug zur Geflügelfarm.

Die Freundinnen, Vera und Varja, sahen Vika mit

großen Augen an. Vika hatte alle Haare glatt nach hinten gebürstet und zu einem Knoten gesteckt, wie eine Ballerina. Über den Schultern trug sie einen sicherlich teuren Pelz von einem nie gesehenen Tier.

»Was ist das?«, fragte Varja.

»Aufgerauhter Biber«, antwortete Vika.

»Sieht wie Kaninchen aus«, meinte Vera. »Biber auf Kaninchen getrimmt.«

Vika zuckte gleichmütig die Achseln: Bitte schön, es war unwichtig, wonach es aussah. Wichtig war nur, was es in Wirklichkeit war: Biber oder Kaninchen.

»Und wie geht es dir dort?«, fragte Varja.

»Gut«, sagte Vika einfach. »Genau wie auf der Geflügelfarm. Arbeit und Sorgen.«

»Aber der Gestank?«, erinnerte sie Varja.

»Gestank gibt's bei uns auch genug …«

»Und Vladimir Petrow?«

»Den sehe ich nur im Fernsehen. Genau wie früher.«

»Und wie behandelt er dich?«

»Genau wie früher.«

»Und das heißt?«

»Er sieht mich nicht. Er ist ja nie zu Hause.«

»Aber seine Tochter, die besucht er doch?«

»Ja. Er kommt, setzt sich hin und sieht sie an.«

»Liebst du ihn noch?«, fragte Varja leise.

»Ja, schrecklich …«, seufzte Vika.

»Und was fühlt er?«

»Er fühlt auch etwas.«

»Er liebt dich?«

»Nein. Er fühlt Dankbarkeit für mich. Und Dankbarkeit, das ist auch ein Gefühl, oder nicht?«

Die Freundinnen schwiegen. Na, was sollte man da sagen? Dankbarkeit war auch ein Gefühl, sicher. Aber es unterschied sich nun mal von der Liebe wie die Heckenrose von der Edelrose. Wie eine Katze von einem Tiger. Wie ein Hund von einem Wolf. Das Gleiche und doch nicht das Gleiche …

»Weshalb ich gekommen bin …«, fiel es Vika wieder ein. »Ich habe am Freitag Geburtstag.«

»Morgen?«

»Nein, am Freitag in zwei Wochen«, erklärte Vika. »Wer lädt denn so kurzfristig ein. Man muss doch rechtzeitig Bescheid sagen.«

»Und wird Vladimir Petrow auch dort sein?«, fragte Vera.

»Nein. Er fliegt ans Rote Meer. Dort ist es jetzt warm …«

»Ach so …« Vera zog die Augenbrauen hoch.

Ihr war klar: Wenn Vladimir zu Hause wäre, würde es keinerlei Feierlichkeiten und auch keine Freundinnen von der Geflügelfarm geben …

Aber Biber ist Biber, wenn auch zerzaust. Und

ein Kaninchen, selbst wenn man es auf Biber trimmt, bleibt immer ein Kaninchen.

Vika streckte ihr einen Zettel hin, auf dem Datum und Adresse notiert waren.

Vera steckte ihn in die Tasche ihres weißen Kittels.

»Und wie geht es deinem Großvater?«, fragte Varja.

»Er hat sich eine Freundin gesucht«, erzählte Vika. »Sie schauen zusammen fern, und er wäscht ihr die Füße.«

»Kann sie sich die denn nicht selbst waschen?«

»Nein, der Bauch ist im Weg.«

Vera und Varja betrachteten Lisa, aber sie enthielten sich eines Kommentars. Lisa sah mürrisch zu Boden. Auf ihrem Gesichtchen war eine hochnäsige Gleichgültigkeit wie eingefroren.

»Wie heißt du?«, fragte Vera.

Lisa antwortete nicht. Sie drehte sich um und ging weg.

»Es wird Zeit, dass wir gehen«, sagte Vika. »Wir halten Siesta.«

»Was ist Siesta?«

»Mittagsschlaf.«

Die Freundinnen begleiteten Vika bis zum Tor. Sie sahen sie in den Jeep schlüpfen wie in ein anderes Leben, in dem alles anders war. Wo der Mittagsschlaf Siesta hieß, wo man einen Biber auf Kaninchen frisierte und wo sogar ein einfacher Chauffeur aussah wie ein Abgeordneter der Duma.

Der Großvater hatte tatsächlich eine Freundin gefunden, die sechzigjährige Anna Timofejewna aus der Stadt Jessentuki. Sie war zum Geldverdienen nach Moskau gekommen, wusste nicht, wo sie wohnen sollte, und der Großvater hatte ihr seine Wohnung angeboten – und als Zugabe Liebe und Zärtlichkeit. Anna Timofejewna hatte voller Dankbarkeit Ersteres, Zweites und Drittes angenommen. Im Gegenzug kochte sie dem Großvater vollständige Menüs: Kohlsuppe, ein Hauptgericht, und zum Dessert Kompott. Alles war köstlich – und mit den vom Großvater gekauften Zutaten gekocht, versteht sich. Aber die Zutaten sind schließlich nicht alles. Das Wichtigste ist, dass einem jemand beim Essen Gesellschaft leistet.

Der Großvater blühte auf und wurde zusehends jünger. Vika freute sich für ihn, bloß hatte sie nun keinen Platz mehr, wenn sie an den Wochenenden nach Hause kam. Anna Timofejewna hatte sich in der ganzen Wohnung ausgebreitet, und Vika konnte keine einzige Ecke mehr für sich finden. Schließlich beschloss sie, an ihren arbeitsfreien Tagen bei Lisa zu bleiben.

Vika war dem Großvater nicht böse. Sie verstand, dass es im Moment für ihn besser war, mit Anna Timofejewna zusammen zu sein, die sein Leben wirklich teilte. Vika dagegen konnte nur als Zeugin danebenstehen.

Jeden Sonntag ging Vika mit Lisa in den Zoo. Lisa blieb immer lange beim Gehege einer Wölfin stehen. Offensichtlich waren Lisa die Tiere näher als die Menschen. Auch die Wölfin kam auf Lisa zu und sah sie lange und aufmerksam an. Sie betrachtete sie wie eines ihrer Jungen.

Lisa hatte ein phänomenales Gedächtnis. Sie konnte sich eine ganze geschriebene Seite auf einen Blick merken. Sie sah hin, und schon hatte sie alles gespeichert. Vika vermutete, dass bei autistischen Kindern das Gehirn auf besondere Weise funktionierte. Die Autisten waren eben anders. Aber es gab sie, diese Schattenkinder. Und wenn es sie gab, dann musste das so seine Ordnung haben. Für irgendetwas waren sie wohl gut.

An den Wochenenden kam Vladimirs Mutter, eine rassige alte Frau mit großer Nase, schönen Augen und seltsamen Ringen an den Fingern.

Die alte Frau erzählte Vladimir ihre im Lauf der Woche angesammelten Gedanken. Vladimir sah irgendwo in die Ferne und gab ab und zu mit eintöniger Stimme ein »Hmm…« von sich. Hinter diesem »Hmm…« versteckte er seine völlige Gleichgültigkeit gegenüber dem Gerede seiner Mutter.

Seine Mutter sprach immer nur über ein Thema: was mit Lisa werden sollte, wenn sie einmal starb…

Vika verschwieg ihre frühere telefonische Bekanntschaft mit Vladimirs Mutter. Ihr neuer Status als Angestellte in diesem Haushalt erlaubte ihr derartige Freiheiten nicht, selbst wenn sie in der Vergangenheit lagen.

Im Gegensatz zu Vladimir hörte Vika der alten Frau aufmerksam zu, nickte ab und zu mitfühlend, war einverstanden oder widersprach, je nachdem, was sie sagte.

Vika verstellte sich nicht. Vladimirs Mutter tat ihr wirklich leid. Sie wusste aus eigener Erfahrung, wie einen das Leben erdrücken konnte. Sie hätte sich ja selbst um ein Haar vergiftet… Wie sollte es da erst einem älteren Menschen gehen, dem es an Gesundheit mangelte und an jeglicher Liebe.

Aber glücklich sein konnte man in jedem Alter. Wie der Großvater zum Beispiel. Der raschelte wie ein Blatt am Baum. Ihr Großvater ›raschelte‹ fröhlich im Wind, Vladimirs Mutter hingegen, mit Tränen in den Augen, hing wie ein vertrocknetes Blatt am Ast. Und wer mag so was schon? Es war ungerecht, im Grunde genommen.

Vika tröstete die Großmutter, wie sie ein verweintes Mädchen getröstet hätte. Sie streichelte sie mit Worten, mit zarten Berührungen, die von ganzem Herzen kamen. Und manchmal fing sie *a cappella* an zu singen, und ihre Stimme erklang wie die eines Engels.

Nach und nach beruhigte sich Vladimirs Mutter und sagte: »Ach, warum heiratet er nicht eine wie dich?«

Vika bemerkte sehr wohl, dass sie nicht gesagt hatte ›warum heiratet er nicht *dich*?‹, sondern ›warum heiratet er nicht *eine wie dich*?‹ Am liebsten hätte Vika erwidert: ›Eine andere wie mich gibt es nicht, soll er doch gleich mich heiraten.‹

Aber man kann sich ja schließlich nicht selbst anbieten wie eine Kopfschmerztablette. Sie musste warten, bis der Kopfschmerz unerträglich würde, und dann würde er schon von allein die Hand nach ihr ausstrecken.

Am vereinbarten Tag kamen Vera und Varja zu Vika zu Besuch.

Sie sperrten die Augen auf und konnten nicht glauben, was sie sahen. Das prächtige, hell beleuchtete Haus stand mitten im Stadtzentrum, wie eine Theaterkulisse. Marmorstufen führten ins Haus, auf denen ein roter Läufer einen Pfad bildete. Dieser

Pfad erstreckte sich über die Stufen bis hin aufs Trottoir, ja bis zur Fahrbahn. Rundherum war matschiges, dämmriges Winterleben, aber hier war ein blutroter Teppich wie früher in einem Parteisanatorium. Die Tür war schwer und reich verziert. Auch die Türglocke war keine gewöhnliche.

Varja drückte die Klingel, und sofort ertönte eine Männerstimme, die im Tone eines Generals fragte, wer da sei. Dann ließ sich die Stimme mit der Wohnung von Vladimir Petrow verbinden und fragte, ob jemand erwartet werde, ob man die Leute einlassen solle.

Vika kam mit dem Fahrstuhl herunter und begrüßte ihre Freundinnen. Sie führte sie in die Eingangshalle. Der Portier beobachtete sie wie der treue Hund Ruslan aus Wladimows Erzählung.

Die Eingangshalle war mit gelbem Marmor verkleidet. Vasen mit echten Blumen standen herum, die an Sonnenblumen erinnerten. Vielleicht waren es sogar Sonnenblumen – mitten im Winter.

»Tja, die Bourgeoisie …«, seufzte Vera.

Von der Eingangshalle gingen drei Türen ab. Eine Tür führte zur finnischen Sauna, die andere zu einem türkischen Bad und die dritte zum Schwimmbad.

Die Tür zum Schwimmbad war weit geöffnet, das Wasser glitzerte an marmornen Stufen. Am einen

Beckenrand standen ein riesiger Fernsehapparat und eine Bar. Man konnte schwimmen, ohne sich von seinen Gewohnheiten loszureißen, und sich beispielsweise wie immer die Nachrichten anschauen.

»Und für wen ist das alles?«, fragte Vera mit einem Seufzer.

»Für die Bewohner. Und für die Gäste«, erklärte Vika.

»Und wir, dürfen wir auch baden?«, fragte Varja.

»Natürlich …«, antwortete Vika unbekümmert. »Wer hier wohnt, darf auch das Schwimmbad benutzen, das gehört dazu.«

Die Freundinnen flitzten zum Becken, rissen sich die Kleider vom Leib und ließen sich augenblicklich ins Wasser plumpsen. Das Wasser war angewärmt und sogar leicht gesalzen.

»Wie am azurblauen Meeresstrand …«, rief Varja.

»Und wo ist dieser Strand?«, schrie Vera. Sie lag auf dem Rücken und paddelte sanft mit den Füßen.

»Keine Ahnung«, sagte Varja. »Es klingt einfach so schön.«

»Das ist ein Leben …«, seufzte Vera.

Ein Handy klingelte.

Vika sprang flink zu ihren Sachen und nahm das Gerät aus ihrer Tasche. Sie hörte zu. Dann sagte sie: »Gut.«

Ihr Gesicht war bleich geworden. Die Sommersprossen traten deutlicher hervor.

»Er kommt nach Hause«, flüsterte Vika. »Er ist schon am Weißrussischen Bahnhof. In fünf Minuten ist er hier. Ihr dürft dann nicht mehr da sein.«

Vera und Varja erstarrten.

»Was steht ihr rum? Los jetzt! Beeilt euch!« Auf Vikas Gesicht machte sich Entsetzen breit.

Vera und Varja verfielen in Panik. Sie kletterten schnell aus dem Becken und zerrten sich die Kleider über den nassen Leib, da sie nichts zum Abtrocknen hatten. Vika half ihnen. Man hätte meinen können, dass sie sich vor dem sicheren Tod retten wollten. Schnell mit nackten Füßen in die Stiefel. Die Mützen auf die nassen Haare. Und ab in die Kälte. Aus den warmen azurblauen Fluten in den matschigen Winter. Ab in die rauhe Wirklichkeit.

Vera und Varja standen auf dem Teppichpfad, mit offenem Mund, überrumpelt von dieser jähen Wendung der Situation. Vera fiel die Mütze herunter, sie hob sie auf und zog sie sich tief ins Gesicht. In dem Moment fuhr ein Saab vor. Dem entstieg Vladimir, gefolgt von Sascha Konowalowa.

›Sie haben sich wieder versöhnt‹, begriff Vika, die alles vom Fenster aus beobachtete. ›Heute haben sie sich versöhnt, und morgen fahren sie zusammen ans Rote Meer. Sie tauschen das Ticket um oder kaufen ein neues.‹

Vladimir ging an Vera und Varja vorbei, ohne sie zu bemerken. Er schaute weder rechts noch links. Das, was ringsumher vorging, interessierte ihn nicht. Das war auch eine Art von Autismus, die sich bei manchen Menschen durch großen Erfolg und viel Geld herausbildete. Über Sascha Konowalowa gab es nichts zu sagen. Sie ging hocherhobenen Hauptes daher, als würde sie der Menschheit durch ihre pure Existenz einen großen Dienst erweisen. Sie hätte genauso gut über Leichen gehen können oder über lebende Menschen. Ihr Nerzmantel liebkoste ihre Knöchel.

Vladimir und Sascha fuhren hinauf zu Vladimirs Etage.

Die Wohnung glänzte vor Sauberkeit, der Tisch war wie für einen Empfang gedeckt. Was für ein gutes Leben hatte mit dem Auftauchen dieses rothaarigen Mädchens begonnen. Vladimir hatte seit dem Morgen nichts mehr gegessen und setzte sich voller Vorfreude an den gedeckten Tisch.

»Geh nicht weg«, bat er Vika. »Heute arbeitest du mal als Kellnerin. In Ordnung?«

Vika wusste nicht, ob sie sich nun wie sonst mit an den Tisch setzen durfte oder nicht. Kellnerinnen setzten sich schließlich nicht. Also blieb sie stehen. Die beiden bemerkten sie nicht einmal.

Sascha war angespannt. Offensichtlich hatte sie noch ein paar ungeklärte Fragen. Wohl ganz im Gegensatz zu Vladimir, der viel gelöster und glücklicher als sonst wirkte.

›Sie haben miteinander geschlafen‹, dachte Vika.

Vladimir zog einen Teller zu sich und arrangierte die Vorspeisen am Rand entlang, von allem ein bisschen: etwas Hering, ein wenig Rote Beete mit Nüssen, etwas Auberginensalat mit Knoblauch, geräucherter Schinken, Champignons …

Vika hatte dieses Büffet zwei Tage lang vorbereitet, hatte sich für ihre Freundinnen ins Zeug gelegt und alles von ihrem eigenen Geld gekauft, nebenbei bemerkt. Sie war in Geldangelegenheiten sehr genau. Von den Vorräten des Hauses hatte sie nur die Rote Beete genommen, alles andere hatte sie auf dem Markt gekauft, zu den normalen, teuren Preisen. Und für wen? Für Sascha Konowalowa.

Vika wollte auch essen. Ihr war fast schlecht vor Hunger und von der Kränkung. Vor ihrem inneren Auge sah sie ihre Freundinnen mit offenem Mund draußen auf dem roten Läufer stehen. Und sie waren doch von weither gekommen, hatten Geschenke mitgebracht …

»Hat Lisa zu Abend gegessen?«, fragte Vladimir.

»Nein. Sie isst um acht Uhr zu Abend, aber ich kann sie holen.«

»Lieber nicht«, sagte Sascha eilig. »Sie ist mir unheimlich.«

Vladimir war nicht einmal beleidigt. Er fand heute alles wunderbar.

»Vielleicht möchtest du dich zu uns setzen?«, fragte Vladimir Vika.

»Nein, auf keinen Fall!«, entgegnete Sascha.

Vladimir hob kaum merklich die Brauen.

»Ich gehe dann«, sagte Vika.

Sie wandte sich um und ging hinaus. Das war also ihr Geburtstag.

»Wieso stört sie dich?«, fragte Vladimir Sascha.

»Was brauchen wir fremde Leute?«, antwortete Sascha.

Das war das Letzte, was Vika noch hörte. ›Fremde Leute‹ … Na gut. Das war sie letztlich auch. Was hatte sie auch sonst erwartet …

Vika holte die Sporttasche hervor, mit der sie hierhergekommen war. Sie fing an zu packen.

Lisa baute mit Klötzchen Türme und Häuser, und sie ging in dieser Beschäftigung völlig auf. Sie war außerhalb des Spielfeldes, und alles, was auf dem Spielfeld geschah, ging sie nichts an.

Vika hatte noch immer Vera und Varja mit ihren nassen Haaren vor Augen. Sie stand tief in ihrer

Schuld. Wofür? Für ihre Dummheit, die an Sünde grenzte. ›Du sollst dir keine Götzenbilder schaffen‹ … Und sie hatte sich einen Götzen geschaffen, in der Gestalt von Vladimir Petrow. Ein schöner Götze war das … Ein Kerl, der sich mit hohen Absätzen größer machte. Na ja, auch das ging sie im Grunde nichts an. Sie war ja nur ›eine Fremde‹.

Vika ging die Straße entlang und schleppte schwer an ihrer Tasche.

Den Lohn für den letzten Monat hatte sie nicht erhalten. Aber sie war ja auch weggelaufen, hatte damit den Vertrag gebrochen. Also konnte sie auch keine Ansprüche mehr stellen. Sie war weggelaufen und fertig.

Lisa tat ihr leid. Aber Lisa war ja sowieso alles egal. Oder vielleicht doch nicht? Wenn Lisa plötzlich weinte? Emotionaler Stress war das Letzte, was sie brauchen konnte.

Vika blieb stehen. In diesem Moment bremste neben ihr ein Polizeiauto mit Blinklicht. Vika erschrak, sie glaubte schon, dass Vladimir ihr die Polizei hinterhergeschickt hatte. Aber dann stieg Hauptmann Rogoschin aus.

»Hast du mich nicht erkannt?«, fragte er.

»Ich hab dich erkannt«, erwiderte Vika mit finsterer Miene.

»Setz dich ins Auto, ich fahre dich … was zögerst du noch?«

Vika stieg ein. Sie setzte sich auf den Rücksitz.

Der Hauptmann fuhr schweigend los.

Er hatte einen schönen Rücken. Der Hinterkopf ging elegant in den Hals über, und der Hals in die Schultern. Er war im Ganzen so wohlgeformt, einfach und harmonisch wie das Blatt eines Wegerichs.

Auf einmal musste Vika weinen. Lisa tat ihr leid, Vladimirs Mutter tat ihr leid, und sie tat sich selbst leid, mit ihrer Liebe, all dem, was Vera eine ›Illusion‹ genannt hatte.

Vor ihr lag jetzt einfach das Leben – mit allen Schwierigkeiten, ganz ohne Schnörkel.

Der Hauptmann sah in den Spiegel und sah Vikas gesenkten Kopf.

»Schon wieder?«, fragte er. »Na, was soll ich bloß mit dir machen, Viktorija Schwein?«

Einen Monat später zog Vika beim Hauptmann ein.

Der Hauptmann hieß ebenfalls Vladimir, und das war sehr praktisch. Vika schloss die Augen und flüsterte zärtlich: »Vlad …« Und der Hauptmann bemerkte den kleinen Betrug nicht.

Denn Vika liebte den neuen Vladimir, wie man so sagt, ›auf ihre Art‹. Nicht mit ganzer Seele, aber mit einem Teil der Seele und einem Teil des Körpers.

Diese Liebe ähnelte einem Blumenstrauß: Sie freut einen, schmückt, aber irgendwann welkt sie. Die Liebe zu Vladimir Petrow dagegen – die hatte Wurzeln. Wie ein Strauch. Und wenn der im Winter vergeht, so erblüht er im Frühling neu.

Ein berühmter Dramatiker hat einmal im Fernsehen gesagt: »Eine echte Liebe endet nicht mit einer Hochzeit.« Also war es bei Vika wie bei allen Leuten. Man liebt den einen und lebt mit dem anderen. Und es war gut, dass es wenigstens so war. Sie hätte auch gar niemanden haben können, so wie Vera.

Der Hauptmann vergötterte sein ›Schweinchen‹. Sie war sein absolutes Schönheitsideal. Dünne und dunkelhäutige Frauen, wie Sascha Konowalowa, gefielen ihm nicht. Die kamen ihm unweiblich vor, wie ein umgebauter Mann. Da war doch seine Vika mit ihrem üppigen, rosigen Körper ganz was anderes. Alles war in Hülle und Fülle vorhanden. Und sie roch nach frischem Brot. Es gab keinen besseren Geruch.

Vika spürte ihre Macht. Sie hätte sich an dem Hauptmann die Füße abwischen können. Aber wozu?

Auf ihre alte Arbeitsstelle kehrte Vika nicht zurück. Sie hatte ja Geld verdient. Für die erste Zeit würde es reichen. Und dann würde man weitersehen. Der Hauptmann erwies sich als erfinderisch. Mit dem kam man immer durch …

Sie wohnten in Ljuberzi. Eine Wohngegend, die entschieden weniger nobel war als die von Vladimir Petrow. Und weniger Platz hatten sie auch. Bei Vladimir war allein schon die Diele so groß wie die ganze Einzimmerwohnung des Hauptmanns gewesen. Und einen roten Teppich gab es hier auch nicht. Aber den hätte man notfalls hinlegen können, wenn man so etwas unbedingt wollte. Einfach kaufen und festnageln.

Das Leben nahm seinen Lauf. Das Einzige, das wie ein Dorn in Vikas Herz stach, war Lisa. Wie es ihr wohl ging? Was sie jetzt machte? Niemand hatte Zeit für sie, außer einer hysterischen Großmutter. Und wozu war sie schon imstande, diese Großmutter? Zu nichts, als sich an den Kopf zu fassen und hin und her zu flattern wie ein aufgescheuchtes Huhn.

Eines schönen Morgens nähte Vika Vorhänge für das Wohnzimmerfenster, und auf einmal legte sie das Nähzeug beiseite. Sie stand auf – und fuhr zu Lisa. Sie beeilte sich, als fürchtete sie, zu spät zu kommen.

Vladimirs Mutter öffnete.

»Ha!«, schrie sie, als hätte jemand sie mit der Gabel gestochen. »Ach du lieber Gott!«

Lisa kam in die Diele, und plötzlich stürzte sie auf Vika zu, schmiegte sich mit dem ganzen Körper und sogar mit Gesicht und Knien an sie.

Vika befürchtete, gleich in Tränen auszubrechen, so gerührt war sie. Sie wusste, dass autistische Kinder mit niemandem Kontakt aufnahmen, dass sie Berührungen vermieden. Also musste Lisas Ausbruch ein Ausbruch aus der Krankheit sein.

Vladimirs Mutter schluchzte laut, wobei sie sich mit den Händen an den Kopf fasste, als wolle sie ihn am richtigen Platz halten.

»Bleibst du bei Lisa?«, fragte Lisa und hob den Kopf.

»Nein. Ich muss wieder weg«, sagte Vika ehrlich.

»Und ich?«

»Du kannst mit mir gehen, wenn du willst.«

»Ja, ich will«, sagte Lisa.

Aus dem Wohnungsinneren trat Vladimir im Pyjama.

»Papa, darf ich bei Vika wohnen?«, fragte Lisa.

Vladimir und seine Mutter tauschten einen Blick.

»Wo willst du denn hin, was sind das für Dummheiten?«, brummte Vladimir. Er sah Vika vorwurfsvoll an. »Bleiben Sie doch hier. Wieso sind Sie überhaupt weggelaufen? Haben wir Ihnen zu wenig bezahlt?«

»Es geht nicht um Geld.«

»Haben wir Sie schlecht behandelt? Sind Sie wegen etwas beleidigt?«

»Ich habe einfach mein eigenes Leben. Ich heirate. Ich habe einen Bräutigam ...«

»Was denn für ein Bräutigam?«, fragte die Großmutter, als könne sie es nicht glauben.

»Ein ganz gewöhnlicher. Ein Tschuwasche.« Vika wollte seinen Beruf nicht nennen. Die Polizei, das war heutzutage ein Beruf ohne Prestige. Aber die Tschuwaschen waren überall, es saßen sogar welche in der Duma.

»Tschuwasche – ist das ein Tatar?«, fragte die alte Frau.

»Nein«, erklärte Vladimir. »Als die Russen in Tschuwaschien das Christentum einführen wollten, ließen sich die Tschuwaschen bekehren und die Tataren nicht.«

»Na, siehst du!«, rief Vladimirs Mutter. »So ein Tschuwasche, der versteht sofort, wo's langgeht, der weiß, was für einen Schatz er da gefunden hat!« Sie deutete auf Vika. »Und du? Wo hast du bloß deine Augen gehabt? Bei diesen Staubwedeln? Die haben doch alle nur Geld von dir abgestaubt. Sie wollten alle nur Vergnügen, aber dein krankes Kind wollten sie nicht. Aber die da, die hat dich geliebt! Sie hat an deinem Kissen gerochen. Ich hab es selbst gesehen. Du hast sie gut bezahlt, aber sie hätte sogar ohne

Geld für dich gearbeitet, weil sie dich wirklich geliebt hat, dich und Lisa.«

»Mama! Man sagt nicht ›die da‹ über einen Menschen, der neben einem steht, das ist unhöflich.«

»In deinem Leben hat es alles gegeben, bloß keine Güte. Aber das ist die Hauptsache. Das ist nämlich die Liebe.«

Die alte Frau fing an zu schluchzen, aber anders als gewöhnlich. Tiefer und hoffnungsloser.

»Weinen Sie nicht«, bat Vika.

»Was wird bloß aus ihm, wenn ich sterbe? Er ist doch schon vierzig. Er hat ein Magengeschwür. Und Lisa …«

»Mama, hör auf«, sagte Vladimir verstört. »Wenn du willst, dann heirate ich Vika.«

»Ja!«, rief die alte Frau.

»Bitte … Ich will sowieso niemanden sonst heiraten. Dann wäre ich wenigstens offiziell vergeben und hätte vor meinen Fans Ruhe.«

»Sehen Sie! Er macht Ihnen einen Antrag!«, rief Vladimirs Mutter.

»Das zählt nicht«, entgegnete Vika.

»Wieso zählt es nicht?«, fragte Vladimir verwundert. »Ich mache Ihnen einen Antrag.«

»Aber Sie sind im Schlafanzug …«

»Zieh sofort einen Anzug an!«, befahl die Mutter aufgeregt.

Vladimir entfernte sich.

»Wieso stehen wir überhaupt in der Diele herum?«, sagte Vladimirs Mutter.

Vika zog den Pelzmantel und die Schuhe aus und sah plötzlich, dass sie gar keine Strümpfe anhatte. Sie hatte sich so beeilt, dass sie die Stiefel über die bloßen Füße gezogen hatte. Sie ging ins Wohnzimmer und blieb beim Fenster stehen. Es war ihr lieber, stehen zu bleiben.

Lisa ging in ihr Zimmer. Sie war müde von all den Aufregungen.

»Wartet nur nicht zu lange mit dem Kinderkriegen«, riet Vladimirs Mutter hastig. »Du bist jung und kräftig. Ihr werdet gesunde Kinder haben. Lisa wird dann nicht mehr allein sein. Es ist so schwer, keine Geschwister zu haben. Ich habe beispielsweise gar niemanden.«

»Und Ihr Sohn?«, erinnerte Vika.

»Kinder – das ist eine andere Generation. Wir Alten interessieren sie nicht.«

Da erschien Vladimir, ganz in Schwarz und Weiß gekleidet wie ein Pinguin.

Viktorija stand in einem Sonnenstrahl, der durch die Scheibe hereinfiel. Sie war barfuß, hatte einen hohen Busen und eine schmale Taille, sie war rotblond und rosig, und ihre blauen Augen glänzten wie frisch gewaschene Fenster …

Plötzlich sah Vladimir sie mit anderen Augen. Er kannte sie schon lange, aber jetzt sah er sie endlich. Es schien ihm, dass sie sich gleich auf die Zehenspitzen stellen, sich vom Boden erheben und mit leichten, wehenden Kleidern in die Lüfte schwingen würde, wie auf einem Deckengemälde in der Sixtinischen Kapelle. Sie war ein Mädchen von damals, aus den Zeiten von Raffael und Rembrandt, das zufällig ins einundzwanzigste Jahrhundert geraten und in einer Geflügelfarm gelandet war.

»Ganz im Ernst, heiraten Sie mich«, machte ihr Vladimir seinen Antrag und hüstelte.

Er war aufgeregt. Er hatte Angst, dass sie nein sagen und zu ihrem Tschuwaschen zurückkehren würde. Dieses Mädchen wusste ja nicht, was sie wert war, und in diesem Unwissen lag der Grundzug ihres Wesens: Sie war ein Brillant, der von sich selbst glaubte, er sei nur Glas.

»Jetzt umarme sie doch«, gab die Mutter als Regieanweisung.

Vladimir tat einen Schritt und blieb stehen. Er war schüchtern.

Da trat Vika selbst vor und umarmte ihn. Von seinem Gesicht ging ein Duft von Rosen und Regen aus. So riechen die Menschen, die wir lieben, sie duften nach den Gerüchen der Erde: nach Tanne, Erdbeeren oder welkem Gras.

Vika schloss die Augen. Sie horchte in sich hinein. Sie glaubte es und glaubte es nicht.

Sie glaubte es nicht, weil es so etwas einfach nicht gab. Und sie glaubte es, weil es genau so etwas doch gab: Die wahre Liebe kann mit einer Ehe enden und ein ganzes Leben andauern.

Kurt Tucholsky

Danach

Es wird nach einem happy end
im Film jewöhnlich abjeblendt.
Man sieht bloß noch in ihre Lippen
den Helden seinen Schnurrbart stippen –
da hat sie nu den Schentelmen.
Na, un denn –?

Denn jehn die beeden brav ins Bett
Naja … diß is ja auch janz nett.
A manchmal möcht man doch jern wissen:
Wat tun se, wenn se sich nich kissn?
Die könn ja doch nich imma penn … !
Na, un denn –?

Denn säuselt im Kamin der Wind.
Denn kricht det junge Paar 'n Kind.
Denn kocht sie Milch. Die Milch looft üba.
Denn macht er Krach. Denn weent sie drüba.
Denn wolln sich beede jänzlich trenn …
Na, un denn –?

Denn is det Kind nich uffn Damm.
Denn bleihm die beeden doch zesamm.
Denn quäln se sich noch manche Jahre.
Er will noch wat mit blonde Haare:
vorn doof und hinten minorenn...
Na, un denn –?

Denn sind se alt.
Der Sohn haut ab.
Der Olle macht nu ooch bald schlapp.
Vajessen Kuß und Schnurrbartzeit –
Ach, Menschenskind, wie liecht det weit!
Wie der noch scharf uff Muttern war,
det is schon beinah nich mehr wahr!
Der olle Mann denkt so zurück:
wat hat er nu von seinem Jlück?
Die Ehe war zum jrößten Teile
vabrühte Milch un Langeweile.
Und darum wird beim happy end
im Film jewöhnlich abjeblendt.

Nachweis

Isabel Allende (*2. August 1942, Lima)
Die Liebenden im Guggenheimmuseum. Aus dem Spanischen von Liselotte Kolanoske. Aus: Isabel Allende, *Ein diskretes Wunder*. Copyright © 2010 by Suhrkamp Verlag, Berlin

Alfred Andersch (4. Februar 1914, München – 21. Februar 1980, Berzona)
Paris, 1. Mai 1977. Aus: Alfred Andersch, *empört euch der himmel ist blau*. Copyright © 1990 by Diogenes Verlag, Zürich

T. C. Boyle (*2. Dezember 1948, Peekskill/New York)
Auf dem Dach der Welt. Aus dem Amerikanischen von Werner Richter. Aus: T. C. Boyle, *Fleischeslust*. Copyright © 1999 by Carl Hanser Verlag, München – Wien

Ray Bradbury (*22. August 1920, Waukegan/Illinois)
Schwerer Diebstahl. Aus dem Amerikanischen von Monika Elwenspoek. Aus: Ray Bradbury, *Ausgewählte Erzählungen*. Copyright © 2008 by Diogenes Verlag, Zürich

Doris Dörrie (*26. Mai 1955, Hannover)
»I love you, wie klingt denn das?« Aus: Doris Dörrie, *Was wollen Sie von mir?* Copyright © 1989 by Diogenes Verlag, Zürich

F. Scott Fitzgerald (24. September 1896, St. Paul/Minnesota – 21. Dezember 1940, Hollywood)
Liebe in der Nacht. Aus dem Amerikanischen von Melanie Walz. Aus: F. Scott Fitzgerald, *Die letzte Schöne des Südens*. Copyright © 2009 by Diogenes Verlag, Zürich

Bitte beachten Sie
auch die folgenden Seiten

Hinterhältige Geschichten im Diogenes Verlag

Früher war noch mehr Strand
Hinterhältige Reisegeschichten
Auch als Diogenes Hörbuch erschienen

Nicht schon wieder Stau!
Hinterhältige Reisegeschichten
Auch als Diogenes Hörbuch erschienen

Nicht schon wieder Ostern!
Hinterhältige Ostergeschichten
Auch als Diogenes Hörbuch erschienen

Früher war mehr Herz
Hinterhältige Liebesgeschichten
Auch als Diogenes Hörbuch erschienen

Früher war mehr…
Hinterhältige erotische Geschichten
Auch als Diogenes Hörbuch erschienen

Früher waren mehr Tore
Hinterhältige Fußballgeschichten sowie zwei Dialoge und zwei Gedichte

Früher war mehr Bescherung
Hinterhältige Weihnachtsgeschichten

Früher war mehr Lametta
Hinterhältige Weihnachtsgeschichten
Auch als Diogenes Hörbuch erschienen

Früher war noch mehr Lametta
Hinterhältige Weihnachtsgeschichten
Auch als Diogenes Hörbuch erschienen

Früher war noch viel mehr Lametta
Hinterhältige Weihnachtsgeschichten
Auch als Diogenes Hörbuch erschienen

Nicht schon wieder Wellen!
Hinterhältige Geschichten vom Meer
Auch als Diogenes Hörbuch erschienen

Nicht schon wieder Weihnachten!
Hinterhältige Weihnachtsgeschichten

Nicht schon wieder Essen!
Hinterhältige kulinarische Geschichten

Nicht schon wieder tot
Hinterhältige Kriminalgeschichten

Früher war Weihnachten später
Hinterhältige Weihnachtsgeschichten

Ferienanthologien im Diogenes Verlag

Strandlesebuch

Sonnige und coole Geschichten

Man sollte sich nicht darauf verlassen, am Strand eine Flaschenpost zu finden, um etwas Spannendes zum Lesen zu haben – schließlich verliert sogar die Brandung oder der schönste Sonnenuntergang irgendwann seinen Reiz. Ein gutes Buch hingegen ist auch bei schlechter Witterung eine Garantie für gelungene Ferien, besonders mit folgenden Reisebegleitern: Doris Dörrie, Bernhard Schlink, Ingrid Noll, John Irving, Philippe Djian, Patrick Süskind oder Haruki Murakami.

Balkonlesebuch

Spannende und entspannende Geschichten

»Man sollte lieber nicht auf Reisen gehen, sondern auf dem Balkon sitzen bleiben« riet Erich Kästner. Recht hat er. Und deshalb gibt es für alle, die zu Hause bleiben, ob sie es sich nun auf dem Balkon bequem machen oder nicht, ein Sommerbuch mit spannenden und entspannenden Geschichten von weltbekannten Erzählern wie Patricia Highsmith, Bernhard Schlink oder Ingrid Noll. Und als Zugabe: Geschichten von Almudena Grandes, Hermann Hesse und Axel Hacke, in denen der Balkon zum spannenden Schauplatz wird.

Landleben

Ein Sehnsuchts-Lesebuch

Von den Lebensgewohnheiten auf dem Lande anno dazumal und von den Freuden eines einfachen Lebens im Einklang mit der Natur erzählen Klassiker wie Adalbert Stifter, H.D. Thoreau oder Anton Čechov.

Zeitgenössische Autoren wie Tomi Ungerer, Judith Hermann und Andrea De Carlo schreiben außerdem über die Sehnsucht nach einem Refugium im Grünen und nicht zuletzt über die naiven Vorstellungen der Städter und die doch ganz andere Wirklichkeit des Landlebens.

Sommerliebe

Liebesgeschichten

Nicht jede Sommerliebe endet mit einem Happyend: Bei D.H. Lawrence sind die Standesunterschiede zwischen einer Amerikanerin aus gutem Haus und einem italienischen Bauern einfach zu groß, Urs Widmer erzählt von einem sonnensehnsüchtigen Touristen, der auf der griechischen Insel Naxos in ein verwirrendes Gefühlslabyrinth verstrickt wird. John Irvings junger Held Edward hat auf Long Island eine Affäre mit seiner Traumfrau, die nur einen Fehler hat: Sie ist mit seinem Arbeitgeber verheiratet.
Egal, ob die Sommerliebe auch über den Herbst hinaus hält, die Geschichten in diesem Buch zeigen: Mag der Frühling die Jahreszeit der Leidenschaft sein, der Sommer ist die Zeit der Liebe.

Nicht schon wieder Stau!

Hinterhältige Reisegeschichten

»Reisen ist eine arge Beschäftigung. Das moderne Unterwegs ist womöglich noch schlimmer als das vergangene. Früher wurde man von unkonzessionierten Räubern überfallen und ausgezogen, und man hatte immerhin das Gefühl, dass einem Unrecht geschähe. Das hat sich geändert«, so Erich Kästner. Statt Raubüberfällen gibt es heute Flugverspätungen, verlorene Gepäckstücke und verstopfte Straßen. Da kann man froh sein, wenn man überhaupt an das Ziel der Reise kommt. *Nicht schon wieder Stau!* versammelt wunderschön hinterhältige Reisegeschichten von John Irving, Martin Suter und Doris Dörrie. Und Anna Gavalda schreibt über einen Mann und eine Frau in einem Auto – natürlich im Stau.

Nicht schon wieder Wellen!

Hinterhältige Geschichten vom Meer

Alle träumen vom Meer, doch diese endlosen Wellen können auch nerven. Und auch ohne Schiffbruch kann so einiges ins Wasser fallen – wenn man keinen festen Boden unter sich hat oder die Füße im Sand: Flaute und stürmische Überfahrten, zu steile Sprünge und zu hohe Wellen, Magenprobleme im Inselparadies, Langeweile oder zu viele nackte Busen am Strand, Meeresungeheuer und Haie, Seekrankheiten oder Landgänge (die noch gesundheitsschädlicher sind), Geisterschiffe oder noch schlimmer: überfüllte Kreuzfahrtschiffe… Ob in Honolulu, der Karibik, an der Côte d'Azur, im Mittelmeer oder in der Weite der Ozeane: *Nicht schon wieder Wellen!* versammelt die schönsten hinterhältigen Geschichten vom Meer.

Die schönsten Tiergeschichten im Diogenes Verlag

Die schönsten Tiergeschichten

Lasst die Tiere los! Dieses Buch traut sich – mit spannenden, humorvollen, ungewöhnlichen Tiergeschichten von Donna Leon, John Irving, Martin Suter, Haruki Murakami, Patrick Süskind und vielen anderen. Ein Buch, das vor Artenreichtum nur so strotzt und mit Kängurus, einem Elefanten, Affen und einer Wildkatze aufwartet, ebenso wie mit Hunden, Hamstern, Tauben und anderem Federvieh. Etwa mit einem Huhn, das sich in einen Rasenmäher verliebt, oder einer Ente, die einem Kriminellen bei seiner Flucht vor der Polizei hilft. Und sogar so unscheinbare Kreaturen wie Ameisen, die Hausspinne oder schlicht die Fliege in der Suppe geben Anlass zu packenden Geschichten. Ein literarisches ›Bestiarium‹, das uns zwar nicht als Zoologen die letzte Seite zuschlagen lässt, aber uns die Tierwelt näherbringt.

Die schönsten Pferdegeschichten

»Ein Pferd! Ein Pferd! Mein Königreich für ein Pferd!«, ruft der verzweifelte Richard III. bei Shakespeare. Nicht nur ein Pferd, sondern eine ganze Herde galoppiert durch diese literarische Anthologie: ein rotes Pony, ein brauner Wallach, ein Schecke namens Leinwandmesser, das kirgisische Prachtpferd Gülsary, ein altes Jagdpferd, das eine späte Blüte erlebt, ein wertvolles Rennpferd, das gestohlen werden soll, sogar ein Zauberpferd und viele mehr. Und auch das allerwichtigste Ross fehlt natürlich nicht: Pegasus – das geflügelte Pferd der dichterischen Inspiration, das Autoren wie Leo Tolstoi, Charles Dickens, Anton Čechov, John Steinbeck, Patricia Highsmith, Dick

Francis oder Ingrid Noll zu spannenden Geschichten über die Einhufer angestachelt hat.

Die schönsten Katzengeschichten

»Alle Dichter haben Katzen geliebt«, behauptete Guy de Maupassant. Sehr viele Schriftsteller haben jedenfalls über sie geschrieben. In diesem Band sind die schönsten klassischen Katzengeschichten der Weltliteratur vereint mit modernen Katzengeschichten von Bestsellerautoren wie Patricia Highsmith, Ingrid Noll, Elke Heidenreich, Ian McEwan oder Donna Leon. Geschichten, die poetisch, anschmiegsam, eigensinnig, anmutig, geheimnisvoll, wild oder kratzbürstig sind – wie die schnurrenden und fauchenden Helden, von denen sie erzählen.

Die schönsten Hundegeschichten

Was für eine Meute von unterschiedlichen Hunden: Ein Wolfshund aus Alaska kämpft ums Überleben, während ein apartes Boxerhündchen oder ein Pudel mit edlem Stammbaum herumstolziert und eine wilde Promenadenmischung für Aufsehen sorgt. Donna Leon schwärmt für einen Sprengstoffspürhund, der gewissenhaft seinen Dienst tut; John Irving erzählt von dem Klavier spielenden Hund von Thomas Manns Tochter, und Loriot lässt seinen berühmten sprechenden Hund auftreten. Und welche Namen: Oblomow, Claudio, Krambambuli, Macho und Klara, der Baron, Brandy, Victor, Hendrikus, Kaschtanka, Blitz – so heißen nur einige der vierbeinigen Helden, die um Aufmerksamkeit hecheln, bellen und wedeln. Und auch die Namen der literarischen Herrchen und Frauchen lassen sich sehen: Patrica Highsmith, T.C. Boyle, Martin Suter, Leon de Winter und viele mehr liefern eine abenteuerliche und sympathische Porträtgalerie vom besten Freund des Menschen.